Luz azul

Walter Mosley

Luz azul

Traducción de

Manuel de los Reyes

malabares

Título original: *Blue Light*
Traducción de Manuel de los Reyes

Ilustración de cubierta: Stephen Simpson (Getty Images)
Maqueta de cubierta: Alejandro Terán
Diseño de cubierta: José Antonio Piñero

Colección Malabares nº 1

Primera edición: abril de 2007

Bibliópolis
c/ Alcalá, 387
28027 - Madrid
malabares@bibliopolis.org

ISBN: 978-84-96173-71-2
Depósito legal: Z-1015-2007

Impreso por INO Reproducciones
Impreso en España - *Printed in Spain*

Esta historia está dedicada a Tucídides,
padre de la memoria

Prólogo
El resplandor

Por aquel entonces no utilizaba grabadora, pero recuerdo hasta la última de las palabras. Nuestro maestro estaba de pie encima de una sencilla roca plana y nos habló de la luz azul. Lo que significaba; al menos, hasta donde alcanzaba nuestra comprensión. He aquí lo que nos dijo:

Hubo un tiempo en que yo era de simple carne como vosotros, un hombre lleno de palabras sin sentido. Pero también era un haz latente de luz azul, de escasos segundos de longitud, arrastrado a la consciencia tras una era de silencio. En medio del estruendoso resplandor que emanaba de Neptuno, desperté y me encontré atraído por la fría gravedad de aquel titán, precipitándome hacia la pequeña estrella que orbitaba. Al frente me aguardaba el olvido o la simiente dejada en la Tierra eones atrás y, con suerte, desarrollada.

Entre la grácil danza de gravedades, aquella aguja de luz, de ancho no superior al de un meteorito, avanzaba. Había otras luces —exactamente del mismo tono— a mi lado, cada una de ellas en orden perfecto e inquebrantable en relación con el resto. Compuesta cada una de ellas de una inmaculada matriz de pensamiento repetida una y otra vez en un remolino de ecuaciones que contenía los secretos de vuestros sueños más profundos.

Perfectos y ajenos al paso del tiempo como diamantes, mil millares de hermanos y hermanas se encendieron en la silenciosa y etérea anticipación del aliento, la muerte, o el olvido.

Nuestra entrada en la banda solar de energías originó fricción, chillidos de falsa consciencia. Muchas luces se retiraron a yermos cuerpos celestes. La mayoría de nosotros morimos en el éxtasis que llamáis Sol. Los supervivientes atravesaron nubes de helio e hidrógeno. Los átomos venenosos convirtieron en verdes millones de luces azules. Aquellas matrices se apagaron, como hicieron sus luces corruptas al alcanzar la atmósfera de la Tierra.

Sin embargo, cerca de diez mil agujas azules estaban destinadas a perforar la piel de aire, intactos todavía sus mensajes divinos. Cientos de ellas hendieron el océano, cuchillos cerúleos que inspiraban en caballas y barracudas de ojos como platos el deseo de nadar hasta la orilla.

Pero la lluvia de luz se adentró enseguida en la costa. Imaginad un escarabajo contemplando el infinito en su pequeño cerebro, brincando a un lado y a otro en su intento por eludir la idea. Por fin se eleva por los aires de un salto, completamente rodeado de fuego azul vivo. Llega entonces el misericordioso murciélago; un siseo de alas correosas, y el fuego se apaga. Las catedrales de Roma llorarían esa muerte durante mil años si lo supieran.

Decenas de pequeñas criaturas sucumbieron al paso de la luz aquella noche. Cada una de ellas en un terrible éxtasis de ideas azules. Cualquiera de ellas más sagrada que la historia entera de la plegaria. Pero no todas murieron. El mosquito dormido sobre el que cayó la luz no interrumpió su descanso porque la luz azul no desprende calor. La pequeña brizna de hierba escucharía la llamada a través del lento proceso de fotosíntesis, con sus raíces convirtiéndose en dedos hechiceros que infundirían vida a la Tierra.

El profeta siempre parecía más pequeño y débil tras sus sermones. Pero nosotros nos sentíamos extasiados y fuertes.

Hubo otras trasformaciones aquella noche en que Ordé, el profeta, vio la luz azul. Transformaciones que he deducido de conversaciones, artículos de periódico, entrevistas, necrológicas, y una habilidad especial que Ordé me había otorgado: la facultad de leer en la sangre.

Reggie Brown estaba empujando la sillita de bebé por la calle Easter camino del refugio de Broward aquella noche. Su tío Barnes estaba borracho de nuevo y la madre de Reggie todavía no había salido del trabajo, de modo que recogió a las gemelas con la intención de llevárselas con la enfermera Edwards hasta que su madre llegara a casa. La enfermera Edwards tenía tebeos de la Mosca en el cajón de su escritorio y también chocolatinas de Baby Ruth. Había sido amiga de su padre; estaba en su casa cuando llegó la carta del Departamento de Estado diciendo que el señor Brown había desaparecido en la acción policial en Vietnam. Ahora ayudaba a la señora Brown con las niñas cuando podía.

Reggie se detuvo en un semáforo en rojo en la esquina de Orchard con Easter. Echó un vistazo a la desastrada sillita doble para ver cómo estaban sus hermanitas de dos años y medio. Niñas marrones, pero no tan oscuras como él mismo, con caritas gordezuelas que casi siempre sonreían cuando las miraba. Bebés salidos de su mamá como magia para inspirar amor en los demás. En él y su madre, pero no en el tío Barnes, por lo menos no cuando bebía.

—Hey, hey —cantó Reggie. Wanita se rió, pero Luwanda sencillamente se quedó mirando. Lo vio venir.

Reggie torció la cabeza para ver el destello azul, y luego estaba caminando de nuevo. Por un sendero empinado en el bosque. Bajo sus pies discurría un arroyo lleno de peces azules. El arroyo era poco profundo y los peces tenían buen tamaño, pero nadaban y se zambullían sin dificultad. El cielo era radiante, pero a sus ojos era de noche, una noche sin estrellas. Crecían árboles a los lados del valle, y los ojos brillantes de los animales observaban su avance. Había susurros. Cosas terribles. Borbotones de sangre, extremidades amputadas en el barro. Y una belleza inaprensible para el limitado vocabulario de Reggie.

Subió durante lo que parecían días. De sus pies descalzos emanaba humo azul al tocar las rocas húmedas.

Un demente, cubierto con ropas confeccionadas a partir de pieles y cortezas decoradas con huesos y hebillas y botones de piedra, se reía de él. Detrás del hombre había un valle. Podía distinguir hasta el último detalle: árboles, hojas, e insectos paseándose entre ellos. Podía ver hebras aisladas de telas de araña que se mecían lánguidamente con la brisa. Podía ver la brisa también.

Los árboles estaban cantando, algunos con suave voz aguda y otros con una retumbante voz de bajo.

Reggie empezó a correr hacia ellos. Eran mil kilómetros, pero sabía que podía conseguirlo sin necesidad de parar. Sabía que podía.

—¿Cielo? —dijo la mujer—. Cielo, ¿estás bien? —Era una señora mayor de piel marrón con acento hispano.

—¿Eh? —Reggie no la recordaba. No recordaba haberse quedado allí plantado en la esquina de Orchard con Easter.

La señora era alta pero muy oronda. Sus gafas tenían la montura metálica. Sus dientes tenían fundas de oro. Grandes aros de plata colgaban de sus orejas. Le sonrió como sonríen las mujeres a los niños pequeños.

—¿Son tus hermanitas éstas de aquí? —preguntó. Se agachó para echar un vistazo bajo la andrajosa capota de la sillita.

Antes incluso de que empezara a gritar, Reggie comprendió que Luwanda estaba muerta. No sabía cómo lo sabía, pero eso daba igual. Su hermana se había ido al azul. Estaba en aquel valle lejano.

Winch Fargo llevaba toda la tarde fijándose en ellos. La pareja de ancianos estaba vendiendo billetes de lotería al lado del mercadillo de la iglesia. Los boletos eran para recaudar fondos para ayudar a algún tipo de campamento de verano para niños necesitados. En el centro de la mesa se veía la foto de un muchacho de pelo rubio que necesitaba pasar el verano fuera.

El señor y la señora Martel estaban pasándoselo en grande saludando a sus compañeros feligreses en el parque Palm, en la zona sur de San Francisco. No sabían que el melenudo y peligroso Winch Fargo, tatuado por su propia mano, llevaba tiempo observándolos desde detrás de una sucesión de botellas de cerveza, oculto por la caseta de mantenimiento de estuco rosa, parapetado entre dos bidones de basura de aluminio resplandeciente.

—Si se quedan hasta que se ponga el sol —susurró Winch—, serán míos.

Las otras mesas empezaron a recogerse a las seis y cuarto. La mesa de lectura. El comité de actos. Todo el mundo saludaba con la mano, decía adiós. Se ofrecieron a acercar a Philip y Eileen en coche a la cena del comité de dirección. Pero la pareja de ancianos estaba plácidamente sentada en sus sillas de nylon rojo, con las manos enlazadas por encima de la caja metálica de recaudación entre ellos, contemplando la puesta de sol.

—... ciento cuarenta y cuatro dólares —estaba diciéndole Eileen Martel a Philip. Los últimos vendedores del mercadillo estaban a más de cien metros de distancia, cargando bandejas vacías de pastelillos, platos sucios y bolsas de basura en la parte de atrás de la furgoneta de la iglesia.

—Justo lo que quería —dijo Fargo.

Philip levantó la cabeza con una sonrisa en el rostro. La melena rubia del hombre no le molestaba. Tenía el pelo sucio y por debajo de los hombros, pero ésa era la moda ahora, la estética hippie. Igual que el desaliñado vello facial; no se podía llamar barba realmente a eso. Tenía los dientes estropeados, pero una dentadura podrida y descolorida no era ningún pecado; no todo el mundo gozaba del seguro médico y dental de la Hogarth's Encyclopedia and International Publishing después de cuarenta y cinco años sin un solo día de baja por enfermedad.

Fue la pistola lo que borró la penúltima sonrisa mortal de Philip Martel. Cromo picado que conseguía relucir apagadamente aun con el último fulgor del crepúsculo.

—Oh, cielos —musitó Eileen, y apretó la mano de su marido, la mano de su mejor amigo.

—Os lo advertí —dijo Winch.

—¿Cómo? —preguntó Philip.

—Os dije que era una tontería quedarse hasta tarde en el parque.

Rima, pensó bobamente Eileen, *puede que todo vaya a salir bien.*

—El dinero —dijo Winch—. Es lo único que quiero. Dádmelo.

Philip podía sentir los latidos de sus hemorroides, pero el dolor no significaba nada, nada en absoluto. Asintió e hizo ademán de agacharse, pero al mover la cabeza atisbó un destello azul reflejándose en el cañón plateado del arma. Sin poder remediarlo, levantó la mirada. Eileen, siempre con él, hizo lo mismo.

—Pero, ¿qué coño...? —Winch vio a la pareja de viejos fofos y paliduchos sonriendo cuando era él quien tenía el arma. Y entonces Winch miró de soslayo. Percibió nada más que el último segundo; no la ecuación completa, únicamente su eco—. ¡Ahí va! —Y una serpiente azul del tamaño de una pitón se deslizó en la cuenca de su ojo. Sentía la cabeza como si estuviera hinchándose de pensamientos murmurados en una lengua extranjera, susurrando ideas que tenían textura, olor, y la música rota de Dios.

Este último pensamiento se le antojó extraño a Winch. Él nunca había creído en Dios. ¿De dónde había salido eso? ¿Y dónde estaba la luz?

La luz azul se había desvanecido y había dejado el ocaso más oscuro que el armario del apartamento de la infancia de Winch. Una oscuridad tan llena de soledad que hubiera hecho cualquier cosa por conseguir algo de luz, aquella luz azul.

Miró abajo y vio a los viejos sentados allí todavía... sonriendo.

Para Eileen era como ver a su marido por primera vez. Philip Martel. Soldado. Padre. Hijo. Amante bajo las sábanas, pero jamás tan hermoso como ahora. Lo cubría aún una pátina azul, como el rubor fruto del sexo. Revivió cálidas noches de verano, como aquella noche, tras largos días con ella cocinando y limpiando y con él cortando el césped. Después de tanto sudar, un vaso de cerveza... Pero ésa era la primera vez que lo veía realmente. Su sonrisa era tan triste que supo, de alguna manera, qué era lo que tenía que hacer y por qué.

«Era como si estuviéramos en una burbuja», me diría meses después en el parque del profeta. «Como si sintiéramos lo mismo.»

Philip sentía el resplandor azul sobre todo en el pecho. La pistola flotaba en algún lugar fuera de su vista. Triste por todos aquellos años antes de la luz, se sentía súbitamente consciente en un lugar tan lejano que resultaba imposible de imaginar. Pero estaba allí. No él, Philip, sino ellos: una prole azul radiante. De algún modo sus recuerdos se fusionaron, y fue transportado tan lejos y tan atrás en el tiempo que vio el nacimiento de la Tierra en una rueda de autoconocimiento. Sintió el largo viaje de sus células a través de eones de evolución. Arrastrándose, copulando, volando, muriendo una y otra vez. Había memoria en su sangre, avivada por la luz. Pero también había una llamada a la muerte que cobró forma alrededor de la debilidad de su corazón. Su mente se convirtió en parte de la luz mientras ésta se preparaba para unirse a la energía magnética que fluía por el suelo bajo sus pies.

Se estaba muriendo. Se moría en la sonrisa triste de Eileen. Se moría como las mariposas azules que se desvanecían alrededor de su cabeza.

Cuando su corazón comenzó la última carrera enloquecida de regreso a la negrura, extendió los brazos con la fuerza de la muerte y se levantó, derribando la endeble mesilla, para abrazar a su sucio hermano: el hombre con la pistola de hacía un eón.

—¡Ahí va! —exclamó Winch de nuevo. La luz se había apagado, pero la pitón se retorcía aún en su cabeza.

Los compañeros feligreses de los Martel empezaron a chillar desde el aparcamiento.

Philip ya estaba levantado, abrazando a Winch como si estuviera felicitando a un antiguo camarada del ejército que acabara de volver de las trincheras.

El disparo amortiguado no fue premeditado. Fue la volátil luz azul la que decidió la suerte de Philip, no el proyectil del arma de Winch.

—¡Alto! ¡Alto! —desde el aparcamiento.

Eileen se levantó corriendo y desapareció detrás de los árboles.

Un resplandor azul se elevó del cadáver de Philip en el suelo. Winch sabía en alguna parte de su cerebro que estaba presenciando un milagro. La luz flotó, pareció vacilar casi, y luego se alzó, cien mil alfileres rutilantes. Flotaron un instante más antes de zambullirse en el suelo bajo sus pies como un atemorizado banco de peces que desaparece a la menor señal de peligro.

—¡No! —exclamó Winch, y salió corriendo. La pistola seguía en su mano, pero sus brazos colgaban torpemente a los costados—. Está muerto —dijo Winch, sin dirigirse a nadie en particular—. Serpiente azul.

La señora MacMartin, la directora social, lanzó un grito y levantó las manos. Winch disparó contra ella, esperando que apareciera más luz azul, pero no hubo ninguna. Roger Pliner, Felicity Burns, Bright Williams, Chas Twill... muertos todos por el arma de Winch.

—¡Señora! —chilló—. ¡Salga! ¡No quiero el dinero! ¡Sólo quiero la luz!

La serpiente se había tragado su mente antes de que llegara la policía. Winch estaba arrodillado entre los cadáveres en el aparcamiento. Todavía no era noche cerrada cuando lo encontraron las linternas.

—¡Suelta el arma!

Winch extendió el brazo entregando la pistola, pensando que la voz pertenecía a su madre. Pero la policía malinterpretó el gesto. No oyó los disparos. La primera bala lo alcanzó en el pulmón derecho. Luego otra en el tobillo cuando se levantó sobre una pierna. En el muslo derecho, en la oreja, en la mano izquierda, el hombro derecho, el colon. Cada herida un rescoldo azul abrasador y brillante. Winch Fargo sonrió a los fuegos que sólo él podía ver. Continuaron ardiendo mucho después de que su mente se apagara.

En su casa alquilada de las colinas de Oakland, en el patio de la parte de atrás, Claudia Zimmerman estaba encima de Marcus. Éste tenía los ojos cerrados, una enorme sonrisa en los labios fláccidos. Claudia se movía arriba y abajo, preguntándose cómo sería sentirse igual de bien que él. Su perro, Max, metió la nariz entre las nalgas de Claudia. Le hacía cosquillas. En el porche de la parte de atrás su marido, Billy, estaba en el jacuzzi con la esposa de Marcus. Oyó los grititos de Franny: *Sí, sí, sí.*

Marcus agarró a Claudia por la muñeca y gruñó:

—Oh, sí.

Le hacía daño y se reclinó contra sus rápidas embestidas, consciente de la nariz fría y los lametones de Max en su ano y de la luz azul cuando levantó la mirada hacia el cielo.

De repente Marcus era todo cuanto quería.

—¡Fóllame más! —chilló al mofletudo vendedor de periódicos. Max empezó a aullar.

Claudia clavó las uñas en los fofos hombros de Marcus y éste gritó. Se aplastó contra él y le hundió las caderas en la hierba.

—¡Más! —chilló.

Marcus gritó de nuevo, no de placer.

Se encendieron luces en la casa de lo alto de la colina.

No recordaba que Billy y Franny bajaran a investigar los gritos de Marcus. No recordaba que Marcus la hubiera golpeado en el pecho y la cara con los puños en un vano intento por quitársela de encima. Lo único que sabía era que Max estaba aullando. Sus gemidos eran una diáfana nota azul dentro de su cuerpo, una promesa de éxtasis como el idiota de Marcus ni siquiera podía imaginarse. Se producían explosiones en su mente cada vez que empujaba contra él. Sintió el sabor de la sangre cuando le arrancó el pezón derecho con los dientes. Y luego la ingravidez cuando Billy y Franny la apartaron de Marcus, y el agua fría de la piscina sin climatizar. Agua azul y frío azul; el pezón esponjoso de Marcus entre sus molares.

Horace LaFontaine vivió durante ocho meses antes de morir en el piso de arriba de la casa que tenía su hermana en Laramie, en el oeste de Oakland. Su hermana, Elza, lo había acogido cuando le diagnosticaron cáncer de pulmón. Le daba de comer y lo afeitaba, le cortaba las uñas de los pies, y se las apañaba para sacarle las heces del recto cuando estaba demasiado débil como para mover sus propias entrañas. Le leía hasta tarde por las noches, palabras que una vez había entendido. Ahora las palabras eran meros sonidos, irreconocibles salvo por el timbre de la voz de su hermana. Esa voz imperiosa que había conocido de joven en las barriadas negras de Houston.

Lo único que había experimentado desde hacía algún tiempo era la sensación de caer del cielo, como una hoja lánguida que se agarra a corrientes de aire en su descenso. El suelo era su última parada, y caer era lo único que quedaba de su vida.

El marido de Elza, Gregory, no se preocupaba de Horace. Supuestamente debía subir a ver a su cuñado dos veces cada noche mientras Elza estaba trabajando, pero Gregory se quedaba abajo bebiendo cerveza y viendo la tele.

A Horace no le importaba. Ver a alguien moviéndose le mareaba. Cualquier sonido que no fuera el de la voz de su hermana le producía escalofríos.

Yacía allí, recostado en sus almohadas para evitar que el fluido de sus pulmones lo ahogara. El roble que había al otro lado de la ventana estaba cargado de hojas. El cielo sobre la rama más alta era de un azul oscuro.

Se acaba la tarde. El pensamiento surcó la mente de Horace, algo que sabía aún entre las células cancerosas que atestaban su cerebro. *Cuando se pone el sol*, recordó, *cuando llega la noche y todas las chicas bonitas se ponen perfume en el cuello y los muslos.* Pensó en abejas entonces, y en las dolorosas picaduras. Sonrió porque pronto no habría ningún dolor que temer.

Martilleaba un tambor y se preguntó si lo que había dicho Jimmy T en Attica era cierto; ¿estaba África dentro de él? ¿Era ese tambor algún recuerdo lejano y recóndito al fondo de su mente? ¿Despertaría en alguna vasta sabana donde caminaron y vivieron su vida los primeros hombres?

Pero el martilleo no era más que el rápido tempo de su corazón, el ritmo de la vida bombeando veloz por sus venas, intentando correr más que la muerte una última vez; el último acto de una vida malgastada.

Volvió a sentir la caída. La hoja en descenso cortaba el aire ahora en vertical. Comenzó una carrera hacia el suelo. Un veloz picado, y de pronto Horace estaba muerto; sus ojos seguían abiertos, pero ya no veían el árbol en la ventana.

El tiempo humano se detuvo en la diminuta habitación. El reloj perdió su significado, pero siguió descontando los momentos que podrían haber sido una vez. Horace se había ido.

Y entonces aquel fugaz rayo de luz azul —un viajero que pierde el tren por minutos— vertió todo su resplandor en la mirada muerta.

Horace se había ido, pero la urgencia de la luz azul sobre las células vivas aún en sus ojos recorrió su cuerpo como una erupción sísmica. La vida saltó de una sinapsis muerta a otra, exigiendo una última acción. La honda inspiración del cadáver y su salto de la cama provocaron un estruendo.

Gregory dio un respingo en su silla delante del televisor y subió corriendo las escaleras.

El cadáver que era Horace se arrastró hasta la lámpara de la mesita que había enfrente de su cama. Arrancó el cable del jarrón de cerámica rosa y se metió el alambre desnudo en la boca.

El gordo de Gregory cubrió tres escalones con su primera zancada. Ciento treinta y seis kilos pesaban sobre su corazón a cada paso.

La electricidad se combinó con las ecuaciones de luz y atravesó hasta la última célula del cuerpo del muerto. El cáncer se marchitó, y la fría determinación de la vida hizo presa en los pulmones y los huesos y el aliento del antiguo hombre. Su esquelético cuerpo desnudo se picó de llagas. El pelo se apelmazó, los ojos amarillearon. Su polla olvidada un mero colgajo de piel fláccida.

Gregory llegó a la puerta de Horace, pero tuvo que pararse a recuperar el resuello. Miró la puerta y escuchó. Lo único que podía oír era la sintonía de la serie *Wild Wild West* procedente del televisor dos plantas más abajo. Anochecía, y Gregory sintió una punzada de miedo. Decidió regresar abajo. Decidió dejar que Elza volviera a casa y encontrara a su hermano allí muerto. Gregory estaba seguro de que Horace había muerto. Si no estaba muerto antes de caer, entonces la caída debía de haberlo matado.

Pero si Elza lo encontraba en el suelo y estaba frío le echaría la culpa a él. ¿Y qué clase de mujer podría encontrar si lo abandonaba? Estaba gordo y en paro. Lo único que tenía que hacer era echar un vistazo rápido y llamar al hospital.

Gregory abrió la puerta.

El fulgor azul flotaba sobre el zombi en un arco eléctrico. Los ojos amarillos resplandecían en el cráneo marrón mientras los labios negros chupaban el cable de la lámpara.

Horace levantó la cabeza, moviendo el cable a la comisura de sus labios como si fuera la boquilla de una pipa de agua.

—Corre, Gregory —dijo el cadáver con una voz que se parecía a la de Horace y, sin embargo, no lo era.

—¿Qué dices, Horace LaFontaine?

—Corre, Gregory. Corre ahora. Disfruta de tus últimos días como hombre sobre esta roca. Corre.

Gregory avanzó un paso hacia su cuñado. No estaba asustado, no realmente. El hombre sencillamente se había vuelto loco por culpa de la enfermedad. Gregory alargó el brazo para apartar el cable de los labios de Horace, y la descarga azul/eléctrica lo golpeó. Los ciento treinta y seis kilos de estibador desempleado salieron disparados hacia atrás, atravesaron el umbral y cayeron escaleras abajo hasta el primer rellano.

Gregory no se detuvo. Corrió por la calle Laramie abajo. No corría realmente; caminaba rápido con toda la fuerza de una carrera en su corazón. Mantuvo su trote forzado hasta que la policía lo detuvo, un hombre obeso en calzones chillando por las calles de Oakland. Apareció un artículo al respecto en el *Oakland Standard* de esa semana, un periódico de segunda. Un hombre sin identificar fue arrestado tras ser interceptado desnudo en plena calle balbuciendo incoherencias acerca de un zombi. Falleció en comisaría a causa de un paro cardíaco, según el informe del forense.

Cuando Elza llegó a casa aquella noche no estaba allí ninguno de los dos hombres. Llamó al hospital, pero nadie había pedido una ambulancia para Horace. Llamó a la policía, pero no identificaron a Gregory hasta la noche del día siguiente.

William T. Portman, pasado de alucinógenos y sin techo, vivía en el parque por aquel entonces. Estudiante de filosofía que había abandonado la carrera antes de licenciarse y mentiroso compulsivo, se había cambiado el nombre a Ordé y empezó a mendigar y a vivir de las mujeres jóvenes que se dejaban engañar temporalmente por sus embustes y su rubia apostura.

Ordé tenía un cobertizo hecho de lona alquitranada entre los arbustos detrás de un enorme depósito de agua. Había una mujer con él por aquel entonces. Por lo general siempre había una mujer con él, hasta que se hartaba de su cháchara. Ésta se llamaba Adelaide.

Era por la tarde y Adelaide estaba tumbada al sol con Ordé en lo alto del depósito de agua. Se había quedado dormida, pero Ordé no lo sabía.

—Puedo ver —estaba diciendo— que algo va terriblemente mal en la ciudad. Es como una niebla, sólo que mortífera. Pero no es contaminación. No es algo... algo científico... —Y entonces la luz azul acudió a sus ojos. Supo de inmediato que no se trataba de una de sus violentas recaídas de alucinógeno. Su cuerpo no se derritió, la historia de su vida no estaba escrita en el suelo bajo sus pies. Era su verdadera naturaleza repetida un trillón de veces. Era la historia completa de algo que no comprendía; todavía no—. ¿Has visto eso, Addy? —preguntó Ordé dieciséis segundos después.

La chica abrió los ojos y se sentó. Estaba desnuda y era preciosa. Diecinueve, pelirroja y con los ojos verdes. Sus ojos eran demasiado pequeños y estaban demasiado separados entre sí, lo que descartaba de su vida cualquier concurso de belleza. Pero Ordé la amaba. Ya hacía casi una semana que la amaba, y ella todavía no se había cansado de sus mentiras.

—¿Lo has oído? —preguntó Ordé.

—¿Qué pasa, cielo? —Nunca había oído su voz desprovista de las tensas notas de la profecía. Hasta cuando hacía el amor hablaba en aquel tono, como Moisés anunciando los mandamientos.

—Tenemos que hacer el amor.

Adelaide hizo ademán de abrazarlo.

—No. Tiene, tiene que... hervir.

—¿Eh?

Ordé se tocó los ojos.

—El mundo. Tiene que filtrarse. Tiene que ligarse para que pueda, para que podamos... unirnos.

—Eso podemos hacerlo ahora, cielo —dijo Adelaide.

Intentó tocarlo de nuevo, pero él la apartó.

—No. No.

Después de largo rato Ordé y Adelaide se vistieron y bajaron del depósito de agua. Addy estaba un poco asustada del hombre atractivo que había domesticado en el parque. Su repentina y solemne cordura, su reticencia a perderse en su cuerpo perfecto le hizo pensar que había llegado la hora de marcharse.

Habría regresado sola a la residencia si él no la hubiera llevado al pequeño arroyo que discurría por encima de la torre para bañarla. Era verano y la luna estaba llena en sus tres cuartas partes. «El agua estaba helada», me diría años después en el bosque del Tratado. «Pero estaba tan seguro de cada caricia contra mi piel.»

Por una vez no dijo ni una palabra, simplemente la guió, la desnudó, usó su camiseta a modo de esponja. En algún punto entre el tremolar de la luna en el agua sobre su piel y los lejanos ecos de Moisés, se olvidó de abandonar a Ordé.

En el camino entre los árboles y luego por Derby, hacia Telegraph y su residencia, Adelaide empezó a pensar en una vida con un hombre que mentía acerca de todo y luego, a su vez, se creía sus propias mentiras. Quizá no estuviera tan mal.

En el mismo camino Ordé vio grandes cuerpos de piedra, mayores que el sol, flotando en la oscuridad absoluta. Esos titanes soñaban, antes del mundo, con Ordé y lo que diría.

Adelaide vivió con él otras dos semanas antes de que volvieran a hacer el amor. Pero cuando lo hicieron, el amor del salvaje se había vuelto demasiado para ella. Le quemaba y raspaba las entrañas. Ordé durmió durante tres días seguidos después de su orgasmo de zarpazos y alaridos, tendido allí mismo en el pequeño catre de su residencia. Cuando salió de su hibernación Adelaide se había ido, había vuelto a Pomona con su familia.

Cientos de luces cayeron aquella noche. La mayoría de ellas cayeron en la tierra inerte. La mayoría de los insectos, aves y peces que fueron testigos del resplandor murieron inmediatamente, no porque la luz fuera nociva, sino porque estaban tan cerca de la muerte en su existencia diaria que, cegados por un momento, cayeron víctimas del mundo que los rodeaba. El perro de Claudia, Max, sobrevivió a la experiencia. Una hembra de coyote preñada en el parque Tilden tuvo un atisbo de sabiduría azul y se fue al norte. Sólo sé de dieciséis almas que sobrevivieran aquella noche (cigotos de la fecundación azul, hijos de la célula primaria), aunque podría haber habido más.

Mientras caían las lágrimas de Dios yo yacía dentro de un pequeño lavabo iluminado con velas en un lugar que llamábamos el Almacén del Pueblo, sangrando por ambas muñecas. Era el ocho de agosto de 1965. Atiborrado todavía de barbitúricos, apenas sentía la sangre que me empapaba los vaqueros y se extendía por el suelo. Cuando apareció Joseph Warren buscando toallas de papel, resbaló en el charco y se cayó encima de mí. Lo vi venir. Intenté decir: «Cuidado, Joe», pero las palabras se negaron a formarse en mis labios entumecidos.

El impacto de su peso no me dolió. Lo único que sentí fueron mis huesos cambiando de postura. *Saco de huesos*, pensé. Nada más que un saco de huesos embotado.

En el parque Tilden el coyote elevado al azul levantó la cabeza a los cielos y percibió el fétido olor de la muerte, que siguió como un explorador alienígena que acabara de descubrir la existencia del mal. Al mismo tiempo Reggie Brown sostenía la cabeza de su madre contra su pecho, sin sentir pérdida alguna por la muerte de su hermana, y Eileen Martel identificaba a Winch Fargo en su cama de hospital. Yo estaba en la ambulancia, luego en mi propia cama de hospital, bajo arresto por el crimen de intento de suicidio.

Mientras me recuperaba, el marido de Claudia Zimmerman se voló la cabeza de un disparo. El *San Francisco Chronicle* informó de que estaba despechado porque su mujer lo había dejado para irse a vivir a una comuna hippie en alguna parte.

En los días siguientes me quedé sin empleo en la biblioteca de Berkeley porque pasaron dos semanas sin que fuera a trabajar. Me echaron del doctorado en Historia Antigua porque no había hecho ningún progreso en mi tesis sobre la Guerra del Peloponeso. Mi novia, Althea, volvió a Los Ángeles a pasar el fin de semana y no regresó.

Permitieron que me quedara en el Almacén del Pueblo en el Haight, no obstante. Dijeron que era porque mi sangre me daba derecho.

Pasé los meses que siguieron deambulando por las calles de San Francisco y Berkeley. En cualquier otro momento podría haber parecido un maníaco. Un hombretón negro de veintitantos años con una melena de pelo apelmazado y enroscado. Llevaba conmigo un voluminoso libro casero, encuadernado en cuero y roble sin pulir, en el que escribía apoyado en las esquinas o sentado en la acera. Por aquel entonces estaba escribiendo una historia a la que había puesto el título provisional de *Historia del amor*.

Era una crónica del área de la Bahía ambientada en aquella época. Por aquel entonces todo el mundo sentía el cambio en el aire. Era la primera vez desde la desaparición de las antiguas ciudades-estado que una urbe era el centro del cambio para el mundo entero. Yo iba a documentar ese cambio. Con declaraciones de testigos presenciales, recortes de artículos de periódico, letras de canciones, e impresiones de discursos políticos, esperaba capturar la sensación de cambio de un habitante del Haight. Asistí a mítines y orgías de hippies como si fuera un periodista más. Experimenté con una gran variedad de las drogas que presentía que estaban cambiando la mente del futuro. En vez de estudiar la historia en los libros, estaba escribiendo la historia del mundo real.

Eso era durante el día.

Por las noches me ovillaba en mi esquinita y soñaba con mi madre (su piel blanca desmentía de alguna manera el amor que afirmaba profesarme) y mi padre, su ausencia aún más negra que yo.

Me atenazaban los temblores por la noche. Deseaba estar muerto. Fue una de esas malas noches cuando había intentado acabar con mi vida. Los psiquiatras me dijeron que eran las drogas las que me hacían enloquecer, no mi madre. Dijeron que era listo y que la excesiva presión del doctorado, sumada a los tranquilizantes y los hongos, era lo que me había llevado al límite.

Pero ellos no lo entendían. Encajaban dentro de sus ropas y detrás de sus escritorios. Procedían de lugares donde eran reconocidos como miembros y parientes y ciudadanos. Nadie los paraba nunca delante de sus jardines y los arrestaba acusados de haber robado sus propias bicicletas como me había pasado a mí. Y cuando mi madre acudió a la jefatura de policía, la echaron para atrás porque yo era demasiado negro como para haber salido de ella.

Hablaba el idioma del hombre blanco. Soñaba sus sueños. Pero cuando despertaba, nadie me reconocía. Nadie salvo mi madre, y la odiaba por eso.

Todo esto explica, dijo Ordé, por qué estaba abierto a la promesa de la luz azul. Mi vida estaba libre de la identidad que se había construido para sí misma la pseudovida. Estaba preparado, dijo el profeta, para ir más allá que el hombre y su patético telos.

Pero no sabía nada de la luz azul mientras recorría las calles garabateando y aguardando el momento adecuado para morir. No tenía ni idea de que fuera a haber una historia aún mayor que yo podría presenciar y documentar. No sospechaba en absoluto que tenía un papel que representar en el futuro de la vida y en la muerte definitiva de la humanidad.

El asistente social asignado a mi caso era Dan Hurston. Lo veía los martes en un banco a la entrada del parque Golden Gate. Nos reuníamos en el parque porque me costaba respirar en su despacho.

—¿Qué tal estás hoy? —me había preguntado en nuestra última reunión.

—Bien —dije—. Quiero decir, no me siento mal ni nada.

Dan tenía la piel casi tan negra como el betún, uno o dos tonos más oscura que yo, y un bigote poblado que me recordaba a un cepillo de púas.

—¿Qué es lo que sientes? —preguntó.

Quería decirle que no había ninguna diferencia entre el aire que respirábamos y yo, que ya estaba casi muerto, pero en vez de eso me limité a sacudir la cabeza.

—¿Has estado buscando trabajo? —Su pregunta parecía un reproche.

—He estado andando un montón —dije.

—¿Qué tal los estudios? ¿Has intentado conseguir que te readmitan?

De repente me sentía agotado. Inspiré profundamente, pero sentí escasa satisfacción en mis pulmones.

—¿Qué vas a hacer? —me preguntó el asistente social.

—Sabes, no dejo de pensar —dije.

—¿Sí?

—No dejo de pensar que era la sangre de mi padre en el suelo del cuarto de baño. Era su sangre. ¿Sabes lo que quiero decir?

El señor Hurston negó con la cabeza. Consultó su reloj. Había niños jugando en el pequeño césped detrás de nuestro banco. Los vi chillar y reír. Sus madres estaban sentadas en otro banco, conversando y echando un vistazo a sus nenes de vez en cuando.

—¿Qué vas a hacer? —preguntó de nuevo Dan Hurston.

—Voy a suicidarme —dije—. Iré a Berkeley y me mataré en la biblioteca de la facultad.

El asistente social se me quedó mirando unos momentos. Me di cuenta de que no sabía nada de aquel hombre. Lucía una gruesa alianza de oro. Estaba pensando que tenía que ser gruesa por lo grandes y fuertes que eran sus manos. Había pequeñas cicatrices en sus nudillos y en las primeras falanges de sus dedos. Sus ojos eran oscuros y distantes. Sólo sonreía cuando hablaba de fútbol.

Se levantó, esperando, creo, que yo hiciera lo mismo.

—Acompáñame, hijo.

No me moví.

Apretó los labios y luego volvió a relajarlos. A lo mejor pensaba que podía obligarme a ir con él.

—Escucha, hermano —dijo—. No puedo detenerte. Y la verdad es que me da igual, o a la gente de los Servicios Sociales, lo que sea de ti. Ahora voy a volver a la oficina para informar a la policía. Así que si hablas en serio, será mejor que te des prisa.

No volví a ver al señor Hurston. No era más que uno de entre esos centenares de personas que entran en tu vida y vuelven a salir. Como mi padre.

Cogí un autobús con destino a Berkeley, preguntándome si alguien podría prestarme una pistola.

Uno

Uno

Ordé estaba subido encima de la piedra plana en el parque Garber, hablando.

Habían pasado cuatro años desde que me cortara las muñecas. Todavía cargaba con mi libro con tapas de madera, pero el título había cambiado a *Historia de la venida de la luz*.

—No sois más que materia básica. —Ordé hablaba con voz imperiosa pero íntima. Llevaba todo el día lloviznando a ratos, por lo que su público era menos numeroso de lo habitual; se habían reunido menos de ochenta miembros de su congregación al aire libre. Borrachos y funcionarios desempleados, niñeras de piel morena y los acaudalados niños a su cargo, los pocos novicios azules (los que sabían de la luz pero no la habían visto), incluyéndome a mí. Y Miles Barber.

Miles era un detective de homicidios que se dejaba caer una semana sí y otra no, más o menos. Generalmente venía después del sermón. No parecía gustarle escuchar las palabras de Ordé.

Barber estaba investigando las muertes de Mary Klee, Carla MacIlvey, Janet Wong, y un hombre al que la gente del parque conocía tan sólo por el nombre de Bruce. Todos eran víctimas de un envenenador al que la policía apodaba en privado Mack el Frasco. También eran asiduos de los sermones de Ordé, amigos míos. Se contaban entre los primeros amigos que había tenido.

—No sois más que materia básica —repitió Ordé—. Verduras cocidas en una olla de barro. Sopa a la que sólo le queda el más ligero rastro de sabor. Uno tras otro no os diferenciáis en nada. Vivís y morís, os unís y os separáis, tenéis hijos y les dais nombres vacíos. Apenas estáis ahí y ya estáis disipándoos; como la mierda en un orinal vertido en el mar, sois restos de un naufragio conducidos por la marea hasta el borde de un embarcadero decrépito.

Todo el mundo estaba apiñado alrededor de la roca de Ordé, parecida a un tocón. A pesar de la seguridad con que hablaba, la voz de Ordé era suave. Sus seguidores, acólitos y amigos devotos descubrieron que tenían que arracimarse para oír las palabras. En Berkeley, incluso en la ciudad, nos llamaban la Congregación Unida.

Nos apiñábamos porque los sermones que daba nos cautivaban. Había algo tan cierto en sus palabras que nos aferrábamos los unos a los otros como si estuviéramos agarrándonos a su voz. Nos sentíamos sosegados y exaltados porque en cierto modo la verdad que revelaba era él, y no una simple idea abstracta cualquiera.

—Estáis lejos del corazón de vuestros orígenes, aislados de la línea de sangre que podría proporcionaros los nutrientes de la verdadera vida. Os estáis muriendo, como flores sin polinizar. —Ordé miró en rededor con expresión de ternura—. Vuestra muerte no significa nada. Vuestras vidas son menos importantes que los escupitajos en la acera. Ni siquiera puedo decir que seáis las semillas de algo más grande, mejor. Vosotros, que os hacéis llamar vivos, en realidad no sois nada más que las escamas de piel muerta que ha dejado a su paso alguna bestia gigante. La pauta de la vida está en vosotros, pero inerte y marchita...

Lo que decía me parecía verdad. Me sentía inerte; inconsecuente.

Unos meses después de su encuentro con la luz azul, Ordé se había tropezado conmigo en el campus de Berkeley. Vio mi tristeza, le puso nombre, y me dijo que era real.

—Nacéis muriéndoos, igual que vuestros hijos. Y aunque vuestros líderes afirman que estáis progresando de generación en generación, en el fondo de vuestro corazón sabéis que no es cierto. Mejoráis en la fabricación de mecanismos, de sustancias químicas, pero no podéis mejorar el arte. No podéis comprender ni siquiera la realidad de una piedra. La piedra existe, pero si os preguntara qué era, qué era realmente, ni siquiera comprenderíais la pregunta. Y si la comprenderíais, sacaríais papel y lápiz, microscopio y atomizador para intentar responder. Intentaríais explicar con palabras que sería imposible conocer la naturaleza de ser piedra.

En ese preciso instante se levantó la brisa. Ordé alzó la cabeza y sonrió.

—Haríais mejor en poner vuestro dedo al viento, amigos. Chupaos el dedo, todos —dijo.

La mayoría de nosotros lo hicimos. Una anciana llamada Shelma se lamió los cuatro dedos de arriba abajo.

Todavía recuerdo la primera vez que hice ese ejercicio para Ordé. Levanté la mano y sentí la más familiar y exquisita de las sensaciones. El aire enfriando mi dedo, secándolo y elevándose hacia el cielo con la humedad de mi vida.

Por aquel entonces estaba desesperado.

—Es una sensación agradable, ¿verdad? —preguntó Ordé.

Muchos asintieron con la cabeza.

—Es como el beso helado de un espíritu que no podéis ver. Sólo podéis sentirlo por un fugaz instante antes de que se desvanezca.

Asentimos de nuevo.

—Estáis perdidos —dijo Ordé.

Bajó de su roca, se acercó a la multitud, dividiendo a la congregación, y se acercó a los árboles. Feldman y Alexander, dos de los acólitos más fornidos de Ordé, cortaron el paso a cualquiera que quisiese seguirlo. No estaría disponible el resto del día. Probablemente bajaría a San Francisco, vestido con el traje marrón de segunda mano que yo le había comprado, en busca de una mujer.

Había llegado el momento de buscar pareja otra vez.

Muchos miembros de la Congregación Unida lo siguieron hasta el punto donde desaparecía entre los grandes algarrobos. Se aplastaron contra los recios guardaespaldas y lo llamaron: «¡Ordé! ¡Maestro!».

Yo no salí corriendo detrás de él.

Para entonces llevaba ya casi cuatro años con Ordé. Lo había dejado todo atrás para adherirme a la Congregación Unida. Ordé y sus palabras eran la única conexión con la vida que me quedaba. El día que nos conocimos me proponía suicidarme. Llevaba con él desde entonces. Sabía que regresaría. Era uno de los pocos que sabía dónde vivía en la ciudad. Recogía donativos para la Congregación Unida, me ocupaba de sus finanzas y pagaba sus facturas.

Ordé tenía mucho dinero en el banco, los generosos donativos que amasaba en entrevistas privadas, pero gastaba muy poco. Yo controlaba su talonario, pero lo que ambicionaba era su verdad.

Las palabras de Ordé eran la verdad. Uno podía ver cada imagen, sentir cada emoción que describía. Sus metáforas (lo que considerábamos metáforas) cobraban una realidad palpable que se adhería a nuestra nariz, se pegaba al fondo de nuestra garganta. En mitad de cualquier sermón me daba cuenta de que ya no estaba escuchando sus palabras, sino experimentando los fenómenos que describía.

—Hola, Chance —dijo Miles Barber.

Se me había acercado por la espalda mientras todo el mundo caminaba tras los pasos de Ordé.

—Detective Barber.

—¿Adónde ha ido tu jefe? —preguntó el policía.

—No lo sé —dije—. No me consulta cada vez que se va.

—¿Se marcha así a menudo?

—Usted lo sabe tan bien como yo —dije—. Asiste a muchas de nuestras reuniones.

—¿Siempre se va solo? —preguntó el detective Barber.

—Nunca estamos solos, detective.

Barber tenía el pelo negro y tupido, pero sus ojos eran de un gris claro. No era alto y siempre llevaba puesto algún traje de colores extraños. Aquel día era un dos piezas verde y gris iridiscente con chaqueta de un solo botón.

Por su aspecto y su forma de hablar era como si toda su vida saliera de una tienda de segunda mano.

—Me importan un bledo vuestras chorradas sobre la luz azul, chaval. Lo que quiero saber es si tu jefe desaparece en el bosque con gente de este grupo.

—Eso ya me lo ha preguntado antes —dije.

—Te puedo arrestar cuando quiera, chaval.

—Sí, sé que puede, detective.

Barber me calibró con la mirada. Había conocido a muchos policías. Llevaban molestándome desde que era crío. Sabía cuándo un policía me odiaba; mi corpachón, mi piel negra. Pero Barber no tenía tiempo para esa clase de odio. Tenía un trabajo que hacer, eso era todo.

Me hubiera gustado ayudarle. Pero no podía.

No podía, porque ayudarle habría supuesto el fin del sueño. Barber era policía, eso es todo. Averiguaba quién hacía algo malo, descubría las pruebas necesarias para demostrarlo, y enviaba a los malhechores a la cárcel. No le preocupaban las minucias de la verdad y la necesidad. No podía ver más allá de las pequeñas leyes a las que servía.

Me pregunté, mientras me interrogaba por quinta vez, si sabría cuán cerca estábamos de su preciada verdad. ¿Sabía que hacía tres años y medio Ordé me había sacado de mi garito de la avenida Shattuck?

Un hombre, no recuerdo su nombre, que vivía dos pisos más abajo llamó a mi puerta un poco después de las once de la noche.

—Teléfono —dijo. Antes de que pudiera abrir la puerta ya estaba bajando las escaleras.

Había un teléfono público en la segunda planta que todos usábamos para recibir llamadas. Me sorprendió porque nadie me llamaba nunca. Mi madre ni siquiera sabía el número.

—¿Chance?

—¿Maestro? —pregunté. Nunca había visto a Ordé fuera del parque salvo la primera vez que nos encontramos. Hacía muy poco que era miembro de la Congregación Unida.

—Ven a verme —dijo, y me dio la dirección.

Me sentí halagado por la llamada. No pregunté por qué ni si no podía esperar hasta por la mañana. Le dije simplemente que podría tardar un rato porque no tenía coche ni bici ni dinero para el autobús.

—Date prisa —fue su respuesta.

Me descubrí corriendo por las calles nocturnas de Berkeley.

Ordé vivía en una casa pequeña a unas seis manzanas de Telegraph. No había ningún camino que atravesara el césped sin cortar hasta su puerta. Podía sentir las briznas de hierba mojada contra los costados de mis pies desprotegidos por las sandalias.

Abrió la puerta antes de que yo llamara.

—Entra.

La pequeña zona de la entrada tenía una puerta a cada lado. La habitación de la izquierda estaba vacía y oscura a excepción de una llama parpadeante solitaria que pensé que debía de pertenecer a una vela. En el cuarto de la derecha había una luz eléctrica encendida detrás de una puerta entrecerrada. Me giré hacia la luz más brillante.

—No —me ordenó Ordé. Señaló la oscuridad oscilante.

No le obedecí porque pensara que tenía que hacerlo. Quería complacerlo porque cuando hablaba parecía comprender todo el dolor de mi vida. Jamás culpaba a nadie ni hacía vanas promesas; sencillamente explicaba y dejaba que tomara mis propias decisiones.

Nos sentamos en el suelo en la habitación oscura a ambos lados de una gruesa vela. Llevaba puestos unos pantalones negros y una camisa sin cuello holgada y desabotonada. La luz proyectaba sombras sobre su pecho enjuto y su rostro afilado. Tenía el pelo rubio en sombra, lo que hacía que su piel bronceada pareciera pálida.

—Eres la mitad de algo —dijo, hablando en voz baja y sin ningún énfasis en particular. Pero sentí cómo las palabras se enroscaban con fuerza en mi mente—. La mitad inferior —continuó—. El trípode, los cimientos, la tierra bajo las estrellas.

Sentí deseos de levantarme y salir corriendo. No para escapar, sino para dar rienda suelta al júbilo que me inspiraban sus palabras.

—Estás dormido antes de despertar, como lo estaba yo antes de la luz azul. Te miro como verías tú a un hombre que usase la cabeza para poner clavos. Pobre necio.

La imagen estaba tan nítida en mi mente que me preocupó que pudiera ser la recaída de un antiguo viaje de ácido.

—¿Lo entiendes? —me preguntó Ordé.

—Creo que sí.

—¿El qué?

—Que la luz azul es Dios —dije.

—No. No lo creo —respondió Ordé, con algo de extrañeza en su voz—. No. Dios no, la vida. Ni mentiras ni esperanzas ni sueños. Nada que haya de venir más adelante, sino justo ahora. Justo ahora. Aquí.

No había experimentado nunca nada semejante a estar allí sentado recibiendo sus palabras. Lo único remotamente parecido era un antiguo recuerdo que tenía de mi madre intentando enseñarme la cordillera de San Bernardino. Yo tenía tres o cuatro años, y ella me sostenía en un brazo mientras señalaba a lo lejos. Lo único que podía comprender era la idea de «lejanía» y los colores. Pero mientras ella explicaba y apuntaba con el dedo, empecé a distinguir lentamente las montañas que me describía. La alegría que sentí al aprehender las montañas por primera vez era una emoción raquítica comparada con lo que me hacía sentir Ordé allí en la oscuridad.

Le había oído hablar muchas veces antes, pero nunca había sentido esa clase de impacto. Era como si me transformara temporalmente y por un fugaz instante viera a través de sus ojos, compartiera su consciencia ampliada.

—¿Lo entiendes? —volvió a preguntar Ordé.

Asentí con la cabeza.

—¿Puedes ver lo que te digo?

—Es como el mundo entero —dije sin sentido—. Todo.

—Todo debe cambiar —dijo, encontrando sentido a mi sinsentido—. Pero para que eso ocurra tenemos que multiplicarnos. Tenemos que crecer hasta que todos los animales y peces, todas las rocas y gotas de agua sean una. Todo debe converger.

—¿Como una explosión?

—Sí. Pero despacio. A lo largo de miles de años. Pero no será posible a menos que podamos reproducirnos.

—¿Por qué no puedes? —pregunté.

—No lo sé. Lo intento —dijo—. Pero mi sangre es demasiado fuerte. Devora el óvulo.

Mis ojos se habían acostumbrado ya a la oscuridad. Había un banco de madera detrás de Ordé y una pila de ropa o trapos en el suelo.

Se levantó y se acercó a la puerta tras la que brillaba la luz eléctrica. Lo seguí hacia la luz.

Era un pequeño comedor separado de la cocina por unas baldas que llegaban hasta la cintura. Una mesa grande, cubierta de linóleo rojo, dominaba la estancia, pero fue el pequeño cadáver desplomado en una de las sillas de cromo lo que me llamó la atención. Era Mary Klee, miembro de la Congregación Unida. La cabeza echada hacia atrás, espuma oscura en la barbilla. Tenía un ojo abierto de par en par mientras que el otro estaba casi cerrado. Llevaba puestos unos vaqueros y una camiseta.

Había un cuenco lleno a medias de lo que parecía sangre coagulada encima de la mesa delante de ella. Estoy seguro de que se me habría revuelto el estómago si no hubiera estado aturdido todavía por el poder de las palabras de Ordé.

—Esperaba que, si compartíamos nuestra sangre, sus células podrían fortalecerse. —No había contrición en la voz de Ordé—. Pero nada más beber un poco, murió.

Se quedó allí plantado largo rato, sopesando, supongo, el futuro de su raza: la generación de la divinidad azul. Me senté enfrente de Mary, sosteniendo su mirada torcida. Era la primera vez que veía un cadáver, claro que tampoco había creído nunca en Dios antes de que Ordé me dijera que había algo por encima de Él.

El silencio se prolongó durante media hora o más.

—¿Sabes conducir? —me preguntó al fin.

Debí de asentir.

—Métela en el coche que hay en la parte de atrás y llévatela a algún sitio —dijo.

Conocía el emplazamiento de un vertedero en Alameda. No lo patrullaba nadie por las noches y no había ninguna valla. Durante todo el trayecto no dejé de preguntarme por qué le obedecía.

—Sólo son palabras —me dije en voz alta—. Nada más que palabras, pero Mary está muerta de verdad.

Pero conocía la respuesta. Aquellas palabras me habían transformado, me habían hecho creer en algo de lo que podía formar parte. Ordé no lloraba la muerte de Mary. ¿Cómo podría hacerlo? A sus ojos las personas eran, a lo sumo, víctimas en coma. No la había asesinado; había intentado elevar su vida.

El detective Barber interrumpió mis pensamientos.

—Sé que crees que es tu amigo, chaval —dijo—. Pero también conocías a esas personas. Si piensas que le importas más que ellas, te equivocas. MacIlvey era su novia y está muerta.

—Todos estamos muertos, detective —dije—. Es sólo que algunos todavía no lo sabemos.

Barber negó con la cabeza. Era un buen tipo. En ese momento deseé ser como él. Deseé olvidar la triste verdad de las profecías de Ordé.

Dos

Phyllis Yamauchi trabajaba de astrónoma en Berkeley cuando la columna de luz azul entró por la ventana de su laboratorio. Un año después oyó hablar de un fanático que afirmaba que unos cuchillos azules habían hendido el cielo para iluminarnos. Se presentó el miércoles siguiente. Yo no tenía sentidos especiales por aquel entonces, pero me daba cuenta de que el encuentro entre Ordé y Phyllis Yamauchi era algo monumental.

El fanático alto y rubio bajó de su roca y acogió a Phyllis en sus brazos. Ella estaba llorando y él hacía ruidos y gestos que no expresaban ninguna emoción que yo conociera.

Ordé levantó a Phyllis, sosteniéndola con un solo brazo como si fuera una chiquilla, y dijo:

—Dios no está solo en esta tierra.

Al principio se hizo el silencio entre nosotros. Después yo empecé a dar palmas. A continuación estallaron los aplausos, aplausos y vítores.

Ordé tenía el poder de ver el pasado conforme avanzaba hacia el futuro y avivar las pasiones de los hombres con ese conocimiento.

Pero había otros que también habían visto la luz. Gijón Díaz, un entusiasta de los puzzles. Reggie y Wanita Brown. Eileen Martel, que traía a casa decenas de animales heridos, todos los cuales se recuperaban aun de las peores lesiones. Y estaba Myrtle Forché, dramaturgo antes de la luz azul y escritor de monólogos después. Ellos, y otros, asistían a los sermones de los miércoles de Ordé. No todos venían a escuchar todos los sermones, pero había una suerte de asociación informal que hacía que la mayoría de ellos regresaran con cierta asiduidad.

Ellos eran los Azules. Hombres y mujeres que habían trascendido la raza humana. Una parte de su mente había vivido entre estrellas tan lejanas que nuestra ciencia ni siquiera las había imaginado todavía.

El que yo me codeara con ellos, compartiera sonrisas y bebiera de las mismas copas, me regocijaba. Me consideraba íntimo de un panteón de dioses. Pese a ser meramente niños en los primeros meses tras su creación, presagiaban una evolución que se convertiría en la divinidad con la que sus mitades inferiores y mortales siempre habían soñado.

El doctor Edward Marie de la penitenciaría del condado de Alameda no esperaba que Winch Fargo sobreviviera a sus heridas. Pero mientras Ordé anunciaba sus profecías, las lesiones de Winch sanaban paulatinamente. Tras dieciséis meses en una cama de hospital, Winch abrió los ojos a la confusión y su mente al dolor.

Solicitó sedantes, pero el doctor Marie no vio motivo alguno para complacerlo. Las heridas ya estaban casi cerradas. Edward Marie no podía ver la pseudovida que infestaba la mente y el cuerpo de Fargo, el fragmento de esa ecuación divina que corría por sus venas como la maldición de una víctima largo tiempo olvidada.

Tuvieron que cargar de cadenas a Fargo en el tribunal porque ocasionalmente sufría violentos espasmos. Los abogados encargados de su defensa dijeron que padecía un trastorno nervioso degenerativo. El doctor Marie no estaba de acuerdo. El fiscal descartó los agónicos calambres del acusado por considerarlos un ardid para salvarse de la pena capital.

A Winch le daba igual. Las cadenas que lo atenazaban estaban en su sangre. Cadenas de dolor. En algún lugar lejano, o próximo, o inexistente, dentro de su cabeza. Cuando las sensaciones convergían daba un respingo, o lo intentaba al menos, y gritaba.

Puede que el jurado lo hubiera dejado en libertad. Puede que lo hubieran enviado a un hospital psiquiátrico, donde los fármacos podrían haber aliviado su anticipo de la eternidad.

Puede que lo hubieran hecho, de no ser por Eileen Martel; ella y el chico, Reggie, y la pequeña, Wanita. Ya habían visitado la roca de Ordé.

Ésta la versión de la historia que conozco.

Hacía poco que Eileen había encontrado la Congregación Unida cuando un día Reggie y Wanita fueron al parque con su madre. Wanita fue derecha a Eileen y se encaramó a su regazo.

Eileen hizo buenas migas con la madre de los niños. Dijo que había perdido a su marido el mismo día que murió Luwanda, la hija de la señora Brown. Dio dinero a la familia y se ofreció a hacer de niñera cuando la señora Brown necesitara dedicar tiempo al trabajo.

Se los veía a menudo en la Congregación Unida; Eileen, blanca como la tiza, y los niños de piel marrón a su cargo. La anciana viajaba además en compañía de perros que lucían escayolas caseras, aves incapaces de volar, y todo tipo de animales salvajes heridos que se amansaban en su presencia. Una pata o un ala rota, un ojo supurante de pus amarillo, un corte ensangrentado; todo se curaba con los cuidados de Eileen. La madre de Reggie me contó que éste se había vuelto loco tras la muerte de su hermana; se escapaba por la ventana por las noches y dormía durante el día debajo de su cama. No la escuchaba, ni siquiera hablaba con ella, hasta que conoció a Eileen en el parque.

—Fue algo mágico, Chance —me dijo la señora Brown—. Esa señora blanca le acarició la frente con los dedos, y sin más ni más, volvió a ser mi pequeño. Esa señora blanca es un regalo del cielo.

Ordé quiso adoptar a los niños, pero Eileen le dijo que no. Dijo que ella se ocuparía de velar por el bien de los pequeños. Fue la única vez que vi a Ordé derrotado por la voluntad de otra persona.

Winch los sintió en cuanto entró en la sala del tribunal. Para él fue como un desbordamiento de luz. Los Azules me dijeron que todos podían sentir la presencia de otros como ellos. Ordé lo llamaba tintineo. Reggie decía que sonaba como un rugido.

—¡Ahí va! —exclamó Winch al reparar en la presencia de Eileen y los niños a su cargo. Saltó hacia ella, pero las cadenas y los guardias lo retuvieron—. ¡Por favor! —chilló.

Eileen acudió allí todos los días después de aquello. Había asistido en calidad de testigo de la acusación, pero regresó impulsada por la caridad. Winch la saludaba con la cabeza al comienzo de cada sesión y a continuación se sentaba plácidamente.

Ordé dijo que Winch se sentía apaciguado por el aura de alguien que había absorbido toda la luz. Cuando Eileen y Reggie explicaron que sentían algo como un desgarramiento en su interior cuando estaban cerca de Winch Fargo, Ordé supo, o dijo saber, que Winch no había visto la luz lo suficiente, que la presencia de alguien entero aliviaba su dolor.

—La composición de la luz se parece a la estructura esquemática de una cinta de ordenador —me explicó Phyllis Yamauchi un miércoles antes de la charla de Ordé en el parque—. ¿Sabes algo de ordenadores?

No sabía nada y así se lo dije. Estaba ansioso por escuchar cualquier cosa que tuviera que decir. Ya había empezado la *Historia de la venida de la luz* y quería oír acerca de la luz azul por boca de alguien más aparte de Ordé. Quería estar seguro de que no tenía la cabeza sencillamente achicharrada por abusar de las drogas, de que no me habían lavado el cerebro los desvaríos de un fanático.

—Toda cinta de ordenador tiene un encabezamiento —me explicó Phyllis—, luego información única, y por último un cierre. El encabezamiento proporciona información sobre lo que uno está a punto de recibir. Esa información única se lee a la luz de lo que precedía en el encabezamiento. El cierre, en una cinta de ordenador, controla la ruta, la información, y otras estadísticas acumuladas mientras se procesa la información única. ¿Tiene sentido?

—Sí —dije—. Sí, lo tiene.

Era un placer hablar con Phyllis. Era tan tranquila, y tranquilizadora, comparada con Ordé. Estaba cuerda, pero aun así creía en la luz azul.

—La luz azul, tal y como yo lo veo, se parece a la cinta de ordenador en más de un sentido —dijo—. Sólo que el encabezamiento se repite a lo largo del cuerpo de información única. Este encabezamiento refiere nuestra historia, empezando por un antiguo planeta y los orígenes de la vida en el universo...

—Pero, ¿cómo te lo dijo? —pregunté. Me sentía absolutamente cómodo interrumpiéndola—. ¿No tuviste antes que aprender el idioma?

—El idioma de la luz está en nuestra sangre, Chance —dijo, sonriendo—. Una vez iluminados, somos plenamente conscientes. La parte del centro... nuestra misión, nuestro propósito individual... es la mayoría de la luz, casi doce segundos luz de largo. Esta información es lo que nos distingue a unos de otros. Pero aunque todas las luces fueran exactamente iguales, terminarían diferenciándose porque la información que hay en la sangre viva nos altera también a cada uno de nosotros.

—Entonces, ¿quieres decir que si tú y yo viéramos la misma luz, obtendríamos distinta información? —pregunté, obligándome a no coger el lápiz y el libro con tapas de madera.

Phyllis Yamauchi sonrió y parpadeó, antes de poner sus dedos cálidos encima de mi mano agarrotada.

—Hasta tu forma de pensar se basa en la posibilidad de tu sangre, Chance. —Mientras esperaba a que esa verdad calara en mí, reparé en el dirigible de Goodyear que flotaba en el cielo detrás de su cabeza. Pensé que aquel artefacto volador estaría tan olvidado como cualquier criatura unicelular de miles de millones de años cuando la luz azul impusiera su voluntad—. La última parte, el cierre —continuó Phyllis—, es la sede de poder. Libera el potencial que hay en nosotros. Por primera vez en la historia de este mundo, la vida evoluciona sin morir. Ordé cree que ese tal Winch Fargo sólo vio la última pieza, el cierre. Tiene todo nuestro poder y visión sin comprensión o propósito. Eso es lo que le vuelve loco.

Llevaba puesta una blusa verde con pantalones blancos manchados de verde en las rodillas debido al césped donde nos sentábamos. Su piel era del color de la miel clara, y su figura era pequeña y frágil. A cualquier desconocido de pasada podría haberle parecido una universitaria hablando con algún hippie descarriado que la intrigaba.

—¿Cómo lo sabes? —pregunté.

—¿Saber qué?

—¿Cómo sabes eso acerca de la luz? ¿Es porque eres científica?

—Yo soy la luz.

—¿Eso no lo dijo Dios?

Phyllis me sonrió. De alguna manera la había conmovido.

—En la Tierra —dijo, mirándome directamente a los ojos—, está la ciencia por un lado y Dios por otro. En cualquier iglesia o templo o sinagoga está Dios arriba y la humanidad abajo, siempre alejados. Pero la verdad es que el universo es como un vasto océano que bulle de vida. Toda esa vida está relacionada. La ciencia y Dios y el hombre se encuentran allí y descubren que cada uno de nosotros está convirtiéndose en el otro.

Aquella noche me acompañó a mi cuarto e hicimos el amor. Parecía que le gustaba, pero por la mañana dijo que no tenía ninguna posibilidad de dejarla embarazada. Jamás volvimos a estar juntos, pero a mí siguió importándome.

La presencia tranquilizadora de Eileen permitió al jurado condenar a Fargo a ciento treinta y cinco años. Tenía el cuello estirado, sonriendo a Eileen, mientras el portavoz del jurado anunciaba el veredicto.

Eileen cogía el autobús para ir a Represa todas las semanas. Él siempre estaba débil y macilento cuando llegaba. Pero transcurridos quince minutos, aun a través del cristal antibalas, revivía. Le dijo que verla era como ser elevado por el viento, que todas las noches después de verla recibía la visita de dioses que le contaban toda clase de secretos. Los dioses acudían dos noches más, y a la cuarta él dormía.

Pero durante el resto de la semana aparecían monstruos para bebérse su sangre. Tenía cortes y cicatrices en los brazos, Eileen podía verlo. Pero no sabía lo que significaban.

La semana después de mi quinto interrogatorio por parte de Miles Barber, apareció Claudia Corazón. Era la última incorporación de los Azules. Por aquel entonces desconocía su verdadero apellido, Zimmerman. Pero su nombre real no importaba, porque respondía al nombre de Corazón y vivía según ese principio.

Ordé le dio la bienvenida el primer día que se presentó. Como la mayoría de los Azules, no parecía especial al principio. Uno sesenta y cinco con lacio pelo castaño y ojos marrones más bien pequeños. Su piel no era pálida ni oscura. Tenía los dientes pequeños. Sentí el comienzo de una erección la primera vez que la vi, pero supuse que se debía a la emoción que me producía el que Ordé la reconociera como otra de los Azules.

El propio Ordé estaba abrumado porque el perro de Claudia, dijo, también había sido traspasado por las primeras palabras. Éste era el primer animal que había visto que se hubiera elevado por encima del hombre.

Claudia aceptó los abrazos de Ordé y los elogios de la congregación. Luego se colocó en silencio a mi lado y escuchó el sermón.

Estaba callada pero concentrada.

Mientras Ordé nos aleccionaba sobre las propiedades de la luz, Claudia estaba seduciéndome.

Sentí un golpecito de su hombro contra mi brazo, pero al principio no le di importancia. Al fin y al cabo, éramos la Congregación Unida. Aun cuando se apretó contra mí y enganchó un dedo en una de las trabillas de mis pantalones, pensé que sencillamente estaba siendo amigable.

Pero luego me sacó la camiseta de la culera de los pantalones. Su mano se abrió camino hasta mis riñones y bajó hasta lo alto de mis nalgas. Aquella mano estaba increíblemente caliente.

—... la luz de la creación es la salvación, y también la condenación, del hombre —decía Ordé—. Es la idea y el poder de algo que está más allá de vuestro concepto de Dios. Pero eso no quiere decir que se abandone el libre albedrío. Un científico tocado por la luz se convertirá en un supercientífico. Ese niño sondeará el significado del universo. Un artesano...

Mientras la uña de Claudia trazaba un círculo en mis riñones, sentí que la brisa que me envolvía era en realidad su aliento. La miré de reojo. Estaba observando a Ordé, pero su sonrisa era para mí.

—... un artesano será Vulcano según los estándares terrestres. Obrará milagros con madera y piedra. Pero no todo el que es de luz es de fiar...

Claudia escogió ese momento para bajar la mano y acariciarme las nalgas, con un dedo hurgando en dirección a mi ano. Había gente detrás de nosotros, y no soy ningún exhibicionista, pero no hubiera apartado aquella mano por nada. Ni siquiera por Ordé.

—... todo el que ha recibido la luz tiene un propósito en el plan divino, pero no podéis fiaros de todos. ¿Y si un asesino levanta la mirada de su víctima, al azul? ¿Un pederasta, un ladrón, un mentiroso, un estafador? Hay sitio para toda clase de hombre o mujer. —Ordé miró de soslayo en mi dirección en ese momento. Sentí deseos de gemir que me perdonara y de placer por las caricias del dedo de Claudia. Pero Ordé no estaba mirándome a mí. Sus ojos se posaron en el perro de Claudia, Max—. Hasta un perro puede ascender a las alturas...

Soy un hombre alto. Uno noventa y tantos. Por eso Claudia no tuvo que agacharse demasiado para meterme la mano entre las piernas. Apretó la vena dura debajo de mi escroto. Podría haber cerrado las piernas lo bastante fuerte para detenerla; quería hacerlo, pero no pude.

Era como si volviera a ser un adolescente, un muchacho que siempre había querido y nunca había conocido el tacto del sexo.

—... no estamos aquí para responder a vuestras plegarias —estaba diciendo Ordé—. Estamos aquí para preparar el firmamento para la unificación de todas las cosas. Estamos aquí para crear un orden nuevo y mejor. Cada uno de nosotros utilizará las herramientas a su alcance. Cada uno de nosotros hará lo que sea necesario. Vuestros deseos carecen de importancia. Sólo os amaremos si eso sirve a nuestros fines...

—Ven —me susurró Claudia—. Vamos.

Tuvo que ponerse de puntillas y soltarme la vena. Yo estaba escuchando atentamente a Ordé porque ése era su poder. Cuando pronunciaba sus profecías nos subyugaba. Así fue como descubrí que el sexo, o la pasión, o el amor, o como uno quiera llamarlo, era el dominio de Claudia Corazón.

Por mucho que quisiera quedarme y seguir escuchando, tenía que ir con ella, mi erección hacía una tienda de campaña en los holgados pantalones de faena que llevaba.

Me condujo a través de la Congregación Unida y por un camino entre los árboles. Llegamos a una pequeña carretera de tierra, y se detuvo para besarme.

Todo se atenuó, como cuando cae un rayo y se produce una bajada de tensión. Apenas podía ver o respirar. Donde nuestros labios se tocaban se convirtió en el centro de un nuevo ser, no sé describirlo de otra manera. El beso —no la carne, sino el acto de besarse en sí— se convirtió en el origen de algo que estaba por encima de mí, pero de lo que yo seguía formando parte. Hice ademán de abrazarla, pero demasiado tarde, se apartó y estudió mis ojos. Lo que quiera que viese debió de satisfacerla, porque sonrió y dijo:

—Vamos.

No entendía cómo podía soportar la separación ni cómo podía moverse tan deprisa. El beso parecía prolongarse eternamente, pero por qué no podía rodearla con mis brazos, no lo sé.

Nos alejamos un poco del parque y salimos a la calle. Me llevó por un callejón anónimo, detrás de un taller de máquinas. Allí llegamos a una furgoneta Dodge que estaba encajonada entre dos pequeños edificios.

Abrió la puerta de atrás. La parte de carga de la furgoneta, tapizada, estaba completamente vacía salvo por un catre de lona que estaba apoyado contra la pared del fondo.

—Adentro, deprisa —dijo.

El perro, Max, entró corriendo conmigo.

—Quítate la ropa —me dijo.

Se sacó por la cabeza su vestido negro de una pieza. Debajo tenía unos pechos pequeños y bien formados y un estómago liso. Su vello púbico era abundante y salvaje, como un arbusto descuidado. Gemí al verla y me rompí una uña con el nudo de mi bota.

Cuando ya me había desnudado casi por completo, me miró y sonrió. Mi erección la apuntaba directamente.

—¿Qué quieres? —pregunté. Sabía que no podría moverme sin que ella me lo dijera.

Estaba encorvado porque la furgoneta no era lo bastante grande ni siquiera para que ella estuviera erguida.

Arrastró el catre hacia el centro del espacio.

—Aquí —dijo, indicando que debía sentarme en el borde inferior.

Estaba desnudo a excepción de una bota y la pernera del pantalón que no había podido sacarme.

Hizo que me tumbara antes de sentarse a horcajadas sobre mi erección. Sentí algo tan firme y cálido y envolvente que se me cortó la respiración.

—No te muevas —dijo.

—Pero tengo que hacerlo.

—¿No es agradable así?

—Sí, pero...

—No te muevas.

Estaba mirándola a los ojos. Parecía estar pidiéndome algo, y yo estaba haciendo todo lo posible por dárselo. De vez en cuando me sobrecogía un espasmo y un estremecimiento.

—No te muevas —era siempre su respuesta.

Tras largo rato empezó a moverse despacio arriba y abajo, inclinándose un poco para poder acariciarme los pezones con las uñas. Intenté moverme a su compás, pero me clavó las uñas en el pecho y susurró:

—Para. Si sientes deseos de moverte, di algo, o grita. No te oirá nadie. Grita.

Entonces empezó a moverse más deprisa.

Solté un grito.

El perro ladró.

—Quédate ahí tendido, Chance —dijo Claudia Corazón. Me pregunté cómo sabía mi nombre.

Grité.

—¿Qué sientes? —preguntó.

—Como cachemira y acero —dije. No sé de dónde saqué la voz para articular las palabras.

—¿Te gusta?

No fui capaz de responder.

El perro soltó un aullido que retumbó en mi pecho y mi cerebro.

—Separa las piernas —me ordenó Claudia.

La oí, pero de algún modo no pensé que estuviera dirigiéndose a mí.

—Separa las piernas —repitió.

Lo hice y al instante sentí la lengua caliente del perro lamiéndome los testículos. Intenté juntar las rodillas, pero Claudia alargó la mano para detenerme.

—Como lo intentes, Max te arrancará las pelotas de cuajo.

El miedo que sentía no hacía más que aumentar mi excitación.

—Disfruta, tesoro —dijo Claudia. Y empezó a moverse deprisa, zarandeándome como si estuviéramos bailando rock.

Cuando me corrí pensé que mi corazón iba a estallar. Claudia abandonó su seria mirada por una sonrisa momentánea.

—Esto es sólo el comienzo, Chance. Sólo el comienzo.

Intenté levantarme, pero Max me dio un mordisco en el muslo. Aulló otra vez; Claudia volvió a darme cachemira y acero. Pasaron horas antes de que terminara conmigo. No sé cuánto tiempo exactamente porque no estuve consciente todo el rato.

Después de hacer el amor me quedé dormido y soñé.

Mi padre estaba allí, alto y negro como lucía en la fotografía que guardaba mamá. En mi sueño vestía de traje, no con vaqueros y camisa de trabajo.

—Hey, Lester —dijo. Lester era mi nombre de pila. Ordé me llamaba Chance merced a sus profecías y artes adivinatorias. Decía que el nombre, «oportunidad», simbolizaba el fino hilo de esperanza que tenía la humanidad de sobrevivir frente a la creación.

—Eh, hey —le dije a mi viejo.

—Todavía eres mi hijo, muchacho. Todavía eres también un hijo negro de África. No dejes que esos blancos te opriman. No habrá ningún problema a menos que tú permitas que lo haya.

—Pero mamá está bien, ¿no, papá? —pregunté.

—Está bien, bien. Pero tú no dejes que me niegue en tus venas. No permitas que te diga que eres como todos. Eres mejor de lo que nadie podría imaginar.

Estaba sentado en una isla diminuta con Claudia. Me preguntó dónde estábamos, y le dije que era mi isla. La isla adonde iba para escaparme.

Estaba buscando esa isla cuando me fui de casa para ir a la Universidad de California en Berkeley. Antes de eso vivía en Los Ángeles con mi madre. Me enviaba a la iglesia y al colegio y al campamento de verano con todos los niños blancos. Me decía que no hiciera caso cuando se burlaran de mí y que los ignorara cuando me gastaran bromas. Nunca me pegaron, porque era demasiado grande. Pero aun así podían herir mis sentimientos.

Le dije a mamá que sería fuerte, pero no podía serlo, y cuando me marché no regresé jamás a ella ni a su vida.

Empecé en la residencia de estudiantes hasta que obtuve la licenciatura, pero cuando entré en el doctorado me mudé a un gran almacén en San Francisco que compartía con drogadictos, fugitivos, estudiantes y ex universitarios sin título. Seguí con mis estudios durante un año aproximadamente. Abandoné el ácido y aprendí a usar la grabadora. Hacía autostop a lo largo del río Russian con chicas que acababa de conocer esa tarde. Con los hippies encontré algo de paz, pero era una paz complicada. Me sentía culpable por lo de mi madre, y por eso siempre me costaba conciliar el sueño.

—Despierta. Despierta. —Claudia estaba zarandeándome. Había vuelto a ponerse el vestido. Max dormía en una esquina de la furgoneta—. Levántate.

—Hola —dije. Todavía tenía los pantalones vueltos del revés, colgando de mi tobillo y mi bota izquierda.

—Levántate ya, Chance.

—¿Qué?

—Vete. Vete a casa.

—¿No puedo irme por la mañana?

—No. Necesito estar sola ahora.

—Pero...

—Hemos hecho lo que necesitabas, Chance. Ya es hora de que te vayas.

Era imposible discutir con ella. Me vestí. Se dirigió al asiento del conductor de la furgoneta y esperó mientras me ponía la ropa. Cuando acabé intenté despedirme, pero era como si no me oyera.

Estiré el brazo para tocarla, pero Max gruñó y se puso en pie de un salto.

Tres

Encontré a Ordé esperándome cuando regresé a su estrado de piedra. Ya había oscurecido.

—Te fuiste antes de que acabara el sermón —dijo. No era una pregunta ni una acusación.

—Ella me obligó.

—Lo sé —dijo—. Estaba intentando retenerte con mis palabras, pero su sexo era demasiado fuerte.

—Lo sabía —dije. Fue como la confesión de un amante infiel.

—¿Cómo te sientes?

—Como si pudiera volar pero no recordase cómo.

—¿Y qué quieres ahora?

Lo miré a los ojos. Teníamos la misma altura. Donde él era delgado y dorado, yo era fuerte y del color del chocolate con leche. No había mucho de mi madre blanca en mí.

Me encogí de hombros y contuve un sollozo. Desde que salí de la furgoneta de Claudia quería volver. Regresar a su presencia. Ella era el único pensamiento al que podía aferrarse mi mente. Todo lo demás estaba disolviéndose. Todos mis recuerdos y deseos se desvanecían como imágenes fugaces atisbadas en los contornos de una nube.

—¿Te gustaría escuchar el resto de mi sermón? —preguntó Ordé.

Todavía sabía asentir por mi cuenta.

Retomó su charla como si todavía fuera mediodía.

—No sois gusanos ni mariposas —dijo Ordé—, sino tan sólo el envoltorio reseco que queda tras la metamorfosis. Si morís, no tiene importancia. Vuestra vida no es más que los ciegos tropezones de un recién nacido abandonado. Vuestro placer es arena y sal. Vuestro calor es té tibio. Vuestra vida una breve ráfaga de viento sobre aguas estancas...

Las palabras me cubrían como un bálsamo frío, un amor reconstituyente. La condenación no me preocupaba. Él era mi maestro en lo alto de una piedra filosofal. Sus brutales palabras sólo eran verdad.

—... aguas que no pueden fluir. La auténtica vida está en mis venas. Está en mis ojos y en mis palabras. Sólo hay dos formas de hacerse de la luz. O bien uno ve las palabras verdaderas o bien nace de la sangre de la verdad. No se puede ascender. Sólo se tiene una ligera posibilidad de pseudoconocimiento. Quizá uno perciba que hay una verdad por encima de él, pero jamás lo sabrá, jamás volará entre las estrellas en redes de unidad.

No era sólo que hubiera verdad en sus palabras, sino que de algún modo sus mismas palabras eran verdaderas. Como el beso de Claudia, las palabras de Ordé me inspiraban visiones de un lugar entre dos puntos. Un espacio que pese a ser más pequeño que un átomo comprende toda la existencia. Un lugar que todavía no está aquí pero se acerca.

—¿Quieres verlo, Chance?

—¿Eh?

—¿Arriesgarías tu insignificante vida por un atisbo de la verdad? —Su voz sonaba amable y preocupada.

No tenía elección. Él era un dios y yo, un topo ciego.

Nos dirigimos a su casita. Llevaba puesta una capa y un hábito de monje de brillantes colores desteñidos, pero nadie nos miró dos veces. Estábamos en la zona de la Bahía en 1969 y un hombre negro, un hermano, caminando junto a un hombre blanco que llevaba el pelo como una mujer no hacía volver la cabeza a nadie.

A la luz se podía ver que su hogar se componía de cuatro pequeñas habitaciones de suelos desnudos y mobiliario espartano. Entramos en la cocina. Me senté a la mesa, acordándome de Mary allí sentada, muerta. Me pregunté si mis otros amigos habrían muerto en aquella mesa. Mientras me lo preguntaba, Ordé encendió una cegadora luz eléctrica y colocó un cuenco de cerámica blanca delante de mí. Me fijé en los restos oscuros que salpicaban el suelo y las paredes. Cuando levanté la cabeza, Ordé estaba acercándose a mí con un cuchillo afilado de mango retorcido.

—Si me dirijo a una multitud, me escuchan porque sospechan que la verdad está en mis palabras —decía—. Algún día me presentaré a las elecciones.

Miré fijamente el cuchillo mientras se cernía sobre mí.

—Pero si conecto con la verdad de las palabras mientras hablo para un grupo reducido, o una sola persona, la verdad se manifiesta. Soy la puerta a la verdad, Chance.

—¿Vas a matarme? —pregunté.

—No lo sé —dijo—. Los demás murieron, pero tú eres distinto. Eres... eres más débil que ellos. Eres uno de los susceptibles. Más que ningún otro, tú nos oyes. Oyes la música.

Me entregó el cuchillo.

—Corta una vena y cubre unos dos centímetros del fondo del cuenco.

No quería morir y estaba seguro de que lo que se disponía a hacer acabaría conmigo. Pero no podía negarle nada. La muerte era preferible mil veces a decepcionarle. Me corté la muñeca y la sangre manó libremente. La sensación de la sangre corriendo entre mis dedos era familiar, casi reconfortante. Era una sensación que asociaba con el poder... mi poder.

Los cálidos goterones cayeron rápidamente en el cuenco blanco. Intenté contener la hemorragia con el pulgar, pero la sangre seguía brotando. Probé con tres dedos, pero aun así fluía entre ellos y alrededor. Empezaba a sucumbir al pánico cuando Ordé me agarró la muñeca y colocó una gran compresa de gasa sobre el corte. Apretó con fuerza aproximadamente durante un minuto antes de sacar un rollo de vendas y envolver la gasa con firmeza. Un gran círculo de sangre se extendió por el vendaje, pero se detuvo antes de alcanzar los bordes.

Entonces Ordé cogió el cuchillo. Se levantó la manga, descubriendo su muñeca. Había muchas cicatrices a lo largo de la vena. Me pregunté si cada una de aquellas incisiones equivaldría a una muerte.

Ordé eligió un punto entre dos cicatrices. Clavó la punta y giró rápidamente la muñeca. La sangre asomó en rápidas gotas, mezclándose con la mía. La sangre de Ordé era más oscura, pero la mía era más pesada. Al principio las gotitas formaron pequeños charcos en la superficie como islotes oscuros en un mar escarlata. Pero conforme sangraba, los islotes se fusionaron para crear continentes.

Cuando acabó, Ordé sencillamente apretó el pulgar contra la pequeña incisión durante unos diez segundos aproximadamente. La hemorragia cesó por completo, y me pregunté si también eso estaría relacionado con su verdad.

—Tenemos que esperar a que se prepare la mezcla —dijo Ordé.

Se sentó enfrente de mí y sonrió.

Recordé la primera vez que me había sentado en su presencia la tarde en que había decidido morir por segunda vez.

—¿Qué tal, hermano? —me preguntó.

—Bien.

—¿Estás en la universidad?

—Ajá.

—¿Qué haces aquí?

—Estudio la *Guerra del Peloponeso* de Tucídides y su impacto sobre la idea de la historia. Ésa es la idea general por lo menos... —Me interrumpí antes de pasar a explicarle que el general, médico e historiador no sólo contaba la historia, sino que él mismo formaba parte de ella; él era la historia. Ésa era mi tesis, sencilla y elegante, en mi opinión. Pero nadie en el departamento de Historia Antigua había considerado que mi idea fuese lo suficiente erudita, y se alegraron cuando me fui.

—¿Te gusta?

—No es que me importe. A lo mejor hace tiempo sí, pero ya no.

—Lo único que se aprende aquí es a marear la perdiz —dijo Ordé.

—Has dado en el clavo. —Aquélla fue la primera vez que sentí los efectos de la verdad de Ordé, aunque entonces no lo sabía.

—¿Conoces el depósito de agua que está encima de la estatua en el parque Garber?

—¿Y?

—Me reúno allí con algunas personas los miércoles a mediodía. Aprenderías mucho más allí de lo que aprenderás nunca en un aula.

—¿Sobre qué? —pregunté.

Ordé se volvió hacia mí entonces y me miró a los ojos.

—Sobre todo lo que te pierdes todos los días. Sobre todo un mundo que estos necios de aquí abajo ni siquiera saben que existe.

Por aquel entonces pensé que fueron sus ojos los que me convencieron para vivir por lo menos hasta el miércoles siguiente.

Allí sentado en su cocina, mientras nos mirábamos fijamente por encima de un cuenco de nuestra sangre, me pregunté hasta qué punto me había apartado de mis prístinos estudios.

—¿Ves? —dijo Ordé—. La sangre se mezcla sola.

Tenía razón. La sangre más oscura y la más clara habían formado grumos alargados como gordos gusanos. Se retorcían y volvían unos contra otros, a veces despacio, a veces deprisa. De vez en cuando dos de los gusanos se caían y amalgamaban y separaban; ahora de un color completamente distinto, casi blanco.

—Cuando sean todos del mismo color, estará lista —dijo Ordé.

Observé a los esforzados gusanos, pensando que era la primera vez que podía ver la verdad de Ordé fuera de mi mente. No era sólo que me aturdieran las palabras de Ordé o la sexualidad de Claudia. Ésta era la prueba.

Se me empezó a encoger el estómago. Sentí un temblor en la nuca y quise levantarme de un salto de aquella mesa. Quería salir corriendo.

—¿Ves? —dijo Ordé—. Ya son todos de ese color rosa lechoso.

—Sí —ladré.

Ordé se dirigió a un cajón de los armarios empotrados alrededor del fregadero. Sacó un pequeño batidor y volvió a sentarse. Los gusanos rosados estaban agitándose violentamente.

Ordé metió el batidor y sacudió con fuerza. Los gusanos volvieron a licuarse. Era como si sus contorsiones hubieran sido una ilusión, una visión fruto del poder de sugestión de Ordé.

—Éste es el color más claro que he visto —dijo Ordé.

—¿Quieres decir como con Mary? —pregunté.

—Ella fue la primera —dijo—. Eso es lo que la mató, y también a Janet Wong y a Bruce. Bebieron un fluido más oscuro y murieron.

Ordé me miró a los ojos.

Me acerqué el cuenco a los labios. Sentí el líquido espeso cálido en la lengua. En mi garganta pareció transformarse de nuevo en gusanos. Bajaron sinuosos y retorciéndose. Intenté apartar la sangre de los labios, pero Ordé alargó la mano para aumentar la inclinación del cuenco. Me lo bebí todo. Y luego tiré el cuenco al suelo.

Los gusanos desfilaban por mi interior. A través de mi estómago hasta mis intestinos. Por debajo de mi piel hasta mi corazón. Grité más fuerte que con Claudia. Cuando me levanté de un salto, Ordé intentó agarrarme, pero lo golpeé y se desplomó. Corrí hasta la puerta principal y salí a la calle; entonces emprendí la huida. A intervalos los parásitos que habitaban mi cuerpo me provocaban espasmos, y me caía rodando por céspedes y de la acera a la carretera. Un coche chocó conmigo a la altura de Telegraph, pero no dejé de correr.

Las visiones comenzaron escasas manzanas después del accidente. Amplias bandas de luz en las que se sucedían imágenes e historias. Moléculas del tamaño de galaxias, criaturas de aspecto extraño que entraban y salían de luces multicolores. Apareció una planicie en una pantalla curva de azul. La llanura, cuando mi mente entró en ella, se extendía en todas direcciones. No había senda que seguir ni montaña sobre que la fijar la vista...

—¿Qué le pasa, Martínez?

—Está colocado, sargento. Hasta las cejas.

Debían de ser policías. Debían de haberme arrestado. Sé que lo hicieron porque me desperté en la sección para borrachos de la comisaría de Berkeley. Pero estaba distraído por las visiones y también por los sonidos. Me imaginaba estrellas cantando a coro; no era un error, ni casualidad. Había significado y los diestros movimientos de una danza entre los soles. Fue entonces cuando comprendí que los gusanos se habían abierto paso hasta mi cerebro.

Una ventana de luz se abrió ante mí. Resplandecía como un pergamino encendido de inscripciones alienígenas, ecuaciones y jeroglíficos. Miré fijamente las páginas incandescentes a medida que pasaban. Absorbí cada carácter, pero comprendía muy poco. Hacia el final estaba la biografía completa de Ordé. Su infancia de mentiroso y su vida de adulto como santo. Vi y sentí todo cuanto él había sabido y hecho hasta la llegada de la luz azul.

Se produjo un fogonazo y allí estaba yo, yo mismo, una página.

Una hoja en blanco.

Una nota al pie sin redactar todavía.

Cuatro

—¿Lester?

Abrí los ojos para ver a un hombre blanco y alto vestido con una bata blanca que colgaba abierta para revelar una camisa a cuadros rojos y amarillos y vaqueros azules.

—Sí.

—Soy el doctor Colby. ¿Cómo te sientes?

—¿Dónde estoy?

—En la residencia de Santa Teresa.

—Estoy cansado —dije.

Otra vez (podría haber sido más tarde aquel mismo día u otra semana) me desperté para encontrar a Colby de pie de nuevo junto a mi cama. Era delgado. Tenía el blanco de los ojos surcado de venas rojas, venas que parecían contorsionarse.

—¿Cómo te sientes? —volvió a preguntarme.

—No lo sé. Todo me parece extraño.

—¿Como por ejemplo?

—No lo sé —dije—. Como su piel. Si me fijo, puedo ver todo tipo de azules y amarillos que son como el negativo de una fotografía.

—¿Sientes náuseas? ¿Dolor de cabeza?

—¿Por qué?

—¿Tienes antecedentes de alguna enfermedad en la sangre?

—No.

—¿Algún problema? —Intentaba aparentar despreocupación.

—¿Estoy enfermo?

—Por lo visto le pasa algo a tu sangre. No es nada malo, en realidad, pero resulta extraño. No se comporta como cabría esperar.

—Entonces, ¿qué pasa?

—No lo sé. —El médico se pasó la mano por el pelo corto y entrecano—. Hemos mandado hacer unas pruebas.

Me tomó la presión arterial y me auscultó los ojos, la garganta y los oídos. Mientras me examinaba, descubrí que llevaba ingresado tres meses y medio.

—Te trajo un tipo llamado Portman —me dijo el médico—. Llama todas las semanas para interesarse por tu estado.

—Me gustaría hablar con él la próxima vez que llame —dije.

—Cuando tengas fuerzas para andar. —Colby me dedicó una sonrisa cordial—. No tenemos teléfonos en las habitaciones.

Me dio una pastilla verde oscura y salió del cuarto después de cerciorarse de que me la tragaba. Me quedé casi dormido, sumido en una suerte de duermevela, un estado meditabundo.

Era consciente de nuevas posibilidades en la vida. Como una ameba a la deriva en el océano, soñando con transformarse en ballena. Como un saco de cemento a la espera de convertirse en parte de una autopista o un puente. Había anticipación en cada sonido y sensación.

Una luz aleteó contra mis párpados. Una flauta de madera tocaba suavemente.

Ordé estaba sentado junto a mi cama, vestido con aquel traje marrón de segunda mano. Había añadido un sombrero flexible gris casi sin forma al conjunto: el pelo largo y rubio escapaba detrás de su cabeza por debajo del borde. Sonreía. Era una sonrisa agradable, la sonrisa de un padre por el hijo de otro hombre. Pero yo no podía seguir sintiendo el amor inocente que había sentido una vez por el profeta. Ahora era un obrero. Un adulto destinado a levantar y cargar, a construir y proteger.

—Lo lamento si te he despertado, Chance. Ya casi es Navidad y tenemos que continuar con nuestro trabajo. —Ordé sonrió de nuevo y me levanté.

Seguía estando débil, sin embargo, y volví a caerme encima de las almohadas de mi cama de asilo.

—Tienes que recuperar las fuerzas, primo. Necesitarás algunas semanas para alimentarte y hacer ejercicio. Después estarás listo para regresar y enseñarnos a hacer correctamente el ritual de la sangre.

Quería hablar, pero en vez de eso me desmayé.

Cuando desperté de nuevo era de noche y estaba solo.

La habitación donde me encontraba era grande y tenía el techo alto y abovedado. Había una gran puerta blanca que debía de conducir a algún pasillo, y luego había una doble puerta de cristal, cubierta de encaje blanco, que daba al exterior.

La luna brillaba a través de las cortinas. Me obligué a levantarme y caminar hasta las puertas de cristal. No me sentía con fuerzas para tirar de ellas, pero aparté las cortinas y contemplé la luna. No puedo expresar la alegría que sentí al mirar hacia arriba, al llenarme de luz. Aun la relativamente estéril luz de la luna está colmada de prodigiosas verdades. Con mis sentidos aumentados, podía sentir la luz contra mi piel. La sensación táctil causaba ligeras fricciones a lo largo de mis nervios. Era como la tensión decreciente de una composición clásica que se hubiera suavizado hasta el punto de que una brisa podría haberla borrado.

La música hablaba de aquel rodante cuerpo celeste y del calor del Sol. Había un grito lejano de gases en formación libre y un anhelo de silencio. El universo, entonces lo supe, estaba vivo. Vivo pero despertándose aún. Y ese despertar estaba teniendo lugar dentro de mi mente. Yo era un conducto. Todos éramos conductos. Con mi mente podía llegar al resplandor que me abrazaba.

Pero no lo entendía. No estaba bendecido por la luz. La pócima que me dio Ordé había abierto mis sentidos, pero me había proporcionado muy pocos conocimientos. Era como el papel de aluminio envuelto alrededor de una percha improvisada como antena: un mero apaño, un pensamiento postrero con escasas ideas propias.

El universo me hablaba en un idioma que escapaba a mi comprensión. Pero el mero hecho de oír las palabras, sentirlas tan sólo, me embargaba de una sensación tan vasta que me costaba imaginar el contener nada más.

Oí entonces un gañido como un pellizco en la nuca. Me llevé allí la mano, pero no encontré nada. Vi una oscura mancha borrosa al otro lado de la ventana. Dos ojos nocturnos, cuatro, seis, ocho.

Los coyotes se acercaron despacio a la ventana. No tenía miedo. Exudaban música igual que la luna, pero la suya era un cuarteto de veloces tambores y una percusión de sangre.

Detrás de ellos apareció una hembra de coyote de mayor tamaño.

Ésta, al acercarse a la luz que tapizaba el césped, reveló ser tuerta. Los jóvenes canes se aproximaron a su madre mientras ella me observaba.

Abrí las puertas y entraron todos a la carrera, saltando a mi alrededor. Débil como estaba, me caí al suelo. Los jóvenes coyotes me pusieron las patas encima y gañeron. Me tocaron la cara con sus hocicos mojados y frotaron sus marcados costillares contra mí. Olían a cosas salvajes y feroces, pero no estaba asustado. Los sentía igual que podía sentir la luna. Era como si yo hubiera sido el quinto cachorro con ellos en la madriguera cuando nacieron, como si hubiera corrido con ellos y mamado de mi propia teta especial. Sentí el gañido en mi garganta, y también un gruñido.

Fue entonces cuando Coyote se puso enfrente de mí. Los cachorros se apartaron y miré a su madre. Gañó, queriendo decirme algo, estaba seguro. Pero no la entendía. Arañó el suelo de pino y me lamió los pies descalzos, en vano.

En ese momento se abrió la puerta del pasillo. Las seis caras que había en la habitación se giraron hacia la luz. Había una menuda mujer asiática allí plantada. Levantó las manos por encima de la cabeza e intentó dar media vuelta y correr al mismo tiempo; en vez de eso se cayó al suelo, gritando.

Sentí un dolor desgarrador entre el hombro izquierdo y el cuello. Me giré para ver cinco colas de coyote cruzando a la carrera el césped iluminado por la luna. La enfermera estaba chillando como si le fuera la vida en ello. Un profundo temor se instaló en mi interior y volví a perder el conocimiento.

Permanecí cinco días inconsciente. Las vacunas contra la rabia que me inyectaron me debilitaron hasta tal punto que los médicos temieron por mi vida. Pero Ordé dijo que él no se había preocupado en ningún momento.

—Ahora eres de sangre azul —me dijo—. Azul claro, pero azul.

En dos semanas me recobré lo suficiente como para abandonar Santa Teresa. Mi cuerpo era fuerte, pero mi mente estaba llena de temor.

—¿Eran como el amigo de Claudia, el perro? ¿Estás seguro? —preguntó Ordé en el autobús de regreso a Berkeley.

—Podía... podía, no sé, oírlos, ¿sabes?

—¿Quieres decir que sentiste algo así? —dijo Ordé, frotando ligeramente el pulgar y el índice de ambas manos.

De alguna manera el gesto tenía sentido, y asentí.

—Entonces, cuando te mordió, estaba intentando comunicarse —dijo Ordé—. Intentaba decirte algo.

Era una verdad esperando a llegar hasta mí.

—Sí —dije—. Desde que me mordió estoy al borde del llanto. Hablo de llorar realmente de pena. Como si mi mejor amigo acabara de morir en mis brazos.

Ordé tocó las heridas de mi hombro. Me giré para proporcionarle una mejor vista de la herida y me descubrí mirando por la ventanilla del autobús a las grandes piedras blancas que conducían al océano. El Pacífico estaba entonando un sonoro canto fúnebre. Era una gran bestia en movimiento con motas de vida resplandeciendo entre sus pliegues.

Me costaba controlar mis nuevos poderes de percepción. Todo lo que veía —la hierba que crecía, las brisas que volaban entre arbolillos frondosos, los gusanos que nadaban en muerte—, todo activaba la traducción de mis sentidos. Así lo llamaba Ordé. Leía mi propio significado en el mundo y, por consiguiente, afirmaba, cambiaba el mundo.

Ordé había explicado ya en uno de sus sermones que el propósito de la luz era combinarse con las moléculas de ADN, unir materia y energía en un estado perfecto de pensamiento y ser. El dios azul, que tiene la habilidad exclusiva de saber, estaba en mí. Sus ojos brillantes y sus oídos agudos hacían y rehacían el mundo en mis percepciones particulares.

Sentí una punzada en el cuello. Torcí la cabeza de golpe para ver a mi maestro clavando las uñas en las heridas medio curadas que me había infligido Coyote. Había compasión en su poderosa mirada, compasión y mando. Sentía la sangre como si estuviera movilizándose en mis venas. Sentía mis células una a una, como diminutos soldados que marcharan hacia el frente. Estaba temblando. Ordé tocó la herida reabierta con la otra mano. Entonces se llevó los dedos manchados de sangre a los labios. La conmoción se registró en sus ojos, y la presa sobre mi hombro y mi cuello se suavizó.

Al aflojarse la presión, la desesperación que sentía se disipó. Estaba extenuado y me desplomé hacia delante, apoyando los codos en las rodillas. Cuando enderecé la espalda reparé en un niño negro que estaba sentado al otro lado del pasillo. Estaba mirando atemorizado mi cuello lastimado.

Para entonces Ordé tenía el rostro enterrado en las manos. La sangre olvidada en sus dedos le señalaba la frente.

Lloró todo el camino hasta Berkeley, con el rojo seco convertido en negro sobre su frente.

Cuando regresamos de Santa Teresa, Ordé se fue directamente a casa. Se encerró en su casa y no salió, que yo supiera, durante días.

Eso fue un viernes.

El miércoles no apareció para dar su sermón a la Congregación Unida. La congregación estaba allí, aunque más reducida.

Phyllis Yamauchi también había desaparecido. Hacía más de dos semanas que no la veía nadie, pero ningún miembro de la Congregación Unida estaba preocupado. No se exigía a los Azules que rindieran cuenta de sus actos. Phyllis estudiaba sus mapas y telescopios y de vez en cuando se dejaba caer para enseñar sus teorías a Ordé. A menudo las profecías de éste complementaban sus estudios. Yo estaba transcribiendo sus notas a mi libro.

Claudia Corazón se había llevado a más de cincuenta seguidores de Ordé a su propia comuna, no muy lejos del Almacén del Pueblo, en Haight-Ashbury. Se los llevaba de uno en uno, hombres y mujeres, a su furgoneta y hacía el amor con ellos igual que lo había hecho conmigo. La mayoría regresaban arrastrándose, suplicando estar con ella, jurando hacer cualquier cosa por sus besos y su compañía.

Yo hubiera acudido a ella de rodillas de no ser por el ritual de la sangre. Ahora no sentía el menor deseo por ella.

Me subí al coche con Feldman, el guardaespaldas de Ordé, y bajamos a la casa de nuestro maestro. Éste fue hasta la puerta, pero no abrió.

—¿Quién es?

—Soy Chance, maestro.

—Vete.

—La congregación te está esperando.

—Diles que se vayan a casa. Diles que se vayan a casa y recen sus oraciones.

—¿Qué ocurre, maestro?

—Vete, Lester.

Hasta aquel momento, por dura o frustrante que se hubiera vuelto la vida, todavía conservaba la fe en Ordé y sus Azules. Creía en la unidad, la perfección, y la gracia del universo. Creía en lo que Ordé llamaba la gran jerarquía. Yo era un ladrillo en la catedral de la existencia que habría de sustentar los pies de dioses.

Mi confianza se tambaleó cuando oí el temor en la voz de Ordé, pero sabía lo que tenía que hacer. Regresé con la congregación y les dije que Ordé había sido confrontado con un gran misterio. Les hablé de los coyotes que realizaron conmigo su propio ritual de la sangre, cómo nuestro maestro había saboreado sus conocimientos en mi sangre.

No les hablé de mi ritual de la sangre con Ordé. No me fiaba de que todo el mundo pudiera entender la pureza de su motivación.

Fue una experiencia nueva para mí. Nunca antes me había dirigido a una multitud. Pero con mis nuevos poderes de percepción, podía reconocer las necesidades de la asamblea.

—¿Quieres saber algo? —pregunté a una joven acólita.

—¿Cómo conseguiste negarte a ir con Claudia Corazón?

—Ordé cantó para mí —respondí.

—¿Cantará para mí? —Había lágrimas en sus ojos. Más tarde averiguaría que su marido la había maniatado cuando intentó seguir a Claudia, que la había mantenido drogada durante dos días hasta que su deseo de escapar dio paso a una profunda tristeza por la pérdida del amor.

—Sí —dije.

Contesté preguntas y apacigüé a la nerviosa congregación. Me aceptaron como sustituto de Ordé, al menos por una reunión. Yo no tenía su poder. Podía percibir pero no proyectar. Lo que tenía que ofrecerles era comprensión pasiva.

Cinco

Tras la reunión del miércoles regresé a casa de Ordé, pero se negó a responder siquiera cuando llamé a la puerta. Sus ventanas estaban bloqueadas con láminas de papel de aluminio, y el correo no deseado desbordaba ya el pequeño buzón.

Me fui a casa después de aquello.

Ordé había pagado el alquiler durante mi estancia en el asilo.

Mi estudio de una sola habitación costaba diecisiete dólares a la semana, que normalmente recibía en el buzón enviados por mi madre, pese a no responder nunca a las cartas que adjuntaba con los cheques.

De hecho, ni siquiera leía nunca esas cartas.

Estaba pensando en eso el sábado por la noche. Cómo había vuelto la espalda a mi madre, y al resto de mi vida. Cómo la culpaba por haber dado a luz a un niño negro y criarlo en un mundo blanco.

Parecía algo bobo preocuparse por la raza en aquellos momentos. Me había acercado a escasos pasos de algo que estaba por encima de la raza o la especie o la vida, incluso. No sólo habría visto al hacedor en la venida de la luz azul, sino que me habría visto a mí mismo en su resplandor.

Pero ahora había regresado a la mundanal tierra. Mi maestro, que había sido como un dios para mí, se había convertido en un hombre atemorizado.

Volví a preguntarme cuánto tiempo habría de pasar antes de que me suicidara. Enchufé la radio y sintonicé una emisora de blues en FM. Robert Johnson gemía que la luz azul era su melancolía mientras que la roja era su espíritu. Mientras me quedaba dormido, su melancolía se entremezclaba con la mía.

Sentí un chasquido alrededor de los oídos e imaginé que unos pequeños insectos estaban trazando planes de última hora antes de disponerse a escalar hasta mi cerebro. Me desperté de pronto, dando manotazos al aire en torno a mi cabeza. La puerta sonó justo después.

—¿Quién es?

—Reggie.

—¿Qué quieres, Reggie? Es tarde. —El reloj despertador de cuerda que había en el suelo junto a mi colchón anunciaba las 3:16.

—Abre, Chance, tenemos un problema.

Todavía era miembro de la Congregación Unida. Reggie todavía era uno de los Azules. Aunque sólo tuviera trece años, tenía que hablar con él por lo menos.

Me levanté y abrí la puerta. Reggie era bajito para su edad. Un metro cincuenta y tantos. Llevaba el pelo cortado a cepillo y lucía vaqueros y una camisa de vestir blanca abotonada hasta el cuello con los faldones por fuera.

Nos quedamos de pie porque yo no tenía ninguna silla.

—Tienes que venir conmigo, Chance.

—¿Qué ocurre?

—Tú ven, hombre.

Incluso en Berkeley, las calles estaban más o menos vacías a esas horas de la madrugada. Había unos pocos hippies rondando. Algunos trapicheos de drogas. Pero en conjunto, no había nadie. Bajamos por Shattuck hasta Cedar y cruzamos hasta La Loma; desde allí fuimos a Buena Vista, la calle de Phyllis. La manzana estaba formada por casas de ladrillo de dos y tres plantas con céspedes suntuosos y grandes árboles oscuros.

Llegamos a una casa y Reggie cruzó el jardín. Se acercó a una puerta de madera de secuoya y desenganchó un pestillo de metal. Al darse la vuelta vio que yo aún seguía en la acera.

—Vamos.

—¿Adónde?

—¡Vamos! —exclamó Reggie con un intenso susurro.

Cruzamos la puerta y caminamos siguiendo la pared de la casa. El sendero que discurría por allí era de un cemento amarillento que refulgía casi en la oscuridad. Nos recibió una brisa fría, y tuve que agachar la cabeza para pasar por debajo de unas ramas bajas.

En la parte posterior de la casa había una puerta en el suelo. Era una ostentosa entrada al sótano, con gruesos ventanales de cristal opaco. Una de las ventanas estaba rota. Reggie levantó la puerta y la sujetó a la casa. Luego se apartó.

—¿Qué? —pregunté al muchacho.

—Pasa. Quiero que veas lo que hay ahí abajo.

No me hacían falta poderes especiales para percibir el miedo en la voz de Reggie.

Descendí a la oscuridad del sótano. No se veía nada.

—Hay una puerta justo delante de ti —anunció Reggie desde arriba—. Ábrela. La luz está en la pared a la derecha.

Anduve en línea recta hasta tocar madera con las puntas de los pies, unos cinco pasos. Tanteé buscando el pomo. En cuanto se abrió la puerta lo olí. Un enfermizo tufo dulzón que resultaba asfixiante, como un campo de béisbol lleno hasta arriba de azucenas podridas.

Encendí la luz de golpe y caí de rodillas, vomitando.

Su cadáver había sido decapitado y luego abierto en canal desde la pelvis hasta la garganta. Tenía las costillas rotas hacia fuera, y le habían desgarrado la carne de los brazos y las piernas. Por su aspecto se diría que sus manos habían sufrido la laceración de unas zarpas.

Sólo las plantas de sus pies permanecían casi ilesas.

Habían tirado la cabeza a un rincón. Me vi atraído hacia ella. Estaba mirando hacia arriba, pero no quedaba gran cosa de la cara. El maníaco había destruido sus rasgos antes de descartarla.

—Es Phyllis —dijo Reggie.

Su voz inesperada me provocó tal sobresalto que di un respingo y solté un chillido.

—¿Qué pasa contigo, Reggie?

Ignorando mi conmoción, dijo:

—Vine a buscarla. Hacía tiempo que no la veía nadie, y se me ocurrió que podía buscarla.

Las habilidades de Reggie, aunque inmaduras aún, consistían en encontrar y esconder cosas. Ordé quería llamarlo Scout, pero a Reggie le gustaba su nombre.

—Vine a buscarla —repitió.

No lograba apartar la vista de los restos de Phyllis Yamauchi. Sus órganos estaban esparcidos alrededor del cuerpo sobre el sucio suelo de cemento. La sangre seca había brotado más o menos uniformemente y había formado un marco oscuro para la horrenda escultura.

El cuerpo de por sí ya constituía un espectáculo espeluznante, pero era la intención tras el asesinato lo que más me afectaba. El asesino no sólo la odiaba a ella, Phyllis, sino que también odiaba su carne, sus huesos y su sangre. La había despojado de cualquier vestigio de humanidad, dejando tan sólo un pedazo de carne hecho jirones.

Miré al techo, intentando borrar la visión de mi mente. A lo largo de todas las vigas sin pintar colgaba un coro de pálidas arañas. Silenciosas, tejiendo, expectantes. Ajenas al cuadro vivo del suelo. Utilicé aquellas arañas como balizas de cordura. La muerte para ellas era menos que una brisa primaveral, sin duda nada comparable a una espumosa y jugosa polilla.

—¿Qué deberíamos hacer? —me preguntó Reggie.

Me había olvidado de él.

—¿Puedes saber lo que pasó si pruebas su sangre, como Ordé?

Reggie me observaba con grandes ojos atemorizados.

—Bueno, ¿puedes o no?

—Una vez Wanita se hizo un corte en el dedo y se lo besé —dijo Reggie.

—¿Y?

—Y vi un barco enorme zarpando del puerto. Ella había visto el barco el día anterior con mi madre, pero yo no estaba allí.

—De modo que puedes leer en la sangre —concluí.

Reggie miró el cadáver y negó con la cabeza. Lo comprendí. Aunque fuera un dios, también seguía siendo tan sólo un chiquillo.

Registré el sótano hasta encontrar una lavadora secadora en un pequeño cuarto. Cogí una sábana de un cesto que había allí y la corté en dos pedazos, uno más grande que el otro. Luego regresé junto al cuerpo de Phyllis. El fondo de su cavidad torácica estaba húmedo todavía. Empapé el paño más pequeño en un poco de sangre y lo envolví con el de mayor tamaño.

A un par de manzanas de distancia Reggie preguntó:

—¿No deberíamos llamar a la policía?

—Ah-ah, no, creo que no, chico. La policía se limitaría a empezar a buscar a algún maníaco. No creerían nunca lo que era Phyllis. Seguramente nos echarían la culpa. Lo que deberíamos hacer es acudir a Ordé y preguntarle qué cree que ha ocurrido.

Caminamos un poco. Estaba saliendo el sol, y aunque tenía la sangre de una mujer asesinada en mi bolsillo, la belleza del amanecer me impactó. Los hilachos de nubes negras formaban una celosía sobre la luz naranja. Había una tonalidad vetusta en la luz, algo que en otros tiempos había conocido la grandeza. Podía sentir mi corazón y mente abiertos al escrutinio de la luz. Sentía la conexión entre la sangre de mis venas y el horno de las alturas. Bajé la mirada un rato después, viendo la imagen residual del sol en la acera y los jardines junto a los que pasábamos. Me había apartado de la acera y estaba en la carretera. Mis visiones me distraían hasta tal punto que casi me topo con un coche que venía de frente.

—¿Por qué acudiste a mí, Reggie? —pregunté al muchacho, en parte interesado por la respuesta y en parte porque quería concentrarme en el mundo que me rodeaba.

—¿Eh?

—¿Por qué acudiste a mí? Podríais haber ido a buscar a Eileen, o incluso a Ordé.

—Eileen se habría asustado demasiado, y no sé dónde vive Ordé. Además, Ordé no me gusta mucho. Es tan raro, siempre intentando que todo parezca tan importante cuando es perfectamente normal.

—Pero podrías haber encontrado a Ordé si hubieras querido, y sabes que vamos a tener que ir a verlo de todas formas.

—Así está bien —respondió Reggie—. No me importa si voy contigo.

Llegamos a la casa de Ordé un poco antes de las seis. Nadie respondió en la puerta principal, de modo que nos dirigimos a la parte de atrás y llamamos allí. Cuando no apareció, cogí la tapa metálica de un bidón de basura y empecé a aporrear.

Eso captó su atención.

—Te dije que te fueras, Chance —gritó desde el otro lado de la puerta cerrada—. Coge a Scout y marchaos todo lo lejos que podáis. Corred.

—Han asesinado a Phyllis Yamauchi —dije—. Tengo un poco de su sangre.

Al decirlo, me di cuenta de que ésa era la primera muerte de un Azul aparte de los que habían perecido la primera noche que cayó la luz. La hermana de Reggie había muerto, igual que el marido de Eileen. Ordé afirmaba que ni siquiera ellos habían muerto realmente. Decía que su energía, junto a aquello en que se habían convertido, se había separado del cuerpo para transportar su fuerza vital a los campos de energía de la Tierra. Pero eso fue durante la venida de la luz. Todos los Azules que habían sobrevivido eran saludables, no enfermaban nunca, y de alguna manera su aspecto era intemporal. Hasta Eileen Martel parecía capaz de pasarse un día entero caminando. Reggie y Wanita habían crecido un poco, pero eran críos.

Mientras pensaba en dioses y muerte, se abrió la puerta. Allí estaba Ordé, vestido con un albornoz de felpa sin anudar. Estaba desnudo debajo, y Reggie miraba el pene del hombre disimuladamente como haría cualquier niño.

Ordé no se había afeitado, ni bañado, ni apartado siquiera el pelo de la cara.

—Pasad —dijo.

Su cocina, otrora espartana, ahora estaba atestada. Había cajas de leche en polvo y sopa deshidratada en la encimera, y en la mesa un rifle de gran calibre y una pistola automática. Debajo de la mesa había cajas de munición.

—¿Vas a la guerra, maestro? —pregunté, sorprendido por mi propio descaro.

Ordé se sentó a la mesa y extendió la mano.

—Dámelo —dijo.

Me saqué los trapos del bolsillo y empecé a desenvolver el grande del pequeño. Ordé estaba impaciente, sin embargo, y me los arrebató. Zarandeó la sábana rota hasta que el paquete de sangre cayó al suelo. Se puso de rodillas y se lo metió entero en la boca.

Hipó una vez antes de desplomarse sin conocimiento.

Reggie y yo intentamos despertarlo, pero fue imposible. Le saqué el trapo de la boca y me aseguré de que respiraba. Luego el muchacho y yo lo arrastramos hasta el catre en su dormitorio.

Permaneció diecinueve horas inconsciente. Reggie volvió a casa con su madre y Wanita (se habían instalado con Eileen Martel en San Francisco), pero regresó sobre las seis de la tarde.

A la una de la madrugada siguiente Ordé jadeó y se puso en pie tambaleándose.

—¡Dios mío! —chilló, quizá con cierto alivio, y se metió corriendo en el baño.

Reggie estaba profundamente dormido en el suelo cuando se despertó el profeta, pero llegó justo detrás de mí cuando perseguí a Ordé hasta el aseo.

Encontramos a nuestro maestro estudiando su cara en el espejo, pasándose los dedos por las mejillas y los ojos. Estaba llorando y riéndose.

—¿Qué ocurre, maestro? —pregunté.

Ordé se giró hacia mí, me agarró por los hombros y preguntó:

—¿Me ves?

Asentí con la cabeza. Se volvió hacia Reggie, y el pequeño asintió a su vez.

—He regresado. Lo he derrotado. Sigo con vida.

Ordé se dirigió al retrete y orinó sin ningún pudor. Se giró a medias hacia nosotros y dijo:

—Tenemos mucho que hacer. Mucho que hacer.

Reggie y yo salimos al comedor de Ordé. Su sofá consistía en un banco de madera largo y sin respaldo, y su silla era un taburete de piano. Encendí la luz y fui a sentarme junto a Reggie en el banco. Había un efecto lustroso en la luz debido al papel de aluminio que había usado Ordé para cegar las ventanas.

Apareció unos minutos después, vestido con unos vaqueros pero con el pecho aún desnudo, con la melena peinada al menos, y con una expresión de determinación y temor en los ojos.

—Gracias, Chance. A ti también, Scout. Después de la advertencia de Coyote estaba tan asustado que no podía hacer nada. Pero ahora he sobrevivido. —Ordé juntó las manos justo entre los ojos con los dedos señalando a su frente.

—¿Un mensaje de Coyote? ¿Es eso lo que sacaste de mi sangre? —pregunté.

—Hemos dejado de ser mecánicos pedazos de carne, Chance. Ya no somos un mero corazón para bombear sangre o un cerebro para traducir primitivas señales. Nuestra sangre, nuestros huesos y nuestra carne entonan la canción del mundo entero que podría ser.

No estaba de humor para sermones en aquel momento. Quería respuestas, pero sabía que Ordé no era tan fácil de atrapar.

—Si siento algo —continuó—, o percibo algo, si aprendo algo de la manera que sea... ese conocimiento está en todo mi ser. Soy algo más que una parte del todo; potencialmente lo soy todo. Por eso puedo saborear lo que ha ocurrido en la sangre.

—Entonces, ¿quién mató a Phyllis? —preguntó Reggie.

Fue entonces cuando Ordé nos contó la historia de lo que él llamaba el Hombre Gris; cómo Horace LaFontaine había muerto de cáncer para resucitar a la luz azul. Cómo se había adentrado en el desierto para hibernar en una cueva durante casi cuatro años.

—Es la Muerte —dijo Ordé—. Y la Muerte busca a los suyos.

—¿Quiere matarnos? —preguntó Reggie.

Ordé asintió. Luego dijo:

—Estaba escrito en la sangre de Phyllis porque se enfrentó al Hombre Gris, le hizo derramar su espesa sangre sin vida. Conoció su historia antes de morir.

Ordé se sacó una pequeña navaja plegable del bolsillo y se pinchó la yema del índice derecho. Una diminuta gota de sangre se formó en la herida. Me apuntó con el dedo.

—Pruébala y verás lo que he visto yo.

—¿Murió? —pregunté.

—Sí —respondió Ordé—. Fue una muerte verdadera. Sus manos acabaron con la vida del cuerpo de Phyllis, y su esencia apagó su luz.

Seis

Estaba inconsciente antes de darme cuenta de que me caía. Tras probar aquella gota de sangre salada, me vi en otro lugar. Muchos de los recuerdos de Ordé se convirtieron en los míos, incluida la historia del Hombre Gris.

La noche en que cayó la luz azul, el cadáver que había sido una vez Horace LaFontaine subió tambaleándose a las colinas, delgado como un palillo y casi desnudo. Atravesó vallas y pasó por encima de grandes piedras, derribó árboles pequeños cuando se interpusieron en su camino. Sus huesos crepitaban con la electricidad que había absorbido de la pared del hogar de quien había sido su hermana.

Los pensamientos humanos en su mente, todos los recuerdos de la vida del hombre que una vez había tenido nombre, eran ahora especímenes en frascos de cristal en un inmenso laboratorio de muerte.

Mientras se abría paso entre el denso follaje acudieron a él insectos nocturnos sedientos de sangre. Pero antes de que ninguno de ellos pudiera posarse, la fría electricidad azul los fulminaba en el aire.

Avanzó así, con falsas luciérnagas muriendo a su paso, pervertida luz azul por dentro y por fuera. Muerte ambulante buscando su propia compañía. Un potencial desatado sin vida que lo templara.

Se dirigió hacia el norte tenuemente consciente de la hembra de coyote que lo acechaba. Su hocico pegado al suelo. Sus veloces patas prestas a salir corriendo. No podía atraparla, aunque si se acercaba a tiro de piedra, moriría. Ambos eran conscientes de los límites de su poder. La coyote también había sido testigo de la luz azul aquella noche. Ahora percibía los innaturales olores que envolvían a Horace LaFontaine. Seguía su pista igual que podría seguir un científico la ruta de un cuerpo celeste que, sin razón aparente, ha alterado su curso.

Olfateaba el aire y lamía el suelo que él pisaba. Todos sus sentidos daban la voz de alarma. Gañó y aulló, pero nadie oyó sus avisos sobre el Hombre Gris.

Tres días después, en lo alto de una pendiente que era el principio de un largo y sinuoso declive hacia el desierto del norte, el Hombre Gris encontró su cueva. En algún cubículo de la mente de Horace había encontrado la historia de otro hombre que murió y volvió a la vida. El hombre había sido enterrado en una cámara subterránea, detrás de un gran canto rodado.

Había una piedra en el techo de la cueva. El Hombre Gris se encaramó, excavando en la tierra bajo la roca con uñas endurecidas. La coyote observaba a lo lejos, memorizando la posición de las estrellas y los árboles y el olor del suelo.

Después de muchas horas, casi a la luz del día, el canto rodado cayó, encerrando dentro al hombre muerto.

Coyote pasó el resto del día dando vueltas a su alrededor, acercándose. Se mostraba asustadiza, temerosa incluso de las ligeras brisas que susurraban entre la hierba muerta. Hasta el crepúsculo no llegó a la cueva taponada por la roca. Husmeó y estudió, gimió y ladró.

Cuando llegó a la parte superior del obstáculo de piedra, escarbó un poco en la tierra seca y la miró con fijeza, como si pudiera escudriñar debajo.

La mano muerta salió disparada del suelo más rápida que su vista. El dedo rematado en una larga uña destruyó el ojo derecho y se curvó hacia arriba para desgarrar los huesos de su cabeza. Pero era demasiado veloz para ser asesinada. Medio ciega pero viva aún, desgañitándose de dolor en la oscuridad, regresó a las colinas corriendo lo más deprisa posible.

Y entonces el Hombre Gris descansó. Se recostó contra la pared de la cueva en una pose mortuoria. Un brazo dejado descuidadamente debajo de su cuerpo, una pierna torcida en un ángulo casi imposible. Yacería así durante años, cavilando sobre el cadáver que habitaba.

Recorrió de arriba abajo los pasadizos de la memoria, presenciando las primeras vistas olvidadas por Horace: su madre bañándose con él y su hermana en la vieja bañera de hierro en la casa adosada de Third Ward, una araña descolgándose por la cabecera de su primera cama de verdad, el olor a orina en el callejón que había al final de la manzana. Recordó cada palabra en todos los idiomas que había oído Horace alguna vez. Inglés, español, francés, alemán y japonés. Recordó los números y sus relaciones, hasta lo que enseñaban en séptimo grado, cuando Horace abandonó la escuela. Extendió las carreteras de conocimiento de Horace hasta que la senda de las matemáticas convergió con el conocimiento cargado de miedo de la gran bomba. Sondeó el significado de la filosofía comparando palabras que yacían latentes e incomprendidas. Estudió criminología y después ética. Aprendió lo que eran las plegarias y Dios. Aprendió lo que era Satanás y supo de alguna manera que ésa era su deidad en este planeta.

El Hombre Gris odiaba la vida.

Horace no había sido un buen hombre. De soldado había matado primero en Europa y luego en prisión. Sabía acerca de Dios (la luz azul en los ojos de la vida), pero no parecía importarle. Robaba y una vez, presa de un estupor alcohólico, había violado a una mujer a la que conocía y deseaba.

Horace estaba muerto, pero podía ser recordado. Podía ser un aliado. Él entendería todos aquellos millones de mundanales sonidos y acordes que se repetían incesantemente, sin significar nunca lo mismo o a veces sin significar nada o a veces significando sensaciones. El pellizco que es bueno. La sonrisa que es mala.

El chiste.

Lo que el Hombre Gris odiaba más de todo eran las preguntas que no necesitaban respuesta y las frases repetidas una y otra vez sin propósito ni resolución. Sólo había una respuesta, sólo había una resolución... y ambas eran la muerte.

Horace había entendido lo que necesitaba saber el Hombre Gris.

Horace estaba muerto, desde luego. Desapareció cuando llegó el Hombre Gris, pero todavía había pedazos de él allí dentro. Como en aquella película del hombre llamado Frankenstein y el monstruo homónimo.

Una nariz, un cerebro.

Se podía reconstruir como el viejo Chevrolet que había tenido una vez. Su motor podía llevarte hasta Las Vegas y de vuelta a casa, nena.

Un moribundo chilla al final de su vida.

Ve la mano engarfiada de la Parca extendiéndose hacia su estómago. Unas garras como navajas lo destripan; la sangre y las vísceras se derraman como fango.

Un moribundo chilla en su tumba de las montañas tras el final de su vida.

Una coyote tuerta levanta la cabeza de sus cuatro cachorros y olfatea el aire. Las crías miran también. Interrumpen su lactancia y gimen a causa de un dolor que sienten desde antes de nacer.

Horace despierta en el desierto. La sensación del suelo como grava debajo de él es estupenda. Los aguijonazos de las piedritas afiladas contra sus mejillas y costillas son motivo de risa, sensaciones que celebrar. Levanta la cabeza y ve una luna que es diez veces mayor que nunca. Junto a esta luna flota una nube titilante de incandescente gas azul. Una piedra roja y brillante, del tamaño de la antigua luna, orbita frenéticamente la nube, como un electrón errático.

Se incorpora y ve que sus manos son muy grandes. Pero ante sus ojos, se encogen de nuevo a su tamaño normal.

—Cuesta mantener las cosas en su sitio —dice otro Horace.

Horace mira y se ve a sí mismo acercándose de la nada.

—Esta cosa que llamas deseo es una herramienta poderosa. Es fácil dejar que se magnifique.

—¿Y tú quién cojones se supone que eres? —dice el auténtico Horace.

El Hombre Gris, con la forma de su anfitrión, en las cámaras de la imaginación, enarca una ceja, y el verdadero Horace —el difunto Horace— siente como si le arrancasen la piel del cuerpo.

Su grito llena los labios del Hombre Gris en la cripta de la ladera.

—Soy tu amo —dice el Hombre Gris—. Grey Redstar. Recién llegado de otro lugar.

Horace cae al suelo y se revuelca hasta que una escayola de guijarros recubre su cuerpo resbaladizo de sangre. Grita de nuevo cuando la segunda piel vela su cuerpo, una piel de dolor. Luego yace inmóvil, con los brazos y las piernas rectas, castañeteando los dientes.

El Hombre Gris se encoge de hombros y Horace está de pie delante de él, con la carne cubierta de piel una vez más. La brisa nocturna es fría, pero Horace ha dejado de confiar en sus sensaciones.

—Solicito tu ayuda, Horace LaFontaine.

—¿Quién eres? ¿Dónde estoy?

—Todo lo que ves es mío —dice el hombre muerto—. Una vez fue tuyo, pero nunca te diste cuenta.

Horace comprende esas palabras con más claridad de lo que nunca ha comprendido nada. Empieza a aullar. El grito despierta ecos en el desierto de su mente.

Tres años después el Hombre Gris se removió en su tumba. Coyote oyó el suspiro del cadáver. La madre medio ciega recorrió los bordes exteriores de su tumba con cuatro cachorros perpetuamente medio desarrollados husmeando sus talones. El Hombre Gris ejerció su fuerza infatigable contra la gran roca, y a los pocos días ésta empezó a ceder.

Era libre para seguir su luz, que es del tono azul más oscuro.

Desanduvo sus pasos, deteniéndose de vez en cuando para colarse en aislados hogares del desierto. Allí absorbía la electricidad de las paredes y encontraba dinero y ropas a su medida. En una granja asesinó a un niño pequeño al que habían dejado en casa por encontrarse enfermo aquel día. Al Hombre Gris no le importaban gran cosa los humanos, pero necesitaba ver cómo morían, cómo se aferraban a la vida, porque sabía que los Azules serían parecidos pero mucho más fuertes. El asesinato del pequeño Billy Cordette no fue más que un experimento científico, un ensayo en las artes de la pseudovida. Sujetó al niño por los brazos, incrementando paulatinamente la esencia de la muerte que exudaban sus células aumentadas. Billy se debatía y llamaba a su madre. Pataleó y mordió, pero al final se rindió a la fuerza asesina que recorría de arriba abajo los músculos de su cuerpo. El Hombre Gris vio el reposo de la extinción como algo hermoso. Era como si la vida existiera exclusivamente para ese momento tan bello. Una flor cortada, un lechón asado. Me sentía igual que el Hombre

Gris y al mismo tiempo temblaba en una lóbrega esquina de nuestra mente.

El Hombre Gris llevaba puesto un traje verde con camisa amarilla, sombrero marrón y zapatos del mismo color cuando regresó a Oakland. Volvió a la casa donde había muerto Horace y contempló el inmenso roble que había contemplado Horace LaFontaine durante sus últimos días. El Hombre Gris se quedó allí largo rato mirando la casa. En el césped había un cartel diminuto que anunciaba SE ALQUILA HABITACIÓN.

Horace LaFontaine gritó dentro del cráneo del Hombre Gris.

El Hombre Gris estaba allí debido a su refinado sentido de aquello de lo que se compone la vida: dolor.

—¿Por qué gritas, Horace? —preguntó el Hombre Gris.

Dentro de su mente, el Hombre Gris se había dirigido a una pequeña celda parecida a la que había albergado a Horace durante siete años en Attica. Horace estaba en su celda, pero podía ver lo que veía el Hombre Gris. Veía el hogar de su hermana. La gran casa de madera pintada de blanco con remates en gris.

—¡Déjala en paz! —chilló Horace.

—¿Temes por ella? —preguntó dulcemente el Hombre Gris.

—¡Déjala en paz!

—El dolor es el eje de la vida, Horace. Sin dolor, sin angustia, no hay nada excepto yo. —El Hombre Gris se asomó al recuerdo de una vida encerrado en la celda imaginaria.

Horace vio en aquellos ojos un campo negro infinito de noche, sin luna ni estrellas.

—Estoy aquí para darte vida, Horace. Te opusiste tanto a mí en la tumba. Intentaste recuperar tu cuerpo, recuperar la vida. Pero no puedes extraer vida de la muerte. No puedes derrotarme. —El Hombre Gris sonrió—. Pero puedo darte dolor. Es parecido al don de la vida. Es la frontera de la vida.

—Por favor, déjala en paz, hombre. No la quieres —dijo Horace—. Lo que quieres es gente como ese coyote.

—Venga, Horace —dijo el Hombre Gris—. Veamos cómo sangra tu hermana.

—¡No! —chilló Horace—. ¡No, no, no, no, no, no!

La mente del Hombre Gris se llenó de protestas de vida. Disfrutaba con los gritos de Horace. Había aprendido mucho de su huésped. Ahora podía librarse de él cuando le placiera. Horace LaFontaine había dejado de ser necesario. Pero el Hombre Gris mantenía al difunto ex convicto en su celda, encerrado en una noche perpetua, contemplando la luna llena, siempre con hambre. La única comida que le servía era carroña cruda infestada de gusanos.

La compañía de Horace le proporcionaba una interesante e importante distracción.

Horace estaba muerto, no era más que una elaborada fantasía del Hombre Gris. Pero Horace se sentía vivo. Cuando el Hombre Gris le dejara salir de su celda, le diera comida decente, le permitiera pensar que estaba sano y fuerte... entonces podrían luchar.

La muerte contra la vida.

Horace se esforzaba con toda su voluntad por intentar derrocar al Hombre Gris, recuperar su cuerpo y su libertad. En estas batallas el Hombre Gris aprendía mucho del ingenio de la vida. Sentía el enloquecedor latir de la vida. Descubría qué hacía falta para aplastar el patético espasmo molecular de la vida.

—¿Sí? —Era joven y de piel marrón, no era Elza.

En algún lugar dentro de su mente, el Hombre Gris sintió que Horace suspiraba y se reía. La risa era su mayor arma, la vieja Parca lo sabía. Si la vida podía reírse, entonces la muerte tenía que ser absoluta. Y si la vida demostraba algo, era que la muerte no era completa, todavía no.

—¿Alquila habitación, señorita?

La mujer dudó un momento antes de recuperar su sonrisa.

—Claro —dijo—. Aunque no sé si le va a gustar. Quiero decir, normalmente tenemos estudiantes ahí arriba.

—He estado fuera y necesito un lugar donde quedarme. Al pasar por su calle me he fijado en el cartel. Estoy buscando a mi familia.

—¿Es usted inglés? —preguntó la joven.

Horace podía ver a través de la ventana que el Hombre Gris le había abierto para que fuera testigo de la tortura y asesinato de su hermana. La joven era muy oscura, con rasgos discretos que configuraban un rostro anodino. Su figura era menuda, no era el tipo de mujer que había perseguido en vida.

—Vaya, no —dijo el Hombre Gris, acentuando sus palabras muertas—. Vengo de las islas. ¿Sería tan amable de enseñarme la habitación?

Horace observó a la joven menuda mientras subía las escaleras. El Hombre Gris no veía nada. No le interesaba la vida. No le interesaba esa muchacha.

—¿Cómo se llama? —preguntó el Hombre Gris ante la puerta de la antigua habitación de Horace. No es que le importara, pero sabía por Horace que esto era lo que se llamaban modales.

—Joclyn. Joclyn Kyle. ¿Y usted?

—Redstar —dijo el Hombre Gris—. Grey Redstar. Nací en Trinidad, pero he viajado casi por todas partes.

—Oh —dijo la joven mientras hurgaba con la llave maestra en la cerradura de la puerta.

La habitación de Horace estaba tal y como la había dejado. La gran cama de bronce era la misma. La cómoda de madera de arce y el sillón desvencijado. La alfombra granate redonda en el centro del piso era nueva. El roble al otro lado de la ventana había crecido algunos centímetros.

—Me la quedo —dijo el Hombre Gris—. ¿Cuánto cuesta?

—Ciento veinticinco al mes —dijo Joclyn, visiblemente azorada por lo exorbitante del precio—. Pero va incluido el uso de las instalaciones y le da derecho a utilizar la cocina. El tío Morris dice que puede usar la estufa y el frigorífico mientras los mantenga limpios y no abuse del privilegio.

—¿Su tío vive con usted?

—Ésta es su casa. Deja que me quede aquí mientras siga con los estudios. Soy de Los Ángeles.

—¿Le pago ahora? —preguntó el Hombre Gris.

—El tío Morris quiere conocer a la gente antes de que se instalen —dijo Joclyn—. No volverá hasta las seis.

El Hombre Gris se quedó allí plantado en la pequeña habitación, mirando fijamente a Joclyn. Consideró la posibilidad de matarla porque no sabía qué paso dar a continuación. Pero no lograba encontrar en los recuerdos de Horace ninguna excusa para semejante acto. Y el Hombre Gris quería ser normal. Le hubiera gustado matar a Elza, paladear el dolor de Horace, pero antes de eso necesitaba un lugar donde quedarse.

Necesitaba estar donde había caído la luz. Necesitaba encontrar a sus hermanos.

—¿Puedo esperarlo? —preguntó el Hombre Gris.

—Bueno, no sé, tengo que irme enseguida. A clase, ya sabe.

El Hombre Gris se enfureció entonces. No estaba acostumbrado a esperar ni a que nadie le negara nada. No tenía paciencia con esa chiquilla, Joclyn, ni con su tío ausente, de modo que se retiró a la oscura cueva de su mente.

La celda de Horace se desvaneció, y de pronto se encontró allí de pie ante la anodina muchacha.

—Eh —se aturulló Horace—. Esto, en fin, no sé, a ver, saldré y volveré otra vez sobre las seis. A las seis era, ¿no?

Horace se dio media vuelta dispuesto a marcharse, pero se giró de nuevo.

—¿De qué parte de Los Ángeles era usted? —preguntó. Su voz era la misma, pero el acento se había vuelto del sur.

Joclyn frunció el ceño y respondió:

—Oh, de Compton Boulevard. Nací en Mississippi, en Greenwood, pero no lo recuerdo.

—Yo viví una vez en Slauson —dijo Horace—. Hace mucho. Mucho tiempo. Pero solía ir a un asador en Compton. Se llamaba... A ver si me acuerdo... Se llamaba, hm, el asador de Bolger. Sí, eso es... Bolger.

—Conozco el Bolger. Antes íbamos allí siempre. —La sonrisa de felicidad de Joclyn, la sonrisa de una joven solitaria que ha encontrado un alma amiga igualmente desplazada, podría haber avivado algún interés en Horace, cuando estaba vivo.

—Tengo que irme —dijo.

Horace bajó aprisa las escaleras con la joven anfitriona tras sus pasos.

Ya había cruzado la puerta principal y se alejaba por la calle cuando Joclyn lo llamó desde la entrada:

—Un placer conocerlo, señor Redstar.

Horace saludó con la mano, pero no dijo nada más.

El Hombre Gris dejó que Horace caminara hasta encontrar un lugar donde pasar la espera.

Horace saboreaba cada momento. No era una alucinación. No era mentira. De algún modo sabía que le habían dado un día libre de la muerte. Encontró una parada de autobús en Peralta. Mientras el Hombre Gris seguía latente, Horace se sentó allí viendo picotear, volar y fornicar a las palomas. Había tráfico. De vez en cuando pasaba un avión o un reactor por encima de su cabeza. Un soplo de brisa acarició helado el rostro de Horace. Comprendió que no había temperatura en el infierno, no a menos que el Hombre Gris así lo quisiera.

Horace permaneció sentado durante más de una hora pasándose los dedos de la mano izquierda sobre el dorso de la derecha. Su suave roce, yendo de la muñeca a la punta de los dedos, entrañaba más vida que todas sus borracheras y peleas de callejón juntas.

En sus labios balbucientes había una plegaria, la esperanza de haber cumplido su penitencia y de que Dios le permitiría vivir algunas semanas en ese banco antes de disfrutar del descanso eterno.

Pero el Hombre Gris había terminado de madurar sus planes. Podía sentir la placidez y felicidad de Horace LaFontaine, y no le gustaba, pero los oscuros recovecos de su mente eran tan puros que decidió quedarse allí un rato.

En su mente no había sensaciones enloquecedoras, tintineantes, carnosas. No había ningún monótono latir, ni ansia, ni curiosidad. En su cueva interior el Hombre Gris podía meditar sobre el infinito. Podía proyectar su mente más allá de todas las cosas físicas, más allá de los límites de la lógica. Podía solazarse en el fulgor del gigantesco ojo azul de energía: el primer pensamiento. Mientras se regocijaba en esa noción de realidad pura, el Hombre Gris se preguntó cómo podía pensar ningún ser realmente inteligente que mezclarse con la carne podría suponer una mejora. Sería como si una mariposa volviera a transformarse en gusano, como si un árbol intentara comprimirse de nuevo en su semilla, como si el Sol rindiera pleitesía al polvo.

El Hombre Gris quería liberarse de la carne. Se imaginaba desgarrando el viejo abrigo llamado Horace LaFontaine y desbordándose desde la tierra hacia su hogar. Ese viaje infinito del que podía regresar y decirles que todo era un error, que la perfección ya había sido alcanzada, que él era el máximo.

Pero antes de que eso pudiera ocurrir, tendría que haber mucha muerte. Muchas luces tendrían que apagarse. Muchas.

Horace LaFontaine se atragantó e intentó levantarse del banco de su parada de autobús. Quería tirarse delante del camión que bajaba corriendo por la calle. A punto estuvo de conseguirlo, pero el Hombre Gris alargó el brazo y lo frenó en seco.

Era hora de ir a ver al tío Morris y Joclyn.

—¿Así que quiere hospedarse? —preguntó Morris Beakman a Grey Redstar, recién llegado de otro lugar.

—Sí, señor Beakman —respondió el Hombre Gris—. Estoy buscando trabajo en la universidad y tengo unos primos que viven por aquí cerca. También me gustaría encontrarlos.

—¿Cómo se llaman? —preguntó Beakman. Era un hombre alto de piel marrón y amplia panza. Tenía el pelo gris y le habían roto la nariz más de una vez. Descollaba sobre la Muerte.

—Azur —dijo el Hombre Gris; sonrió—. Los Azur.

—Es la primera vez que escucho ese nombre —respondió Beakman. Sus ojos parecían estar cacheando al posible inquilino en busca de algo.

—Estoy dispuesto a pagarle tres meses por adelantado, señor Beakman. No seré ninguna molestia ni tendré ninguna visita, le doy mi palabra. —El Hombre Gris contuvo su deseo de matar al casero. Sabía que el gesto no le reportaría ningún beneficio y muy poco placer.

—No quiero jaleo, señor Redstar —dijo el hombretón—. No quiero problemas.

—Lo único que necesito es un sitio donde dormir y estudiar, señor —dijo la Muerte—. Comeré fuera y no escucho su música.

—¿Qué quiere decir con eso de «mi» música?

—Sólo es una forma de hablar, señor. No tengo radio, a eso me refería.

—Bueno, sabe usted, normalmente sólo alquilo a estudiantes. Pero uno también tiene problemas con los estudiantes. Las chicas parece que sólo quieran aprovecharse, y todos los muchachos quieren colarse en las bragas de Joclyn...

—Lo único que necesito es un sitio donde dormir y estudiar, señor —repitió el Hombre Gris.

En las semanas siguientes, el Hombre Gris dio largas paseos por San Francisco, Oakland y Berkeley. No visitó muchos parques porque allí había menos personas. Deambuló por calles tanto ricas como pobres, catando el aire y escuchando con unos oídos capaces de percibir la música de la luz.

Cuando el Hombre Gris no estaba explorando, se guarecía bajo la consciencia. Mientras él dormía, Horace era libre de pasear en el cuerpo que había dejado de pertenecerle. En esas ocasiones no había nada del Hombre Gris en la mente de Horace, pero aun así se sentía como si fuera un prisionero entre sus huesos. Rara vez tenía hambre, y aunque el Hombre Gris llevaba dinero en los bolsillos, Horace no se atrevía a gastarlo. Principalmente porque ese dinero procedía de los cadáveres de hombres y mujeres a los que el Hombre Gris había asesinado y robado.

Horace estaba asqueado de la violencia y la sangre. No quería que ningún alma volviera a sentir dolor por su culpa.

Sin dinero que gastar, sin auténtica libertad, con el Hombre Gris pronto a reaparecer y torturarlo de un momento a otro, Horace no se alejaba del hogar de su hermana. Recorría las escaleras arriba y abajo y salía al jardín bajo el gran roble. Morris Beakman trabajaba de capataz en la construcción durante el día y de cocinero en el Bar y Parrilla de Logan la mayoría de las noches. Horace rara vez veía a Morris, y cuando se encontraban, cruzaban pocas palabras.

Pero Joclyn siempre estaba en casa cuando no asistía a sus clases en la escuela de enfermería. Sus padres le pagaban el alojamiento en la casa de Morris, y el capataz de la construcción/cocinero le pagaba veinte dólares a la semana por mantener el sitio limpio.

A Joclyn le gustaba el señor Redstar cuando no estaba mustio. Eso es lo que le dijo a Horace un día que estaba contando briznas de hierba en el patio de la parte de atrás.

—Nunca le digo más que hola cuando se pone usted mustio, señor Redstar —dijo—. Sé que debe de estar usted pensando o preguntándose dónde podría estar su familia.

Horace le explicó que sufría un trastorno mental, que cuando su expresión se volvía fría debería dejarle en paz porque entonces era cuando se volvía loco.

—¿Loco de verdad? —preguntó la alumna de enfermería.

—Sí —respondió con seriedad Horace—. Tan loco que a veces creo que sería mejor para todos si estuviera muerto.

—Oh, no diga usted eso, señor Redstar —protestó Joclyn—. Es usted un hombre muy agradable. Tan sensible y reservado. A veces toda esa locura sólo está en su cabeza. Sabe, yo me siento así a veces. Me siento realmente sola, ¿sabe? Aunque esté con gente y esté riéndome o bailando. Por ejemplo, podría estar besándome con algún chico y aun así sentirme completamente sola.

Horace no dijo nada. Simplemente se la quedó mirando. Para él la apasionada cháchara sobre su vida era como una vía de escape de su propia miseria. La sonrisa en su rostro le produjo una sensación extraña, casi alienígena.

Joclyn se fijó en su insólita sonrisa y agachó la cabeza, musitando:

—Supongo que no debería decir esas cosas, lo de besarse, me refiero.

Horace apretó suavemente los dedos sobre el antebrazo de la joven. Ni siquiera se dio cuenta de que estaba tocándola hasta que ella lo miró.

—No pasa nada, jovencita. Sé lo que es besarse.

Joclyn sonrió y algo retumbó en el pecho de Horace.

Durante meses después de aquello estuvo colado por Joclyn como un colegial. Cada vez que el Hombre Gris se sumía en su oscuro reino de reflexión, Horace bajaba las escaleras corriendo, buscando a su nueva amiga. Lo que le encantaba era escucharla hablar de sus asignaturas y sus padres, sus ocasionales citas y sus sueños. Horace la ayudaba incluso con la limpieza para poder estar más tiempo con ella. Pasaban la fregona y hacían la colada y hablaban y hablaban.

Nunca dejaban que el tío Morris los encontrara juntos. Era como una relación ilícita, una aventura secreta que mantenían en la más estricta confidencialidad.

Cuando Morris llegaba a casa, Horace corría escaleras arriba con un brío que desmentía su edad. Nunca hablaba más de dos palabras seguidas con el casero porque era incapaz de expresarse igual que el culto Hombre Gris. Le preocupaba que el casero pudiera sospechar algo e intentara desalojar a la Muerte.

—¿Piensas alguna vez en el mal? —le preguntó Horace a Joclyn un día mientras secaban juntos los platos.

—No sé —replicó ella. La alegría en su voz era algo normal cuando pasaba tiempo con su amigo—. Quiero decir, en el mundo pasan un montón de cosas malas. Pero alguien malo siempre puede hacer también algo bueno. Eso es lo que dicen en mi iglesia.

—Yo me refiero a algo que está por encima de la iglesia. Muy por encima.

Joclyn posó el vaso que estaba secando.

—¿Está hablando otra vez de esa enfermedad mental?

Horace miró a los ojos de su única amiga.

—No pasa nada, señor Redstar —dijo Joclyn—. Es usted un buen hombre. Es sólo que a veces es un poco estirado. Yo sé que no es usted malo, porque el mal se destruye a sí mismo. Mi párroco dice lo mismo. El mal tiene que perder porque lo odia todo, incluso a sí mismo.

Horace sonrió mientras empezaba a apilar los platos en los estantes sin puertas de color azul claro que había encima del fregadero. Justo por fuera de la ventana, en un eucalipto enano, podía ver una enorme araña de jardín negra y amarilla que aguardaba en el centro de su tela.

Cuando Joclyn se fue a la escuela aquella tarde, Horace la acompañó hasta la puerta.

—Gracias —dijo.

—¿Por qué?

—Por ayudarme. Por mostrarme la verdad. Y no te preocupes por el retrete de la planta baja, que lo voy a dejar reluciente.

Horace llevó el cubo de limpiar de Joclyn al pequeño baño que había junto a la cocina. En el balde amarillo había una bayeta, amoníaco, algo de detergente y limpiador en polvo, además de una botellita de plástico de lejía.

El Hombre Gris se agitó cuando Horace cerró la puerta del baño. Desperezó su mente hasta despertarse a medias mientras Horace se arrodillaba delante de la taza. El Hombre Gris llevaba tanto tiempo considerando las cristalinas ecuaciones de luz que le costó encontrar significado a una sencilla reacción química. Antes de que el Hombre Gris tuviera ocasión de alertarse, Horace había vertido el amoníaco en el retrete. Antes de que la Muerte pudiera enfundarse su guante, la mano de Horace, el cadáver mezcló el amoníaco con lejía. Antes de que la Muerte pudiera cerrar sus pulmones, Horace inhaló profundamente el gas mostaza.

Al perder Horace el sentido, me vi arrojado de bruces a la mente de la Muerte. Todo en aquella consciencia estaba desintegrándose, pulverizándose. Horace moribundo, ya muerto. Su última acción era la de un héroe que mata a su demonio interior.

Pero entonces el Hombre Gris lanzó un grito. No estaba dispuesto a irse sin completar su autoproclamada misión. Y por segunda vez resucitó el cascarón de Horace LaFontaine. Recomponiendo células deshechas y capilares rotos, se quedó retorciéndose delante de la taza del aseo hasta que por fin empezó a vomitar. De los labios del hombre muerto cayeron bilis negra y veneno al agua corrupta. El Hombre Gris se impulsó hasta la cocina y subió tambaleándose las escaleras. Una vez en su habitación, sacó un enchufe especial que unía un cable desnudo a la toma de la pared. Se sentó en el sillón de color marrón, mamando electricidad.

La luz en su interior recordaba las funciones internas del cuerpo de Horace. El odio en su interior recordaba a Horace, el hombre.

Estaban de nuevo en una llanura bajo un cielo demencial. Horace se encontró de rodillas frente a un imponente Grey Redstar.

—¡Estúpido! —gritó la Muerte.

Horace, perdido su coraje, se estremeció.

—¡Te lo advertí! —declaró la Muerte—. ¿No te lo advertí?

No había pensamientos ni palabras dentro de Horace. Lo único que le quedaba era la anticipación del dolor.

Las semanas siguientes pasaron como si fueran siglos. Retorciéndose en su agujero de Attica, sin piel ni cordura, Horace LaFontaine no podía gritar, porque tenía los labios cosidos; no podía respirar, pero la asfixia no significaba su muerte.

Mientras Horace sufría en los recovecos de su propia mente, el Hombre Gris captó por fin el olor de uno de los Azules. En uno de sus largos paseos oyó el murmullo de un compás complejo, una música que hablaba un idioma muy alejado del registro de la vida. Siguió aquella melodía hasta que lo condujo a la casa vacía de Phyllis Yamauchi. Entró por una ventana lateral y cruzó un largo pasillo hasta el recuerdo de una prisión y la reminiscencia de un hombre.

—Horace. —El Hombre Gris sonrió a su prisionero—. Has sido malo y tienes que sufrir por ello.

Horace miró a su captor sin reconocer en él al origen de su dolor. Había llegado a creer que los pecados cometidos en vida le habían merecido ese infierno. El Hombre Gris no era más que el ejecutor de la sentencia. Por eso no podía matarlo.

—¿Te gustaría regresar otra vez por un momento, Horace?

Su piel se regeneró y su boca sorbió aire. Horace apareció en la planicie desierta con el Hombre Gris.

—Tendrías que prometer que no intentarás matarme, no obstante —dijo el Hombre Gris—. No puedes matarme, ya lo sabes, pero podrías causarme una considerable cantidad de pena y retrasarme.

Horace podía hablar, pero no lo hizo.

—¿Te gustaría volver? —preguntó una vez más el Hombre Gris.

—Sí.

Sentado en el borde del sillón de Phyllis Yamauchi en su sala de estar, Horace disfrutaba sencillamente del ritmo de su respiración. Le recordaba las olas de la orilla. Se preguntó entonces si el océano no estaría respirando realmente, empapándose del sol y las estrellas en su corazón y pensando en aquellos tiempos lejanos que tañían en el alma del Hombre Gris.

El Hombre Gris tenía alma, pero Horace no. Horace era, lo sabía, nada más que una roca pensante, un títere mecánico que cometía un error al pensar que tenía corazón.

Horas más tarde, Phyllis Yamauchi abrió la puerta y entró. El Hombre Gris estaba al fondo de su cueva solitaria, y Phyllis no sospechaba su presencia.

Miró al desconocido sin miedo.

Horace le devolvió la mirada, preguntándose qué interés podía tener su ejecutor en ella.

—¿Quién eres? —preguntó Phyllis.

—Me llamo Horace.

—¿Qué haces aquí? ¿Vas a robarme?

—Sólo quiero morir —dijo Horace. Sollozó y luego se atragantó como si experimentara un ataque de náusea.

El Hombre Gris se abalanzó sobre su consciencia como un león emboscado. Y en la breve fracción de segundo antes de ser exiliado de nuevo, Horace vio la verdadera naturaleza de Phyllis Yamauchi. Era azul, azul entera, y resplandeciente. De su cuerpo emanaban tentáculos y lanzas y alas curvadas de luz. En algún lugar por encima de su hombro había un orbe de un enloquecedor azul marino.

La presencia del Hombre Gris, al surgir en el cuerpo del cadáver, golpeó a Phyllis como una galerna. El azul que había en ella se tiñó de amarillo por un momento, y entonces Horace regresó a su tumba. Enterrado y sepultado profundamente bajo la consciencia del Hombre Gris.

Aniquilar la vida de Phyllis Yamauchi le llevó menos de cinco segundos. El Hombre Gris utilizó su fuerza inhumana y sus garras y dientes y la electricidad que lo recorría. Pero en esos escasos segundos toda la fuerza vital de la pequeña mujer explotó hacia el exterior. Horace sintió las vibraciones en su sepultura.

El Hombre Gris se apartó del cuerpo menudo debilitado y dolorido. La arrastró hasta el sótano. Se desnudó y a ella también. A continuación realizó un ritual de muerte que había creado mucho antes en el desierto del norte de California, cantando en todo momento, gimiendo su canción fúnebre.

Siete

Cuando desperté, el canto fúnebre resonaba aún en mis oídos. Me había desmayado en el suelo. El Hombre Gris y Horace vivían todavía en mis sentidos, pero no estaba asustado. De alguna manera, Ordé me había transmitido el valor que había recuperado.

Ordé y Reggie se habían ido. Me dirigí a la puerta principal y la abría a un día espléndido en la Bahía. El sol brillaba pero, el aire era fresco. Mis sentidos aumentados estaban bajo control. Podía asomarme al fondo de las cosas si quería, pero tenía que obligarme. Y de alguna manera la sencilla hierba y el simple cemento cobraron una belleza especial para mí.

No sabía adónde ir, de modo que opté por la roca de Ordé. No había nadie de la Congregación Unida allí, dado que era martes. Había gente en el parque, naturalmente. Jugadores de béisbol, ancianos dando sus paseos. Había una mujer joven con una niña pelirroja en brazos, de unos tres o cuatro años. Era ligera, en los brazos de su madre, y estudiaba mi rostro con todo el asombro de un recién nacido. Resultaba un poco desconcertante que una niña pequeña me escudriñara con tanta intensidad, casi como si estuviera interrogándome. Sus ojos eran tan oscuros y firmes que podía sentir casi el peso de su empeño. Fue entonces cuando miré mejor. Podía sentir algo azul en su cara.

La madre, que estaba echando un vistazo a su alrededor, reparó en el escrutinio de la pequeña y me miró. Intentó apartar a la chiquilla, hablar con ella, pero la niña no dejaba de mover la cabeza para seguir mirándome. Estaba diciéndole algo a su madre que yo no podía oír.

Así que di los diecisiete pasos que me separaban de ellas, comprendiendo mientras caminaba que cada gesto y acción que emprendiera a partir de ese momento sería de interés para las generaciones venideras. Hasta entonces había sido un seguidor y un acólito. Estaba escribiendo una historia sobre algo que veía desarrollarse. Pero ahora se me ocurrió que yo formaba parte de esa historia. Como mi héroe Tucídides, era parte de algunos de los acontecimientos más importantes en la historia del mundo. Aquellos diecisiete pasos podrían ser recordados como las vicisitudes de Job y la cicuta de Sócrates.

La madre no tenía nada de especial. Tan sólo era otra hippie. Joven pero con hebras de canas prematuras en su larga melena roja. Su piel era muy morena y roja bajo el bronceado. Las diminutas arrugas alrededor de sus ojos y barbilla eran fruto de largas horas al aire libre.

La niña llevaba puesto un vestido hecho a mano a partir de una sábana desteñida de color morado. No era más que un saco con brazos y cuello. La mujer vestía vaqueros de chico y una camiseta de tela india hecha de parches azules, rojos y naranja apagado cosidos juntos. Había diminutos espejos y parches de encaje oscuro diseminados por el atuendo.

Tanto ella como la niña olían fuertemente a aceite de pachulí.

—Hola —les dije a la madre y a la hija.

La pequeña saltó de los brazos de su madre a los míos. La rapidez de sus movimientos me asombró.

—¿Conoces a Bill Portman? —preguntó la mujer mientras su hija enterraba las manos en mi cabello despeinado y tiraba. La niña se rió.

—Me parece que no —dije, evasivo.

—Eres bonito —dijo la chiquilla mientras me pasaba la mano por la nariz y la boca. Sus dedos olían a mantequilla de cacahuete.

Me sorprendió que su madre no la recogiera ni le pidiera que parara. Pero luego pensé que sólo era otra hippie que no tenía miedo de dejar que su hija explorara el mundo que la rodeaba.

—También lo llaman... —la madre vaciló y apretó con los dedos entre sus ojos—... Ordé.

La niña empezó a reírse. Me envolvió la cabeza con los brazos y apretó. Era fuerte para su edad, pero yo tenía la cabeza dura, lo bastante como para soportar los porrazos de la policía cuando hacían redadas en el Haight. Era duro de mollera, pero no estúpido.

—¿Eres Adelaide? —pregunté a la mujer.

Asintió y dijo:

—Y ésta es Julia.

—Ése no es mi nombre —susurró la niña.

—¿Y estás buscando a Ordé? —pregunté.

—Lo necesito —dijo Adelaide—. Tiene que ayudarme con ella. Lleva despertándose aterrada todas las noches. Y no deja de hablar de cosas que no entiendo, sólo recuerdo más o menos a Bill diciendo las mismas cosas.

—¿Qué es lo que dice?

—Hey —dijo la pequeña en mis brazos.

Adelaide me miró directamente a los ojos y dijo:

—Sé que parece una locura, pero no para de hablar de planetas sin sol que plantaron aquí a la gente. Es la clase de cosa que solía decir Bill, pero últimamente dice cosas distintas, que todo el mundo va a morir. Y de alguna manera tengo la impresión de que podría estar en lo cierto. —Los hombros de la madre hippie sufrieron un estremecimiento.

No había más descendencia conocida de los Azules, aunque Coyote estaba preñada antes de ver la luz. Ordé salía una vez cada seis meses aproximadamente, cuando todo estaba listo, decía, para intentar dejar embarazada a alguna mujer. Nunca había funcionado, que nosotros supiéramos. Las mujeres solían enfermar, y ninguna de ellas se quedaba nunca en estado.

Ordé me había pedido que bajara a Pomona para buscar a Adelaide, para ver si su simiente había germinado.

—Estaba sentada justo a mi lado, Chance —dijo Ordé—. Cuando cayó la luz. Estaba dormida y por eso no pudo ser transformada, pero quizá su piel hubiera absorbido algo: estaba desnuda. No lo sé, a lo mejor se le metió un poco entre los párpados. No haría falta mucho. Encuéntrala. Puede que tenga nuestro primer nacido sobre la Tierra.

Conseguí encontrar a su familia, pero para entonces su hija ya había vuelto a irse. Se había marchado porque su padre decía que si aparecía preñada, tendría que entregar al bebé en adopción.

Todo eso me lo contó su hermana menor, Ada, quien también me dijo que si su padre encontraba a un negro preguntando por su hija, sacaría la escopeta y lo mataría.

Tomé lo que me decía al pie de la letra, y me fui. No creía realmente que Adelaide se hubiera quedado embarazada. Le pregunté a Ada, que fue bastante amable, y respondió que Adelaide no estaba embarazada, que ella supiera. Nadie más entre los pares de Ordé había conseguido concebir. Ordé decía que era debido a su potencia. Opinaba que era más probable que una mujer de su especie aceptara el esperma de un hombre normal que el que un varón Azul inseminara a una mujer normal. Creía que el esperma de la luz azul devoraba el óvulo. Pero Claudia Corazón tampoco había concebido.

Había habido algunos intentos de cruzarse entre los Azules, pero el efecto era bastante exótico. Gijón Díaz y Phyllis Yamauchi lo intentaron una vez. El resultado fue un sarpullido que se propagó por todo el cuerpo de Díaz, y Phyllis desarrolló una fiebre que estuvo a punto de costarle la vida. Ordé dijo que no era una reacción química lo que había provocado las dolencias. Dijo que los Azules sufrían por culpa de algo que surgía del resplandor original de luz azul. Cuando uno había experimentado la luz en sus propios ojos, decía Ordé, no podía compartir la visión de otro.

—He preguntado por los alrededores, y algunas personas dijeron que podría encontrarlo por aquí. ¿Sabes dónde está? —me preguntó Adelaide.

—Mañana —dije—. Pero hasta entonces será mejor que te mantengas alejada de aquí.

—¿Por qué?

—A lo mejor lo que asusta a Julia no es ninguna locura. Se acerca una mierda de cuidado —dije, adoptando impulsado por el miedo el dialecto de las calles.

—¿Qué quieres decir? —preguntó Adelaide—. ¿De qué estás hablando?

—Vamos —dije—. Te lo contaré por el camino.

Y se lo conté. Le conté lo que sabía de Ordé. Le hablé de sus visiones y sus sueños de unidad. Sonaba ridículo saliendo de mis labios, pero sabía que mis palabras eran ciertas y esperaba que Addy (así me pidió que la llamara) supiera oír la verdad.

No dije nada de la sangre ni de los rituales de sangre. No dije nada de que Ordé leyera la mente de las personas al probar su sangre. Pero sí le hablé de Grey Redstar. Le dije que ya había asesinado a Phyllis Yamauchi.

Mientras andábamos yo cargaba con Julia. Trepó por mi brazo hasta subírseme a hombros. Una vez se puso de pie encima de mi cabeza y luego saltó, agarrándose a mí a la altura de la cintura.

Era una niña asombrosa.

Paseábamos por la calle hacia mi pensión de mala muerte. Estaba pensando que Addy confiaba en mí sin ningún motivo, en realidad. Podría estar mintiéndole sobre todo. O podría estar loco. Pero aquélla no era una época de desconfianza. Teníamos el pelo largo y nuestras drogas y nuestra música. En nosotros, los jóvenes, todo era revolucionario. Nuestra forma de hacer el amor, nuestra forma de enamorarnos. Los mejores planes se decidían en cuestión de segundos; nuestros mayores líderes rechazaban la historia que se enseñaba en las escuelas.

Lo que tenía Addy de prodigioso era algo que no podía ver con mis nuevos ojos; confiaba en mí. Daba aquel paseo, con su hija en mis brazos, creyendo que no le haría daño.

Pensé en Ordé y su luz. Había visto sus visiones, viajado entre las estrellas hasta aquellas moléculas primordiales que zigzagueaban entre el tiempo y alrededor del universo. Era un zángano inmerso en un juego cósmico mayor que cualquier cosa imaginada jamás por sacerdote o fanático alguno. Era una partícula semiconsciente en una luz superior a la de cualquier estrella. Era vida convirtiéndome en una sustancia superior.

Era, como Ordé había dicho una vez, un estanque en cuya superficie tremolaba la imagen de Dios.

Pero aun así Addy me ofrecía algo más delicado que un copo de ceniza elevándose de la llama de una fogata. No era ella sino su confianza en mí lo que decía algo que no podía sentirse antes de conocerse.

Cuando llegamos a mi calle, Julia dejó de jugar y dar brincos. Me rodeó los brazos con el cuello y se sujetó con todas sus fuerzas... que no eran pocas.

La puerta principal de mi edificio de apartamentos daba a un pasillo de rotas baldosas verdes y negras con una hilera de buzones de latón a la derecha y una escalera justo de frente. Había siempre un ligero olor a orina debajo del hueco de la escalera, y ninguna carta llegaba nunca a su destinatario por culpa de los ladrones.

Intenté aflojar la presa de Julia mientras subíamos las escaleras, pero la niña se limitó a agarrarse más firmemente. Empezaba a costarme respirar, de hecho, pero no hice mucho caso debido al miedo que emanaba de la pequeña.

—No te asustes —dije.

—No te asustes —repitió.

Subimos los escalones, yo asfixiado, Julia estremeciéndose, y Addy cerrando la comitiva.

Cuatro rellanos y llegamos por fin a mi puerta. La luz del sol filtrada entraba por una ventana sucia medio cerrada que había al final del pasillo.

Metí la llave en la cerradura y la giré. La puerta salió disparada hacia fuera por culpa de una corriente provocada por una ventana que había abierta dentro. No recordaba haber dejado ninguna ventana abierta, pero era posible; no poseía nada que mereciera la pena robar.

Estaba asomado a la ventana. De espaldas a nosotros. Un hombre más bien pequeño, bien vestido por lo que pude ver.

Volví a sumirme en las visiones que había obtenido por un momento de la sangre de Ordé. Estaba mirando las entrañas ensangrentadas de Phyllis Yamauchi a través de los ojos de Grey Redstar. Cuando las manos endurecidas de la Muerte golpearon y aplastaron los órganos y la carne, surgieron y se apagaron pequeñas chispas azules, dejando a su paso trazas que contenían imágenes de la consciencia de Phyllis. Una de aquellas imágenes era yo y un rastro de pisadas que conducía hasta mi puerta.

Encogí el estómago y di marcha atrás, de puntillas. Addy soltó un gruñido y Julia me liberó de su abrazo. El hombre se dio la vuelta al mismo tiempo que yo gritaba:

—¡Corred!

Era un hombre negro con dos grandes bultos carnosos en el rostro, uno encima del ojo izquierdo y otro en la mejilla derecha. Por un momento vi pesar en sus ojos, una disculpa casi. Para entonces yo había vuelto a cruzar el umbral. Mientras cerraba la puerta de golpe, mi nueva vista percibió una explosión de tonos azul oscuro.

—¡Dios mío! —exclamó Addy, como si hubiera compartido mi visión.

—¡Por ahí no! —le grité.

Estaba corriendo en dirección a la ventana, no hacia las escaleras. Nuestra salida de incendios había sucumbido a la corrosión, pero el casero todavía estaba esperando a que el ayuntamiento le obligara a arreglarla.

La puerta a mi espalda voló de sus goznes, y el Hombre Gris, con el cuerpo de Horace LaFontaine, aterrizó en el pasillo. Corrí hacia la ventana para proteger a la niña y su madre, con varios tonos de azul destellando alrededor de mi segunda visión.

Julia gritó.

Oí cómo se abría la ventana a mi espalda, pero no podía darme la vuelta para avisarlas, porque el Hombre Gris estaba encima de mí. Alargué un brazo para detenerlo; probablemente eso es lo que me salvó la vida. Estaba excitado y había un campo de electricidad a su alrededor. La conmoción me tiró al suelo a los pies de Addy. Levanté la cabeza para ver cómo lanzaba a la pequeña por la ventana abierta. Antes de que pudiera incorporarme para ayudarlas, el Hombre Gris cogió impulso, me pisó el pecho y saltó detrás de la niña.

Me levanté hasta el alféizar, convencido de que iba a ver los cadáveres del hombre y la pequeña. Pero lo que vi fue al Hombre Gris corriendo por el callejón que había detrás de mi edificio, empuñando la rama de un árbol y mirando al cielo. Seguí la dirección de su mirada hasta divisar la diminuta figura de Julia encaramándose al tejado del edificio del otro lado de la calle. Cruzó corriendo la cornisa del edificio a gran velocidad y desapareció.

—¡Vamos! —gritó Adelaide.

Estaba corriendo hacia las escaleras. Renqueé tras ella como pude. La descarga eléctrica me había dejado los músculos hechos espagueti. Tuve que agarrarme con fuerza a los pasamanos mientras bajaba los escalones.

—¡Espérame, Addy! —grité.

Cuando llegué a la puerta no había ni rastro de ella.

Al salir a la calle alguien me apresó el brazo. Sabía que no era el Hombre Gris, de modo que dije:

—Estoy bien. Yo puedo.

—¿Lester «Chance» Foote? —preguntó alguien.

Levanté la cabeza para ver a Miles Barber allí de pie. Llevaba puesto un traje granate de dos piezas y una camisa azul pálido. Había cinco hombres uniformados detrás de él. Tres de ellos sujetaban a Addy.

—¡Soltadme! —gritó.

Intenté golpear a Barber. Cerré el puño y lo lancé, pero se hizo a un lado y yo estaba tan débil que el puñetazo tiró de mí hasta dejarme en el suelo.

Me esposaron mientras Barber decía algo sobre asesinatos y arrestarme. Addy se desgañitaba chillando el nombre de su hija, pero a los polis no parecía importarles.

Tampoco yo era capaz de preocuparme. El contacto con el Hombre Gris había enviado ondas de choque de muerte por todos mis nervios. Estaba temblando de pies a cabeza, deseando no haber nacido.

Ocho

Miles Barber no era un mal policía. Es decir, no odiaba a los negros. Tampoco gozaba con el sufrimiento de los demás, estoy seguro. Pero eso no significaba que rehuyera la violencia si podía arrojar algo de justicia sobre la situación. No le importaba infligir un poco de dolor inconstitucional.

—¿Por qué mataste a Phyllis Yamauchi? —me preguntó después de que su amigo, el oficial Harlan Castro, me hubiera pegado en un lado de la cabeza con un trozo de manguera de goma relleno de arena.

Sentí el dolor y oí la pregunta, pero no podía reaccionar ni a uno ni a otra. El frío reptar de la muerte recorría aún mis nervios. Era como si hubiera muerto sencillamente por tocar al Hombre Gris. La sensación de muerte me acompañaba, sus imágenes se repetían sin cesar en mi mente.

Estaba en un ataúd, consciente, sin posibilidad de respirar. Los días pasaban como si fueran segundos mientras el féretro se deterioraba y los gusanos devoraban mis ojos.

—Phyllis Yamauchi —dijo alguien.

Me imaginé que el Hombre Gris esperaba al pie de las escaleras. Castro me golpeó en plena frente con la manguera. Me caí de la silla, aterrado por la posibilidad de que me dejaran en los brazos de la Muerte. Quería confesar, que me metieran en la cárcel. Quizá en prisión pudiera liberarme de su roce.

Quizá en prisión pudiera suicidarme por fin y escapar para siempre más allá de sus designios.

Pero también quería a Ordé. Quería oír su lógica templada. Quería pensar en un mundo futuro donde me dieran la bienvenida en el corazón de las estrellas.

La vida me llamaba mientras la Muerte esperaba en la calle. La confesión pugnaba en mi garganta. En algún lugar al fondo de mi mente comprendí que estaba sangrando.

Entonces empecé a llorar.

No lloraba así desde que era un crío. Era un profundo llanto estremecedor de impotencia. Los dos policías intentaron auparme en la silla, pero yo era un hombre grande con la coordinación de un infante. Lo único que pudieron hacer fue dejarme apoyado contra la pared.

Lo único que podía hacer yo era llorar.

Intenté confesar, pero sólo decía incoherencias. Miles Barber me apretaba un pañuelo contra el cuero cabelludo, intentando detener la hemorragia. Pero yo estaba moviendo la cabeza de un lado a otro, viendo la muerte en una esquina y algo más allá de la vida en la otra. Quería que Castro me pegara más fuerte. Miles me hablaba en voz baja intentando sacarme de mi pozo de desesperación.

Funcionó al cabo de un rato.

—Cuéntamelo, Lester —estaba diciendo.

—Lo siento —susurré.

—Dime qué ha pasado.

—Lo siento —repetí.

—¿Qué es lo que sientes?

—Siento no haberme, quiero decir, siento que tú tampoco puedas matarme.

Me dejaron a solas en un cuarto cerrado con llave. Tenía un retrete de aluminio y un catre de hierro con correas de cuero entrelazadas a modo de colchón. Me arrastré debajo de la cama y me puse de cara a la pared. Casi al instante me sumí en un profundo sueño. Mis sueños empezaron como visiones ligeramente coloreadas de cadáveres en diversos estados de putrefacción. Largas hileras de muerte en fosas poco profundas. A medida que transcurría el tiempo, el paisaje de muerte se descomponía, degradándose en tonos de tierra y difuminándose luego hacia el gris. El mundo se volvía cada vez más tenue, hasta que sólo quedó una tierra plana y gris bajo unos cielos grises tan sólo ligeramente más claros. Un suave zumbido inundaba el aire.

Había alcanzado la paz del Hombre Gris. Vi su mundo, y toda mi trepidación se desvaneció.

En mi sueño estaba dormido.

Desperté en la orilla de una playa infinita. Había grandes gaviotas blancas flotando lánguidamente en el cielo sobre mi cabeza. El cuarzo pulverizado en la arena blanca rutilaba bajo un sol brillante. Estaba solo y descansado por completo, un soñador despertado de su pesadilla a una visión de paz. Bajé hasta el agua y vi escuálidas estrellas de mar deambulando entre las rocas, buscando comida. No sabían nada de mí ni de mis sueños. Sencillamente tenían hambre, se imaginaban moviéndose, y vivían.

—Hora de levantarse —dijo alguien.

Estaba tendido de costado en la orilla.

Estaba tendido de costado en mi celda.

La puntera de un zapato se me clavó en la nalga.

Me levanté, volcando el catre de metal de lado. El guardia fornido me miró desde lo alto. Llevaba una carpeta sujetapapeles en una mano y un lápiz amarillo en la otra.

—En pie, Foote.

El guardia me condujo por un largo pasillo de cemento. Las paredes y los techos bajos estaban corroídos y pintados de un pálido verde lima. El guardia era bajo y gordo. Me pregunté por qué no había nadie más ayudándole con mi traslado, porque no me tenía miedo. Entonces miré de reojo por encima del hombro y vi que estaba empuñando la pistola a la altura de su cintura.

—La vista al frente y los brazos abajo, Foote —dijo el guardia.

En cualquier otro momento podría haber sentido miedo, pero con la Muerte trazando las sendas de mis venas, tenía poco que temer.

—Quieto ahí —dijo el guardia aproximadamente un minuto después.

A la derecha había una pesada puerta de metal.

—De cara a la puerta —ordenó el guardia.

Hice lo que me decía.

—Vale, ahora entrelaza los dedos sobre la nuca.

Pasó un brazo por mi lado para introducir una llave redonda en su cerradura. Empujó la puerta hacia adentro.

El cuarto que tenía ante mí era más pequeño que la celda de la que había salido. Quedaba disminuido además por una pared de barrotes que lo diseccionaba. Al otro lado había un hombrecillo blanco vestido con un traje azul marino.

—Entra, Foote —dijo el guardia que estaba dispuesto a matarme.

Hice lo que me decía, y la pesada puerta se cerró de golpe a mi espalda.

En cuanto se cerró la puerta, el hombrecillo se levantó. Era más alto de lo que esperaba, pero también excepcionalmente delgado.

—¿Señor Foote?

—Ajá.

—Me llamo Howard Weissman. Soy su abogado de oficio.

No tenía nada que decir, de modo que me senté en la silla metálica provista a tal efecto.

—¿Sabes por qué te han arrestado, Lester? —preguntó Weissman—. No te importa que te llame Lester, ¿verdad?

Había una cucaracha enorme en la pared detrás del huesudo abogado. Si me quedaba perfectamente quieto, podía oír ligeras vibraciones naranjas procedentes del insecto. Por cómo me miraba el abogado, probablemente le preocupaba el que pudiera haber sufrido una conmoción durante mi «interrogatorio».

—¿Me oyes, Lester?

—¿Qué va a pasar ahora? —pregunté.

—No hay acusación. No hay pruebas. El detective Barber sólo te ha arrestado para interrogarte. ¿Te han golpeado?

—Entonces, ¿puedo irme?

Weissman asintió con la cabeza.

—Los papeles deberían estar listos aproximadamente dentro de media hora. Podemos quedarnos aquí sentados y esperar hasta entonces. Quizá puedas decirme por qué van detrás de ti por lo de estos envenenamientos. Es decir, si quieres que te ayude en el futuro.

—No hay futuro —dije.

Ése fue el fin de nuestra conversación. Me pasé los aproximadamente treinta minutos siguientes viendo cómo la cucaracha palpitaba roja y amarilla mientras Weissman me observaba.

Crucé la puerta de la comisaría de Berkeley esperando encontrar al Hombre Gris, pero no estaba allí. El sol brillaba, henchido de secretos que quería contarme, pero no me paré a escucharlos. Deambulé por las calles, mirando boquiabierto a todos los hombres y mujeres, blancos y negros, viejos y jóvenes. Estaba pensando en estrellas de mar y en cuánto me apetecía bajar al océano y contemplarlas... durante días.

—Hey, hermano —me dijo un negro vestido con una chaqueta y pantalones de cuero negro.

—Hey, hermano —respondí.

Mis palabras parecían entrañar más significado que nunca.

—¿Qué pasa? —preguntó mi nuevo amigo.

—Nada —dije.

—Vale —asintió, y siguió su camino.

Caminé durante horas. La policía me había liberado a primera hora de la mañana. Habían soltado a Addy la noche antes.

Me daba igual lo que fuera de mí. Durante años el suicidio había sido mi solución definitiva. No importaba lo que sintiera, no importaba lo que me hiciera nadie... siempre podía ponerle fin, siempre podía jugar la última baza.

Y entonces había muerto. Muerto con el roce de un hombre muerto. Yo no era la visión ni la mente que entendía. Sólo era una ventana a través de la que se podían ver los acontecimientos. Tan sólo una ventana incluso a mi propia muerte.

Y ahora, resucitado, era libre por unas horas. No necesitaba nada ni a nadie. La verdad me preocupaba tanto como a las estrellas de mar que deambulaban todavía en alguna parte en el mar de mi mente.

Era Buda y Mr. Natural. Estaba desnudo para el mundo, y a nadie le importaba... ni siquiera a mí.

Alrededor de mediodía me encontré en el parque Garber. Tenía hambre y disfrutaba de la sensación acuciante en mi estómago. Subí por el camino de tierra hacia la roca de Ordé. No recordé que era miércoles hasta oír el murmullo de la Congregación Unida.

Fue entonces cuando salí de mi ensueño. Me pregunté qué habría sido de Julia. Me pregunté qué sería del Hombre Gris y si habría matado de nuevo.

Estaba caminando, aunque no quería, hacia el lugar que más temía. Nadie me obligaba. Nadie me lo había pedido. Ordé me había dejado solo en su casa mientras él perseguía sus propios fines. No tenía que avisarle ni protegerlo. No podía hacer nada, y acusaba esa impotencia. Pero aun así caminé hacia la Congregación Unida porque mi vida tenía su propio camino que recorrer; yo era el testigo, el coro invisible de una tragedia mucho más antigua que los griegos.

Ordé estaba en lo alto de su roca del parque. Contemplaba a la Congregación Unida con algo parecido al amor en los ojos. Su mirada saltaba de un rostro a otro y por fin me vio cuando me acercaba a la zona posterior del público. Entre ellos pude ver a muchos Azules. Reggie estaba allí cogiendo la mano de su hermanita. Eileen Martel, Myrtle Forché, Gijón Díaz, Zero Friend y Claudia Corazón se contaban entre la Congregación. Miré a Claudia, intentando recordar la pasión, pero no pude.

Cuando Ordé reparó en mi presencia, asintió y comenzó su discurso.

—La muerte camina entre nosotros, amigos —dijo en voz baja—. La muerte y la vida.

Miró a su izquierda, y vi a Addy allí de pie, con aspecto ojeroso, con Julia en sus brazos. Julia sonrió cuando se cruzaron nuestras miradas.

—Ésta es mi hija —dijo Ordé—. Alacridad.

Hubo ahhs y gestos de asentimiento entre la multitud. Pensé que el nombre le pegaba, y entendí por qué había dicho que no se llamaba Julia.

—Ha venido para reportarnos alegría mientras la Muerte roe nuestras almas —dijo Ordé—. Una abominación de luz azul ha aparecido entre nosotros. Un hombre que debería estar muerto pero no lo está. Un Hombre Gris. Un hombre que murió, pero regresó a nosotros. Quiere matar a todos los Azules. Ya ha asesinado a Phyllis Yamauchi. Quiere y planea matarnos a todos. Tiene grandes poderes y no está en deuda con el cuerpo de la vida. Sólo ansía la muerte, el silencio, la nada.

Todo el mundo estaba escuchando. La mayoría de ellos, creo, pensaban que Ordé estaba hablando con metáforas, símbolos, imágenes. No creían en ningún Hombre Gris. ¿Quién lo haría?

—Ésta es nuestra última reunión —dijo Ordé—. Es hora de continuar con la vida. Debemos propagarnos por el ancho mundo y dispersar la música cuanto podamos. Debemos cantar y debemos sobrevivir porque el futuro de todas las cosas depende de esta lucha. La muerte no podrá alcanzarnos si nos trasladamos más allá de su conocimiento. El mundo es vasto y él sólo es un hombre, ni siquiera un hombre, medio hombre tan sólo. Su voluntad es indómita, pero nosotros somos como el aire.

—No querrás decir que no podemos volver a reunirnos, ¿verdad?

—preguntó Alice Rodgers. Era una de la Congregación Unida, una ciudadana, una humana.

—Vosotros no, Elan —respondió Ordé, utilizando el nombre que había escogido para ella—. Vosotros podéis seguir viéndoos. Deberíais hacerlo. Sólo los Azules tienen que irse. Pero os enviaremos un mensajero más adelante. Alguien que os guiará en el viaje.

—¡No! —gritó un hombre.

Y luego otro.

Pronto casi toda la Congregación Unida entonaba el no. Mientras tanto, los Azules, habiendo escuchado la palabra «muerte» y temerosos de ella, se habían arracimado en torno a la roca de Ordé. La muchedumbre parecía casi hostil, casi como si fueran a atacar a Ordé y sus hermanos.

Por encima de las cabezas de la turba enfadada podía ver a Alacridad suplicándome con los ojos.

Y entonces la sencilla, casi silenciosa palabra «sssssssssí» siseó en los oídos de todos. Era una palabra y había sido pronunciada en voz alta, pero era como si hubiese sido susurrada para cada uno de nosotros.

Estaba justo detrás de mí, el torturador de Horace LaFontaine. Su traje era negro y su camisa roja. Caminé rodeando a la multitud y me abrí paso hacia mi maestro. El resto de la Congregación Unida se giró hacia la sosegada refutación de sus demandas.

—Soy Grey Redstar —dijo—. Es la hora de la muerte.

El primer hombre al que alcanzó era el guardaespaldas de Ordé, Jason Feldman. Jason alargó el brazo para detener al esquelético hombre negro. Todos oímos cómo se le partía. Nadie se lo podía creer cuando el cuerpo de Jason salió volando por encima de la multitud hacia Ordé.

El maestro se agachó, y el Hombre Gris embistió contra los inocentes mortales, rompiendo huesos y desgarrando piel.

—¡Alto! —gritó Miles Barber. Había salido de algún escondite entre los árboles y se acercó al zombi. Llevaba puesto un traje pajizo con rayas verdes, rojas y negras cosidas sin ton ni son por todo él. Sostenía una pistola enorme con las dos manos.

Mientras el Hombre Gris le rompía el cuello al segundo guardaespaldas de Ordé, Alexander, Miles Barber disparó. El Hombre Gris se dio la vuelta. Lo único que podía ver era su espalda, pero el miedo que afloró al rostro del policía hablaba por sí solo.

—¡No! —exclamó Ordé, y corrió hacia el Hombre Gris. Era rápido, pero no lo bastante para impedir que la cara de Barber quedara reducida a pulpa.

Ordé se abalanzó sobre el Hombre Gris, seguido de Gijón y Zero.

Mi maestro se partió en dos. Vi su espalda cuando cayó encima del Hombre Gris y entonces vi cómo se desgarraba, proyectando una lluvia de sangre y agonizantes chispas azules.

La Congregación Unida se desbandó, dejando una estela de gritos desde la roca de Ordé. Miré alrededor buscando a Addy y su hija. Se habían replegado hacia los árboles. Cuando me giré para ver qué era de Gijón y Zero, ambos estaban muertos, meros trozos ensangrentados en el suelo.

Consideré si debía intentar detener al Hombre Gris o ayudar a la viuda y la hija de Ordé.

Entonces comprendí que el Hombre Gris estaba cerniéndose sobre Wanita, la hermana pequeña de Reggie a la que Ordé había dado el sobrenombre de Soñadora. La niña tenía las manos extendidas como garras. El Hombre Gris sonrió y se dispuso a destruirla, pero justo en ese momento Eileen Martel se plantó delante de él. Lo sujetó por las muñecas y se mantuvo en su sitio.

Con mi visión fui testigo de la majestuosa llamarada azul que ardía sobre su cabeza. Los azules más oscuros del Hombre Gris se elevaron a su vez. Las luces ardieron durante no más de diez segundos. La gente seguía gritando y corriendo. Paula McDunn, enfermera titulada en paro procedente de San Francisco, pasó corriendo a mi lado, con el rostro cubierto de sangre.

De repente las luces se desvanecieron y Eileen cayó de rodillas. Proferí un grito para darme confianza y cargué contra el Hombre Gris. Me separaban de ellos más de cuarenta metros. Sabía que Eileen estaría muerta antes de que llegara, pero corrí de todos modos.

Salté por encima de Eileen y agarré al Hombre Gris. Se cayó al suelo y me quedé paralizado. Cuando gritó comprendí que nuestro adversario había huido.

—¡Deja que me levante! —gritó Horace LaFontaine, el anfitrión muerto del Hombre Gris—. ¡Deja que me levante!

Se zafó de mí gateando y corrió, se cayó, y se alejó de la escena tambaleándose.

La mayoría de los miembros de la Congregación Unida habían huido a su vez. Myrtle Forché y Claudia Corazón habían desaparecido. Reggie y Addy vinieron hacia donde estábamos Eileen, Wanita y yo. Wanita estaba llorando encima de Eileen, que se había desplomado de lado. Tenía el rostro del color de la ceniza. Podía ver que estaba intentando incorporarse, pero era como si su cuerpo pesara una tonelada y sencillamente no pudiera levantarlo.

Abrió la boca, la cual, junto con sus ojos, estaba inundada de luz azul. Entonces todo se apagó.

—¡Tenemos que irnos! —dijo la pequeña Alacridad.

Y eso hicimos.

Dos

Interludio

Tras la muerte de Ordé, y las muertes de tantos otros a los que amaba, cogí a Adelaide y los niños y huí. Conseguimos llegar a los bosques del norte de San Francisco, subsistiendo gracias al talonario de cheques que Ordé había dejado a mi cargo. Corríamos por nuestras vidas, pero la tristeza, no el miedo, era nuestra constante compañera.

Transcurrían días enteros sin que ni Addy ni yo dijéramos una sola palabra. Estábamos horrorizados y conmocionados. Los niños jugaban o veían la televisión, cuando el motel en que nos hospedábamos esa semana tenía televisor, pero todas las noches lloraban antes de dormirse. Wanita sufría pesadillas en las que perdía un ojo o una extremidad. Reggie corría en sueños, estremeciéndose en su cama como un perro, recordando algún susto del día anterior.

Alacridad llamaba a gritos al padre que sólo había conocido durante unas horas. La única manera de conseguir que se durmiera consistía en que yo me sentara a su lado y le acariciara los hombros.

Leía los periódicos todos los días en busca de noticias relacionadas con el Hombre Gris u Horace LaFontaine. Pero transcurrido el primer par de semanas dejaron de verse noticias sobre la masacre. Miles Barber había sobrevivido al ataque del Hombre Gris, si bien espantosamente desfigurado y gravemente herido. Un artículo que describía su estado decía que debían sujetarlo con correas para evitar que se arrancara la piel de la cara con los dedos. Sufría persistentes dolores y despotricaba continuamente contra el mal que erraba por el mundo.

La policía tildó a la Congregación Unida de secta y achacó el episodio al abuso de drogas. Llamaron a los descuartizamientos públicos la «culminación de una serie de sacrificios», los cuales, dijeron, incluían todos los envenenamientos y el asesinato de Phyllis Yamauchi.

Se emitieron órdenes de arresto contra varios miembros de la congregación, yo entre ellos. Por culpa de la policía pasaba gran parte de mi tiempo oculto en la parte trasera de la furgoneta usada que habíamos comprado. Addy se encargaba de conducir y nos registraba en cabañas y moteles.

Viajábamos mucho, y rara vez permanecíamos más de una semana seguida en el mismo sitio. Nuestra rutina nómada se prolongó durante meses. La depresión que ocupaba nuestros días se interrumpía de vez en cuando por momentos de miedo. Miedo a que la policía nos detuviera y nos encerrara en un lugar el tiempo suficiente para que viniera la Muerte.

No ocurrió nada. Sencillamente deambulábamos alrededor de los bosques, suspirando y llorando, escondiéndonos en cabañas de recreo y aguardando algún tipo de señal. Reggie estaba siempre buscando el escondrijo perfecto. Había un lugar donde esconderse, decía, pero su emplazamiento permanecía siempre al filo de su percepción.

Pero no éramos la única parte de la historia. El Hombre Gris todavía no había extinguido la luz ni la vida. Había otros agrupándose y reagrupándose en distintos bandos. Mientras yo me escondía en asientos de atrás o cuartos de baño, Claudia Corazón, Nesta Vine y Juan Thrombone urdían sus planes, se reunían y evocaban las palabras que hablaban de Dios. Había una investigación policial en curso, y también estaban las perversiones del amor. Ocurrieron muchas cosas antes de que nuestra historia continuara y por eso, en aras de la continuidad de mi *Historia*, me referiré primero a los hechos que acontecieron mientras nosotros nos ocultábamos en los bosques.

Supe de estas historias por artículos de periódico y fuentes de segunda mano. De vez en cuando obtenía mis conocimientos a través de la sangre. Y durante algún tiempo, aprendí compartiendo los sueños de los amigos más íntimos que había tenido nunca.

En realidad no importa cómo aprendí lo que sé, por lo menos no ahora. Puede que en un futuro lejano, cuando la ciencia no esté tan aislada del alma, alguien encuentre este texto y sepa cómo creer en él.

Nueve

Winch Fargo yacía en su celda con los ojos cerrados, las piernas y los brazos cubiertos de sangre, pálido e incoherente. Cada cierto tiempo musitaba: «Puta», pensando en Eileen Martel, en los meses que hacía desde su última visita. Yacía con los dientes apretados, intentando hacer oídos sordos a la música que tocaba únicamente la mitad de la melodía, intentando no ver la pequeña parte de aquello en lo que él no se convertiría jamás. En sus sueños se ve persiguiendo a un hombre al que odia. El hombre corre asustado y Winch cae sobre él con un cuchillo, pero siempre se transforma en la víctima en el momento de la puñalada, con el arma enterrada en su propio pecho. La anciana a la que sodomiza en este sueño se convierte en él. Los alimentos que come, el suelo que pisotea. La mierda que sale de su culo.

Lo es todo excepto él mismo. Una gallina sin cabeza, un planeta sin sol.

Gemía en el catre de su prisión, pero no podía moverse porque tenía los brazos y las piernas atadas. Le daban igual los cortes y las cicatrices que surcaban sus extremidades. Le daban igual los hombres que lo desangraban, mezclando la sangre con leche en polvo para beberla o inyectársela en las venas.

La droga de sangre, así la llamaban los hermanos. Una cucharadita y la prisión desaparecía temporalmente. Una cucharadita y no había dolor, no había pesar.

—Mierda, mataría a diez hijos de puta por poder volver aquí y pillar un poco de esta mierda —había dicho Mackie Allitar una vez mientras sacaba sangre de un tajo en el pulgar de Winch.

Una cucharadita y el analfabeto podía aprender a leer, el culturista podía levantar el doble de peso, el tartamudo podía recitar su árbol genealógico sin hacer una sola pausa.

Winch no lo sabía por aquel entonces, pero le llamaban la Granja. Tenían que abonar la granja y cultivarla. Tenían que recoger la cosecha de la granja y mantenerla con vida.

No siempre había sido así. Antes de la desaparición de Eileen Martel, Winch descubrió el potencial de su sangre y lo dispersó.

Pero cuando Eileen se fue, Winch volvió a perder la cabeza y sus clientes lo convirtieron en su hectárea particular. Lo amarraban al catre de su prisión y se colocaban con el producto de sus venas.

Y mientras tanto Winch se perseguía a sí mismo, se comía su propia carne, excretaba su propia alma.

No dormía nunca, no de verdad. Sentía cómo lo cortaban, cómo ordeñaban sus venas. Pero el dolor más intenso fue cuando se abrió la puerta de hierro de su celda, provocando que el aire recorriera su piel como una sábana de alfileres al rojo vivo.

Aulló de dolor, pero una mano le tapó la boca. Sus brazos y piernas fueron liberados del catre, pero a continuación se los ataron. Le metieron una mordaza en la boca y la sujetaron con cinta. Lo metieron en un saco de tela y fue cargado encima de una espalda ancha. Mecerse al ser transportado de esa manera tranquilizó parcialmente a Winch. La serpiente que vivía en su cerebro se adormeció. No podía moverse ni hablar. Era como si la vida no hubiera empezado todavía, como si el dolor siguiera siendo algo lejano, una mera posibilidad.

Winch Fargo se apaciguó en el oscuro maletero donde lo encerraron. El ronroneo del motor y los ocasionales baches de la carretera le inspiraban una sensación uterina. Recuperó a medias la consciencia allí dentro. A medias la cordura. Llegó a preguntarse incluso adónde se lo llevaban.

Se preguntó si Eileen podría estar allí enviando esas señales como las buenas canciones de la radio que escuchaba cuando era niño en Missouri.

Antes de que lo sacaran de la bolsa, la sintió. No le sorprendió ver al fornido guardia rubio Robert Halston. Le daba igual lo escuálido que estuviera o la infección que se había apoderado de sus brazos y piernas. Lo único que le importaba era la mujer morena que estaba reclinada en el sofá delante de él. Intentó tocarla, pero todavía tenía las manos atadas.

Le daba igual. Ella era su faro y nunca en la vida volvería a alejarse de su lado.

—Winch Fargo —dijo la deslumbrante imagen—. Me llamo Claudia Corazón y tú eres el abuelo de mi prole.

El reo estaba de pie justo detrás y la izquierda de la silla para los invitados del alcaide. Su piel negra se veía cenicienta, el blanco de sus ojos era más sanguinolento que inyectado en sangre. Cada pocos segundos recorría su cuerpo un ligero estremecimiento.

—¿Dónde está, Allitar? —preguntó el alcaide Reed.

—No lo sé... señor.

—Mackie, tienes que saberlo —dijo Peter Mainhart, jefe de carceleros—. Dicen que lo tenías atado a un catre en la celda de castigo cuarenta y ocho. Dicen que Halston y tú y algunos convictos más estabais vendiéndolo como si fuera una especie de esclavo sexual allí abajo.

—No sé nada de eso, señor.

Mackie tuvo un tic nervioso y el alcaide se levantó de su mesa. No era un hombre alto, pero todos los reos de la prisión de Folsom se acobardaban cuando se erguía.

—¿Dónde están Halston y Fargo? —preguntó Reed.

—Ojalá lo supiera —dijo Allitar, y de pronto se estremeció tan violentamente que hubo de acercarse la silla y sentarse en ella.

—¿Qué te pasa, Mackie? —preguntó Mainhart—. ¿Te hace falta un pico?

Mackie levantó su rostro arruinado al alcaide, ignorando la pregunta del carcelero jefe. Intentó decir algo; puede que pensara que su anhelante gemido fuera suficiente respuesta.

—Llévatelo de aquí, Peter —dijo el alcaide.

—¡Richards, Weiner! —gritó Mainhart.

Dos guardias de prisiones vestidos de azul entraron en la sala. Uno era alto y desgarbado; el otro tenía forma de dos huevos, el más pequeño hacía las veces de cabeza y el mayor componía su cuerpo.

—Llevadlo a aislamiento —ordenó Mainhart a sus hombres.

Mackie Allitar cayó al suelo, sollozando. Miró a los cuatro hombres blancos y lloró un poco más. Cuando Mainhart le dijo que se levantara,

Mackie obedeció. Dejó que los guardias lo sacaran del despacho del alcaide pese a ser lo bastante grande y fuerte como para matar a todos los ocupantes de la habitación. No pensaba en matar, sin embargo. Sólo podía pensar en aquella *azulidad*; lo único que quería era la droga de sangre.

—Aquí pasa algo extraño, Peter —dijo el alcaide Reed cuando se quedaron solos de nuevo.

El alcaide era un hombre colorido. Tenía mechas rojas en el rizado pelo castaño y sus ojos eran de un azul casi imposible. Su piel absorbía el sol en verano hasta parecer propia de las islas del Caribe, adonde iba a veranear con su familia.

Mainhart era la antítesis del alcaide en cuanto a colorido. Su pelo blanco carecía de brillo y no había rojo bajo su piel pálida. Sus monótonos ojos marrones, sin lustre, podrían haber pertenecido a un cadáver.

—Es extraño, sí —dijo Mainhart—. Todas estas mariconadas de drogadictos... Deberían ponerlos a todos en fila en la cámara de gas y olvidarse de la cárcel.

—¿Dices que guardaban la droga abajo en la celda de Fargo?

—Sí.

—¿La has traído?

Mainhart salió del cuarto un momento y regresó con una sencilla caja de zapatos marrón. La dejó delante del alcaide y levantó la tapa.

Dentro había una decena de diminutos envoltorios de papel encerado, unas pocas agujas hipodérmicas, una cuchara quemada y algunas cerillas, todo ello sobre un fondo de bolas de algodón. El alcaide Reed abrió uno de los paquetes, revelando un pegote duro y negro que parecía alquitrán. Cuando el alcaide apretó el pegote, éste se pulverizó al instante.

—¿Qué es? —preguntó el alcaide.

—No lo sé —respondió Mainhart—. No es opio ni hachís. No sé qué es.

—¿Qué hay de la familia de Halston? ¿Se ha puesto en contacto con ellos?

—Se fue hace cuatro semanas —dijo Mainhart—. Lo único que le dijo a Millie era que se iba a quedar en una fonducha en Los Gatos y que no pensaba volver.

—¿Has comprobado el hotel?

—No estuvo allí ni una noche. Pagó al propietario para que dijera que no estaba si llamaba alguien. Un par de guardias dijeron que había conocido a una hippie en el supermercado Safeway. Decía que la tipa se lo había llevado al aparcamiento donde tenía su furgoneta y que se lo había follado allí mismo. En el mismo aparcamiento, por el amor de Dios. En pleno día. Decía que estaba enamorado de ella, que ni siquiera podía estar con Millie después de aquello.

El alcaide se masajeó la cara con las dos manos y emitió un pequeño gorjeo con la garganta.

—¿Cuánto hace de eso? —preguntó.

—Dieciséis horas desde que nos percatamos. Probablemente lleve dos días desaparecido, no obstante. Jueves y viernes eran el turno de Halston. Podría haber sacado a Fargo en cualquier momento. Nadie más iba a esa celda cuando él estaba de guardia. Era de aislamiento. Era su preso.

El alcaide Reed miró el polvo oscuro. Le cosquilleaban ligeramente los dedos. Cogió una toalla de papel del cajón de abajo de su escritorio y se limpió los restos de droga, pero el cosquilleo persistió.

—Informa de la fuga —le dijo Reed a Mainhart—. Diles que no estamos seguros de cuándo se produjo. Diles que pensamos que habían dejado a Fargo en otro sitio y que enviamos a alguien a casa de Halston. Diles que no nos dimos cuenta hasta entonces de que se trataba de una fuga. Diles... —Reed dejó la frase en el aire.

—¿Qué? —preguntó Mainhart—. ¿Qué estaba diciendo, jefe?

—¿Eh?

—Estaba diciendo usted algo.

—Oh. —Reed contempló la palidez de los rasgos de su jefe de carceleros—. Diles... diles que me encontraba mal y tuve que irme a casa.

—Pero, señor, ¿no cree que con la fuga y todo eso, sería mejor...?

Gerin Reed se levantó de su mesa sintiéndose como un titán. Siempre había sido bajito y su altura no había cambiado, pero eso ya no parecía tener ninguna importancia.

—Tú puedes ocuparte de eso, Peter. Puedes hablar con ellos. Diles que lo siento, pero no puedo hacer nada si estoy enfermo.

El desconcierto que se reflejaba en el rostro del guardia hizo gracia al alcaide.

—Dime una cosa, Peter.

—¿De qué se trata, alcaide?

—¿Alguna vez has corrido por una playa tan deprisa como podías, sin parar de reír, y entonces, justo cuando más rápido ibas, has querido despegar del suelo y volar? Pero sabes que no puedes volar, y ahora correr parece haber perdido la gracia. Quiero decir, si te imaginas volando, si lo sientes en los brazos y en la columna, entonces... ¿cómo puedes volver a correr?

—Creo que deberías ver a un médico, Gerry. A lo mejor ese polvo se le mete a uno por los poros.

—Bobadas. Nada de eso. Estoy enfermo, eso es todo. Enfermo. Enfermo y nada más.

El alcaide Reed salió de su despacho y le dijo a su secretaria que necesitaría que le acercaran el coche a la entrada de la prisión. Esperó pacientemente mientras se abrían las distintas puertas. Esperó mientras los guardias de la entrada registraban su asiento de atrás y su maletero. Estaban en alerta especial. Las sirenas de la prisión sonaban anunciando al mundo que alguien había escapado.

El alcaide Reed estaba contemplando las montañas en el horizonte. Se imaginaba a Winch Fargo allí fuera, corriendo tan deprisa como podía, deseando alzar el vuelo.

El motor de su Ford sonaba mejor que nunca, y la carretera era llana. De vez en cuando el alcaide Reed ponía el intermitente y cambiaba de carril sin motivo. Dejó vagar su mente mientras conducía algunos kilómetros sobre el límite de velocidad hacia su hogar en las colinas de Loma Linda.

Pensaba en cómo cuando era crío deseaba poder vivir en una bonita casa como la que poseían ahora él y su esposa. Sus hijos tenían juguetes y comodidades que él jamás hubiera podido permitirse cuando era pequeño allá en Kentucky. Por aquel entonces todos sus juguetes eran palos y trastos descartados a los que atribuía poderes mágicos. Su camión de bomberos rojo era un trozo de madera cuadrado de la leña que su padre cortaba y vendía. Su fuerza aérea consistía en un escuadrón de hojas que despegaba todos los otoños hacia las líneas alemanas.

Y cuando miraba a las estrellas por la noche y le preguntaba a su padre si habría alguna vez ahí fuera alguna manera de poner fin a todo aquello, su padre respondía: «No tengo tiempo para pensar en ese tipo de preguntas, Gerry, y tú tampoco. Ahora, a la cama».

Allí tendido en la cama, el pequeño Gerin pensaba en las estrellas y en cómo habían llegado hasta allí y de dónde venían.

El día que salió pronto de trabajar estaba pensando en aquellas estrellas. El cielo estaba azul ahora, las estrellas ocultas. Gerin se imaginó un mundo que fuera completamente negro, sin ninguna luz en absoluto. Estaba contemplando la imaginaria negrura, y lentamente una gran rosa roja cobró forma. ¿Estaba allí antes de que la viera? ¿Estaba allí en la oscuridad? Gerin desconocía la respuesta, pero planeaba ir a casa y pensar en ello. Sabía que la respuesta a esa pregunta estaba dentro de él. Sabía que llevaba haciendo esa pregunta toda su vida. Y ahora, con un enorme suspiro de alivio, podía ir a casa, sentarse y pensar en ello.

Aparcó el coche en la calle porque había otro vehículo en su camino de entrada. Cruzó el sendero de cemento a través del césped con la llave en la mano, pero la puerta estaba abierta.

Los oyó antes de doblar la esquina que daba desde el recibidor al salón bajo. La chaqueta de sport del joven estaba tirada encima del sillón cubierto de plástico, y la bata de ella estaba en el suelo. Él tenía los pantalones en los tobillos y estaba de rodillas sujetándole una pierna lo bastante alto como para ofrecer una buena vista de su generosa erección apoyada en la entrada de la vagina abierta. El trasero de Karen estaba temblando; era bonito, pensó Gerin.

—¿Lo quieres? —preguntó el hombre que estaba de rodillas.

—Aja-já —respondió Karen.

—Nada de ajá —dijo el hombre—. Me tienes que decir si lo quieres.

—Por favor —susurró Karen.

—¿Qué?

—¡Por favor, métemela!

Gerin volvió a pensar en la magia cuando vio desaparecer el pene del amante de su esposa allí junto a su muslo trémulo. Y entonces su fuerte gemido le hizo acordarse de la rosa surgida de ninguna parte.

—Eso es en lo que estabas pensando, ¿eh? —La voz del hombre sonaba más ronca ahora—. ¿Era eso lo que estabas esperando?

Karen ladró media docena de fuertes gemidos y empezó a bregar. Cuando se estiró para acariciarle los testículos, vio algo, una sombra tal vez, y chilló como si le doliera algo. Gateó alejándose de su amante, dejando su crecida erección oscilando en el aire.

—Hola, Karen —saludó Gerin a su mujer, y a su visitante—, hola.

Los amantes corretearon torpemente, recogiendo sus ropas.

Karen se puso su camisón especial, el que se llevaba en sus viajes a las Barbados, intentando conseguir que pareciera una prenda normal. Se plantó delante del hombre; protegiéndolo, le pareció a Gerin. La mejilla izquierda de Karen conservaba aún la tosca impresión de la alfombra.

—No hagas ninguna locura, Gerry. No seas salvaje. —Tenía la mirada puesta en sus manos y en la línea de su cinturón.

Gerin recordó que se suponía que debía enfadarse si encontraba a la mujer con la que llevaba casado veinte años practicando el sexo con otra persona. Se suponía que debía desenfundar una pistola. Era una de las pocas veces que podría matar a sangre fría y salir impune... fuera de los muros de la prisión.

El amante era un hombre joven, con sobrepeso. Se había subido los pantalones y puesto la chaqueta. Miró una vez a Gerin y salió corriendo en dirección a la puerta de atrás a través de la cocina. Karen lo siguió con la vista un segundo antes de volverse hacia Gerin, extendiendo los brazos como una mamá ganso protegiendo a sus polluelos.

Gerin vio todo eso, pero su mente había regresado a la cárcel. A la época en que lo llevaban al escenario de una paliza brutal, con el cadáver de algún convicto como atracción principal. Escuchaba las mentiras de los guardias que hablaban de suicidio o de peleas entre reos. Sabía reconocer cuándo uno de los suyos era el asesino. El médico de la penitenciaria redactaba el certificado de defunción. El forense del condado daba su aprobación poniendo su sello. El cuerpo se enterraba o se enviaba a casa seguido de una carta del alcaide en persona donde éste expresaba sus condolencias por el terrible accidente o el acto de autodestrucción.

—Gerry, no significa nada para mí. Sencillamente ocurrió. No puedo negarlo, pero... Gerry, ¿me estás escuchando?

—¿Por qué no te pones algo, Karrie? Dile a Sonia que venga a cuidar a los niños y podremos salir a cenar.

La Gruta de las Langostas de Ray estaba pintada toda de rojo y tenía vistas a la bahía. Desde su casa se tardaba hora y media en coche, pero a Gerin no le importaba. Bajaba conduciendo hacia el océano, emocionado por cada cambio de tonalidad provocado por la puesta de sol. No dejaba de acariciar con las manos el suave volante.

—Háblame, Gerry —dijo Karen cuando se detuvieron en el aparcamiento de grava de Ray. Todavía era pronto, de modo que no había ningún otro coche.

—¿Sobre qué, cielo?

—Ya sabes sobre qué. Por el amor de Dios, me has encontrado con otro hombre en el suelo de nuestro salón.

—¿Cómo se llama?

—¿Qué más da cómo se llame? —dijo Karen—. ¿Qué vas a hacer?

—Hacer —repitió Gerin Reed.

—Háblame, Gerry.

—Me has preguntado qué iba a hacer. ¿Qué voy a hacer?

—Gerry, ¿qué te pasa? —preguntó Karen, con auténtica preocupación en la voz—. No pretendía hacerte daño. Quiero decir, tú nunca vienes así a casa; o sea, nunca apareces a mitad de la jornada.

—Es igual que en la tele —dijo Gerin—. Igual que en *Gunsmoke* o *Bonanza* o incluso *The Dakotas*. Ya sabes, como en el Oeste de verdad, pero en la tele con anuncios y conexiones regionales. No es real. No es importante ni nada. Sólo es algo que ves a la misma hora todas las semanas. Pero no es como el ocaso o el otoño. No es como tener hambre. Ocurre, pero no tiene importancia.

—¿De qué estás hablando, Gerry? —Karen alargó un brazo para tocar a su marido, pero luego apartó la mano.

Él la miró. Cuarenta y dos años, pero con el mismo cuerpo que tenía cuando se conocieron en la universidad. Su amplia sonrisa escondida aún bajo la preocupación.

—Ir al trabajo. Ir a la iglesia. Cortarse el pelo, comprar zapatos, escuchar la radio, hablar con Madge y Dan Hurley sobre sus críos. —Gerin tomó la mano tentativa de Karen en la suya—. Hoy me he dado cuenta de que nunca había salido pronto ni nada por el estilo. Había problemas en la prisión, pero no tenía que preocuparme de eso. Hoy ha sido la primera vez en años que he pensado en cosas. Y entonces llego a casa y te veo con ese hombre... Deberías haberte visto el trasero, Karrie...

—¡Gerry! —Karen apartó la mano de la suya.

—Pero es que deberías haberlo visto. Estaba ahí en el aire, temblando y estremeciéndose. Estabas realmente contenta, toda excitada. Te sentías igual que yo. A ti te lo daba ese chico, y yo lo he conseguido abandonando el trabajo.

—¿Qué ha pasado en el trabajo?

—Se ha fugado un prisionero con la ayuda de un guardia. Los dos han desaparecido.

—¿Cuándo fue eso?

—Nos hemos dado cuenta hoy —dijo melancólicamente Gerin—. Pero ocurrió hará dos o tres días.

—Gerry, tienes que estar allí. No puedes irte así como así. Te despedirán.

Gerin miró a su mujer y se alegró de que siguiera preocupándose por él aunque obtuviera su magia de otros hombres. Pensó en su teléfono en casa y en cómo Sonia tenía el número de La Gruta de Ray.

—No quiero comer aquí —dijo Gerin—. Vayamos a Frisco. Cenemos en Fisherman's Wharf.

Diez

Nesta Vine vivía a tan sólo cuatro manzanas de Horace LaFontaine. Trabajaba en la biblioteca de West Oakland y todas las noches llegaba a casa con los brazos cargados de libros. Novelas, biografías, historias y libros de texto, lo leía todo, lo recordaba todo, pero les decía a sus abuelos:

—No entiendo lo que significa.

—Lo que significa es que eres una chica negra muy lista —respondía su abuelo, Lythe Charm.

Entonces ella le daba un beso en los labios y subía las escaleras para leer mientras su abuelo daba vueltas a la sopa que había preparado su abuela.

Una vez en su habitación cerraba las puertas y se olvidaba de todo lo que sabía: su piel marrón jaspeada, su sexo, el transcurrir de los años. Nesta se consideraba fea y pensaba que toda su inteligencia residía exclusivamente en sus ojos. Podía ver cosas y recordarlas, pero nadie se acordaba de ella.

Estaba leyendo *Las aves* de Aristófanes cuando cayó la luz azul. Había levantado la vista un momento, preguntándose si habría algún libro sobre los griegos de la antigüedad en la sección principal de la biblioteca. Estaba preguntándose qué clase de tonos y acentos tendrían los distintos griegos cuando la luz entró en su mente e iluminó los millones de mundos que había leído.

Inspiró profundamente y se asomó a las multicolores casas de tres pisos de la calle Mill. Vio ecuaciones y esquemas, mentiras y errores. Se imaginó construyendo una goleta de tres palos y luego organizó un modelo de prueba en torno a un elemento hidropónico diseñado para aumentar el contorno de los tubérculos. Y mientras estos experimentos se desarrollaban en su cabeza, los controlaba individualmente, escuchando en todo momento la música de las calles de Oakland. Sumiéndose cada vez más en su ensueño, Nesta cambió.

Las habitaciones aparecían en su imaginación, pero eran reales en todos los aspectos. A la izquierda había un amarradero sobre el que colgaba su yate de seda, teca y acero inoxidable. A la derecha había un laboratorio lleno de botellas burbujeantes y tubos de pirex. En este cuarto el tiempo pasaba más deprisa para acelerar sus experimentos.

Apareció un espejo al final del pasillo que separaba su laboratorio y el yate. En el espejo había una mujer más alta del color del ébano. Sus ojos eran más pequeños y sumamente blancos; ojos que parecían centellear cuando miraba de un lado a otro. Su nariz se había ensanchado, y sus labios eran tan plenos como el Nilo en la estación de lluvias.

—Nesta.

Sus senos todavía eran pequeños pero un poco más firmes. Sus pies eran mucho más grandes. *Para correr*, pensó.

—Nesta.

La embarcación y los tubérculos se retiraron al interior de la memoria, prestos a ser conjurados de nuevo. Caminó hasta entrar en el espejo, fundiéndose consigo misma.

—Nesta, mi niña, ¿has vuelto a pasarte toda la noche despierta?

—No, abuela, ah-ah —dijo. Había salido el sol al otro lado de la ventana—. Me quedé dormida en la silla, eso es todo.

Los libros se habían caído de su regazo alrededor de sus pies. Se levantó en medio de ellos y miró a Felicity Charm. Era alta, como la imagen de la otra Nesta, pero del color de la arena en vez de negra.

—¿Cuántos libros has leído? —preguntó Felicity.

—Ninguno.

—¿Ninguno? ¿Cuándo fue la última vez que no leíste por lo menos un libro por la noche?

—No lo sé —respondió, un poco distraída—. Pero no creo que vaya a seguir leyendo mucho.

—¿Por qué no?

—Ahora tengo que hablar con la gente, abuela. Tengo que salir y hablar con la gente. Tengo que formarme mi propia opinión sobre todo esto. ¿Sabes?

—¿Quieres decir que vas a empezar a salir con chicos?

Nesta tenía algo más de seis mil dólares en el banco después de una decena de años ahorrando. Se compró una caravana y un Dodge. Luego empezó a recorrer el país, conociendo gente y hablando.

Coleccionaba las ideas y la experiencia de la gente. Aprendió más de mil recetas para el chili y a manejar una torre de perforación. Se aprendió 38.263 nombres, no menos de 9.000 olores corporales, y más de 500 tonos de piel y color de ojos.

En las ciudades universitarias asistía a las clases de científicos, hombres de letras y artistas. Siempre hacía preguntas, nunca expresaba ninguna opinión. Jamás tomaba apuntes, ni olvidaba una sola palabra. Lo único que escribía alguna vez eran cartas dirigidas a sus abuelos. Largas cartas que eran probablemente los documentos más importantes de la Tierra. Estas cartas hablaban de lo que pensaba Nesta acerca de la naturaleza de la luz a los ojos de nuestra ciencia y filosofías.

Siguió una ruta serpenteante por el medio oeste, el norte y el sur. Luego viajó hasta la costa este, cubriendo desde Maine hasta Florida en sus estudios.

Después de eso vendió la caravana y el coche y se fue a Europa. Allí prosiguió con sus catalogaciones. Aprendió alemán, francés e italiano; pasó un mes en las principales bibliotecas de cada nación. Luego continuó su camino.

Estaba en Hong Kong, debatiéndose entre ir a Vietnam o no, cuando tuvo un sueño una noche. Era una sencilla visión. Estaba sentada a la mesa en el pequeño comedor del hogar de sus abuelos. A su izquierda la puerta de la parte de atrás estaba abierta. Lythe Charm, su abuelo, estaba en el umbral, en su silla de ruedas, disfrutando del sol de la tarde. La luz era tan fuerte que su espalda estaba envuelta en sombras. Había un periódico arrugado encima de la mesa. Un titular parcialmente cubierto hablaba de asesinato.

Estaba con un hombre llamado Kai en una pequeña habitación de una calle peatonal que no tenía nombre que ella supiera. Le encantaba estar allí porque lo único que tenía que hacer era tumbarse de espaldas y todas las sensaciones, sonidos y olores de la ciudad acudían a ella. Y Kai era un hombre estupendo al que le gustaba hablar mientras hacía el amor. Estaba dormido, con su espalda fuerte y esbelta vuelta hacia ella.

Se sentó y se dirigió a la pequeña ventana. Mientras el sol rojo y gris se elevaba sobre la ciudad, empezó a pensar.

Once

Hidalgo Quiñones sólo bebía vino los sábados por la tarde. Trabajaba seis días a la semana en los jardines del norte de Berkeley y luego paraba dondequiera que lo hubiese llevado su última tarea, se bebía un cuarto de vino tinto y echaba una siesta. Siempre echaba la siesta en la parte de atrás de su camioneta, pensando en sus diecisiete hermanos y hermanas, calculando cuántos primos y sobrinas y sobrinos debía de tener ya alrededor de Ensenada.

—Menudo festival de Pascua que deben de estar teniendo —dijo para sí.

Él todavía no tenía descendencia, pese a haber cumplido ya los cincuenta. Tenía sus pequeños arbustos y sus grandes árboles, sus semillas de césped y sus rosas brillantes. Hildy tenía una novia que se llamaba Rosa, pero ella no podía darle hijos.

Pero el pensar en el centenar de parientes ya adultos que había en casa le hizo sentir a Hildy que no tenía por qué formar una familia él también.

—Es triste para Rosa —se dijo—. Pero sería más triste aún que la dejara porque es estéril.

Fue entonces cuando lo atravesó la primera lanza de luz.

Tenía la fertilidad en el pensamiento. Fecundidad y crecimiento. Plantas enormes vagando como raíces bajo tierra, surgiendo a continuación como gigantescos árboles leñosos directos al sol... como esos astronautas. Estiércol de vaca y enjambres de moscas, abejas y pájaros y fuertes osos con zarpas.

Su vida se decidió en quince segundos.

Y entonces cayó la segunda lanza.

El paisaje tan delicadamente creado fue erradicado de su mente. Los árboles arrancados de raíz del suelo se desplomaron sobre animales y se injertaron en ellos. Volcanes de sangre entraron en erupción bajo las desdichadas criaturas, que inmediatamente quedaron envueltas en llamas. Hidalgo gritó y apretó los puños.

Soñó con sangre y muerte bajo el resplandor azul...

Hasta que lo alcanzó la tercera lanza de luz.

Algunos meses después del día en que cayó aquella luz azul, decenas de distintos tipos de aves se reunían en los confines más septentrionales del parque nacional de King Canyon. Ciervos y lobos, insectos nocturnos y mosquitos pasaban por allí una y otra vez. Parecían encontrar consuelo en o cerca de la corteza de una gran secuoya que llevaba creciendo allí desde hacía mil años.

Mariposas de todos los colores desplegaban sus alas a lo largo de la corteza del árbol.

Una guarda forestal, Esther O'Halloran, estaba de pie junto al gran árbol, visiblemente perpleja. Se había quitado el sombrero para masajearse la cabeza y pensar. No sabía que un par de ojos brillantes vigilaban su turbación.

Intentó espantar a unas pocas mariposas, pero éstas apenas se movieron cuando agitó su mano enguantada alrededor de sus alas de papel.

La guardabosques se arrodilló para estudiar el terreno alrededor del gran árbol. Había hormigas pululando y orugas e insectos palo danzando con pasos largos y rígidos. Había agujeros de ratones de campo por todo el suelo. Había telas de araña en todas partes salvo en el mismo árbol. Una masa de pelo veloz y borrosa cruzó rápidamente su visión periférica, y se giró, divisando la cola de zorro antes de que desapareciera entre la maleza.

Sonrió a la raposa.

Esther apartó unas pocas monarcas para apoyar la palma de la mano en la corteza. Volvió a sonreír cuando le hicieron cosquillas las suaves vibraciones que sonaban como un timbal para el que estaba espiándola.

—Deberías andar con más cuidado en un lugar tan salvaje —declaró el observador.

Se dio la vuelta para ver a un hombre de corta estatura vestido con una prenda de una sola pieza que era un compendio de telas y pieles, metal y madera y, en algunos puntos, hueso y arcilla.

—¿Qué? —preguntó Esther—. ¿Y tú qué haces aquí?

La zorra salió corriendo de su escondrijo y fue directa hacia el hombre. Al llegar a sus pies empezó a lamerle las botas de piel.

—Estaba durmiendo —dijo el hombre—. En la plataforma de una camioneta. Y entonces tuve tres sueños, uno detrás de otro. El primero era mi madre, el segundo mi padre, y el último yo.

El hombre sonrió y se acercó a la guarda forestal. La zorra correteaba entre sus piernas, lamiendo y gañendo. El hombre se plantó delante de Esther. Eran aproximadamente igual de altos.

Una monarca negra y dorada se posó en su frente pardo rojiza.

—Desperté —le dijo, con un ligerísimo resto de acento mexicano elevándose como vapor entre sus palabras—. Y miré en mi bolsillo. Encontré un carné de conducir con mi foto en él y el nombre de Hidalgo Quiñones. Pero ése no soy yo.

—¿Quién eres, entonces?

—Mi nombre —dijo el hombre, mirándola a los ojos— es Juan Thrombone. Thrombone con hache.

Más mariposas aterrizaron en la cabeza y los hombros de Juan. Le sonrió.

—¿Qué quieres decir con «peligroso»? —preguntó Esther, dando un paso hacia atrás.

—¿Peligroso?

—Eso es lo que has dicho.

—No. Yo no he dicho peligroso. Es peligroso. Sí que lo es. Pero yo no he dicho eso, no, no lo he dicho. Dije «salvaje». Éste es un lugar salvaje. Un lugar demasiado fuerte para cualquiera al que le importe más vivir que lo que podría descubrir.

Esther miró atentamente al hombre a los ojos. *A lo mejor*, pensó él, *cree que estoy loco.*

Un cuervo apareció volando y aterrizó en el suelo cerca de ellos.

—Verás, éste lugar es fuerte —dijo Juan—. Es un lugar muy, muy fuerte, pero se está muriendo. Pronto habrá desaparecido. Destruido. Por eso estoy aquí.

El hombre del manto estrafalario metió la mano en una bolsa de lona improvisada que colgaba de su hombro. Abrió el petate para enseñarle a Esther una piña del tamaño de un huevo que contenía las simientes del gran árbol.

—Quiere que crezcan, pero no lo harán. No hasta que lo muevan las verdaderas ecuaciones. Pero me llamó y he acudido porque sólo el bosque y yo podemos vivir sin cazar. Pero incluso estas semillas irán a la guerra algún día, me temo —dijo Juan—. Hasta entonces las trataré como si fueran mis hijas.

—No puedes llevártelas.

—¿Por qué no?

—Esto es propiedad del gobierno. Yo soy guardabosques. No puedes llevarte mis árboles. —Mientras hablaba, Esther vigilaba los ojos del mexicano. Al principio eran negros, pero al final se volvieron azules. Brillantes. La clase de resplandor que adquiere el cristal en una ventana soleada. Nunca he hablado con ella, pero también he visto esos ojos.

Juan la dejó allí, con la mirada fija donde él había estado. Había mariposas por todo el cuerpo de ella. Blancas mariposas de la col en sus mejillas y manos. Por dentro del cuello de su camisa. Bajo las perneras de los pantalones de su uniforme.

Doce

Nunca dormía más de unos pocos minutos seguidos, pero rara vez estaba cansado. Sufría un dolor constante, pero ésa era la menor de sus preocupaciones. Su labio inferior era ahora una tira suelta de cuero, y su ojo derecho tenía un parche en vez de párpado. La carne de su rostro se había hecho jirones y cicatrizado, pero no se quedó en el hospital el tiempo suficiente para averiguar qué cirugía plástica podía arreglar sus huesos y su piel.

Miles Barber había pasado de detective a monstruosidad en un instante, pero no apreciaba el cambio. Lo último que recordaba Barber era estar agazapado entre los arbustos del parque Garber y oír un grito estridente.

En el hospital los médicos y la policía le dijeron que era la víctima de un cruento ritual realizado en el parque por una secta traficante de drogas, la Congregación Unida. Le dijeron que lo habían mutilado y abandonado a su suerte.

Miles Barber no recordaba haberse levantado esa mañana, pero sabía que no había habido ningún ritual.

—Chorradas —les dijo a los médicos.

—¿Os habéis vuelto locos? —preguntó a sus antiguos amigos del cuerpo.

En cuanto le fue posible, el ex detective Barber se dio el alta en el hospital. Su familia, amigos y médicos intentaron detenerlo. Pero no le importaba su salud ni lo que viera la gente al mirarlo. No le importaba lo que vieran, porque las imágenes que poblaban su mente eran mucho peores que cualquier desfiguramiento o dolor físico.

El Hombre Gris había dejado la impronta de la muerte, en el tono azul más oscuro que se pudiera imaginar, en el alma de Miles Barber. Yo había sentido lo mismo cuando me empujó la Muerte, pero contaba con la sangre de Ordé para amortiguar el dolor. Barber tan sólo tenía su inocencia.

Rara vez dormía, pero cuando dejaba divagar su mente se sumía en un frío pantano gris de entropía y desesperación. Si no tenía cuidado, se hundiría hasta caer en coma. Esto ocurrió en dos ocasiones cuando estaba en el hospital, y hubo de ser reanimado con potentes anfetaminas.

Pero Miles Barber no pasaba mucho tiempo soñando despierto tras abandonar el hospital. Siguió la pista de los miembros de la Congregación Unida y entrevistó a todos los supervivientes, con la esperanza de averiguar el nombre y la dirección del diablo. Porque Barber estaba tras la pista del mal que había destruido toda su esperanza y su corazón. Se había encomendado la misión de matar al hombre que había tocado su alma.

Durante los meses dedicados a vigilar a la congregación en busca de Mack el Frasco, nunca prestó mucha atención a nuestras filosofías o creencias.

—Luz azul, elefante blanco o Jesucristo en la puta cruz —me había dicho una vez—. Todas son las mismas bobadas. —Pero ahora entendía que aquello en lo que creíamos había atraído al Hombre Gris.

Mientras me ocultaba en los bosques del norte, él estaba recabando casi tanta información como la que yo tenía acerca de la luz azul, sus elegidos, sus acólitos y su significado.

En estas entrevistas había grabado referencias sobre la mayoría de los sermones de Ordé. Había conseguido los nombres de casi todos los Azules. Quería entrevistar a alguno de los elegidos, pero todos habían muerto o desaparecido.

El ex detective Barber tampoco pudo encontrar a otra persona que hubiera sido tocada por la Muerte. Todos los demás a los que había tocado el Hombre Gris el día que asesinó a Ordé habían fallecido mientras dormían en el plazo de una semana después de la masacre. Los periódicos lo achacaban a un virus que se transmitía entre los drogadictos al usar la misma jeringuilla.

Cuando Barber acabó con sus entrevistas tenía cuatro nombres principales en su lista. Estaba yo, debido a mi estrecha relación con Ordé y mis desvaríos sobre la muerte el día que me metieron en prisión. Estaba Claudia Corazón (nacida Aaronfeld, nombre de casada, Zimmerman), que había organizado una comuna en algún lugar del desierto. Estaba un hombre al que nadie había visto nunca llamado Winch Fargo. Roberta García recordaba que Eileen Martel lo había mencionado, había dicho algo acerca de ir a visitarlo a la cárcel. Y también estaba el Hombre Gris, el devastador. El Hombre Gris era el objetivo definitivo, el coágulo de sangre, el tumor inoperable. El Hombre Gris era una razón para asesinar. El motivo para que un hombre que vivía según la ley la rompiera definitivamente y para siempre.

Miles Barber era un buen detective cuando estaba en el Departamento de Policía de Berkeley. De paisano era aún mejor, pues ya no necesitaba pruebas ni hechos ni causas razonables. Portaba con él un pequeño termo lleno de gasolina y una caja de cerillas de madera. Esto era porque en sus entrevistas le habían dicho que había disparado al Hombre Gris, a bocajarro, sin éxito. En cuanto le pusiera la vista encima a aquel negro engañosamente menudo con los bultos carnosos en la cara, no habría necesidad de grilletes ni celdas, derechos civiles ni jueces.

Pero por bueno que fuera, Miles Barber estaba dando palos de ciego.

Claudia Corazón había regresado a su guarida en el desierto, llevándose con ella a todos los que conocían su emplazamiento. El resto de los Azules, yo incluido, se había desvanecido sin dejar ni rastro.

La única pista era una fuga carcelaria. Winch Fargo se había escapado de Folsom, con la ayuda de un guardia de prisiones. Uno o dos días después el alcaide, sospechoso de ser su cómplice, se había esfumado con su mujer y sus hijos... sin dejar ni rastro.

El ex detective Barber acudió a Folsom, pero ni siquiera se le permitió formular sus preguntas. Hubo de conformarse con invitar a beber a los carceleros de descanso en el bar Top Tank, en el centro de Represa.

Consumió tres meses y una considerable cantidad de sus ahorros en una pensión de mala muerte adyacente al bar. A lo largo de varias semanas contó su historia a los guardias... o al menos parte de ella.

—Pues sí —decía con un amargo suspiro—. Uno allá arriba intentando mantener la ciudad segura mientras los hippies queman sus cartillas de reclutamiento. Me hicieron esto y nadie fue nunca a la cárcel por ello. Me han jubilado por discapacidad, pero todavía no he visto el primer cheque.

Nadie preguntó, o por lo menos no a él, por qué se había mudado

Barber a la ciudad de Represa. Los guardias de prisiones de servicio aceptaban las bebidas gratis y seguían la corriente a la monstruosidad. Se ganó su confianza, esperando el momento adecuado. Conocía a muchos de los reclusos a los que vigilaban y les contó a los guardias lo que sabía. Se reían de lo estúpidos que habían sido algunos ladrones y silbaban respetuosamente ante la magnitud de algunos crímenes sin resolver.

Esto se prolongó durante varias semanas antes de que Miles pudiera invitar a un trago al alcaide en funciones, Peter Mainhart. Mainhart no era más que un guardia en el fondo y jamás sería alcaide permanente. Por eso paraba todavía en el Top Tank de vez en cuando. Porque añoraba la compañía de los auténticos trabajadores. Esto lo descubrió Barber tras la segunda ronda de bebidas. Al cuarto whisky ya estaban hablando de sangre y cosas azules. Para cuando llegaron al fondo de la botella, Mainhart le confió que todo el caso se había dejado en manos del SIB, la Oficina de Investigaciones del Estado, en Sacramento.

—Condenado estado —dijo Mainhart, no precisamente sobrio—. Va el inspector jefe Bonhomme y se presenta allí y se lleva todos los informes y te abrasa a preguntas. ¿Qué demonios se piensa que es aquello? Es el infierno, te lo digo yo, Milo. Es el infierno.

Pasaban doce minutos de la medianoche. El ex detective Barber viajaba en el autobús de las 2:42 que tras varios trasbordos lo dejaría en Sacramento a las 8:23 de la mañana siguiente.

—No lo entiendo —le dijo el inspector Christian Bonhomme del SIB a Miles Barber a las 10:44—. ¿Le han despedido del Departamento de Policía de Berkeley?

—No —repitió por cuarta vez Barber—. Me dieron la jubilación por discapacidad después de que me hicieran esto en la cara.

—¿Quién se lo hizo? —quiso saber Lonnie Briggs, compañero de Bonhomme, sargento y amigo.

El sargento era calvo y no tenía cejas. Mientras que el inspector era alto y enjuto, Briggs era robusto y de constitución fuerte.

—Los miembros de la Congregación Unida —dijo Miles—. Habrá leído algo. Cuatro personas fueron asesinadas en el parque aquel día.

El sargento y el inspector intercambiaron una mirada de reojo por encima de la mesa, pero Barber se mantuvo impasible.

—Sí —recordó Bonhomme—. La masacre. ¿Estuvo usted allí?

—Estuve.

—Entonces, ¿por qué no fueron llevados a juicio los miembros de esa secta? Quiero decir, la declaración como testigo presencial de un detective de homicidios debería llevar por lo menos a alguien ante un juez.

—Estuve allí, pero no me acuerdo...

Lonnie Briggs miró al techo y exhaló un suspiro.

—No me acuerdo por culpa de esto. —Barber se señaló la cara destrozada.

A continuación levantó el parche del ojo, revelando la cuenca sin párpado que vería yo muchos meses después. Tan sólo un globo ocular desnudo permanentemente inyectado de sangre, apenas humano, y aturdido por la luz. Miles bajó el parche y sacó una botellita con dosificador de una solución salina para poner unas pocas gotas en una abertura que había en lo alto del parche.

—Recibí un golpe en la cabeza —dijo a los hombres del SIB—. Estaba detrás de unos arbustos, oí un grito y me desperté en el hospital. Pero desde entonces he estado investigando por mi cuenta. He hablado con todos los que estuvieron allí y me he hecho una buena idea de qué ocurrió y quién fue el responsable.

—¿Quién? —preguntó Bonhomme mientras se acercaba una pipa de cerezo a los labios.

Bonhomme encendió una cerilla encima de la pequeña cazoleta, y Barber se interrumpió. En vez de responder inmediatamente, se enjugó con un dedo el exceso de humedad del fondo del parche de cuero endurecido para el ojo.

—Sabían qué aspecto tenía —dijo al final el ex detective—, pero nadie conocía su nombre.

Era un día caluroso en Sacramento. La ventana que había detrás de Bonhomme estaba abierta, y una enorme mosca negra flotaba ruidosamente en la estancia. Esa mosca asustaba a Miles Barber. Sintió cómo el sudor de su cabeza empezaba a caer en regueros detrás de su oreja mientras veía cómo el insecto revoloteaba y aporreaba su cuerpo violentamente en un vano intento por escapar atravesando las cristaleras superiores.

—¿Dónde se aloja, señor Barber? —preguntó Bonhomme.

—Acabo de llegar a la ciudad... desde Represa.

El nombre de la ciudad carcelaria acaparó la atención tanto del inspector como de su sargento. Pero Barber apenas se dio cuenta porque estaba observando a aquella mosca atontada.

—¿Ha estado usted en la prisión? —preguntó Briggs.

Miles se levantó de un salto y descargó un manotazo sobre la mosca en pleno vuelo. La desconcertada criatura rebotó en la pared verde y gris y cayó encima del secante de Bonhomme. Antes de que la mosca pudiera recuperarse, Barber la aplastó de una poderosa palmada.

Cuando levantó la mano, tan sólo quedaba un amasijo de fragmentos de mosca y sangre.

—Odio las moscas —dijo bobamente Barber.

—¿Qué estaba haciendo en Represa?

—Winch Fargo —respondió—. ¿Le importaría cerrar esa ventana?

Briggs cerró la ventana corredera.

—¿Qué pasa con Fargo? —preguntó Bonhomme.

—La mujer que murió en la masacre, Eileen Martel. Visitaba a Fargo todas las semanas hasta que la mataron. Este tal Fargo había asesinado a su marido.

Briggs asintió para Bonhomme.

—¿Qué pasa con ella? —preguntó el inspector.

—Que yo sepa —explicó Barber—, introducía de contrabando algún tipo de droga. Los miembros de la secta me dijeron que algo andaba mal con este tal Fargo, que tenía algún tipo de trastorno nervioso, y su líder, William Portman, también conocido como Ordé, le proporcionaba algo a Fargo mediante Eileen para tranquilizarlo.

—¿Dijeron qué era lo que le suministraba? —quiso saber Briggs.

—Con ellos todo es luz azul. Los Azules, la luz azul, los dioses azules. Si la mujer le llevaba algo, se llamaría lo que fuera azul.

—¿Alguna vez mencionaron la sangre? —preguntó suavemente Bonhomme.

El ex detective Barber supo, en aquel preciso momento, que volvía a estar dentro. Lo único que tenía que hacer era medir cuidadosamente sus palabras, omitir algunas verdades tal y como él las conocía, y obtendría lo que buscaba.

—Sí —dijo Barber—. Ese tal Portman siempre estaba hablando de la sangre y la luz azul. Siempre estaba hablando de cómo los elegidos, los Azules, tenían la sangre distinta, más o menos como si fueran sacerdotes. Encontramos a cuatro de sus seguidores envenenados con algún tipo de combinado tóxico, que se había mezclado con sangre, en el estómago.

—Deberíamos intentar echar un vistazo a esos archivos —dijo Bonhomme—. Llama al departamento de Berkeley, Lonnie.

—No hace falta —intervino el ex detective—. Tengo copias de todos los documentos aquí mismo, en mi maleta.

—¿Ah, sí?

—Sí, señor. Era mi caso. Me los había llevado a casa para estudiarlos antes de la masacre.

Christian Bonhomme dejó su pipa y se acodó encima de la mesa.

—¿Qué está haciendo aquí, señor Barber? ¿Qué quiere de nosotros?

Primero Miles sacó su botellita con dosificador y aplicó unas pocas gotas en lo alto de su parche para aliviar el ojo desnudo. Se recordó que no debía sumirse en el miedo y el odio que estaban siempre tan cerca de la superficie de sus sentimientos. El odio y el miedo hacia el hombre que había dejado la impronta de la muerte en su mente. No podía permitir que sospecharan la suerte que le tenía reservada al Hombre Gris. Ya había ido demasiado lejos al matar a esa mosca.

—Quiero... —dijo—. Quiero que la gente que me hizo esto pague por ello. —Barber cerró el ojo bueno y vio la imagen residual de una nube gris que siempre flotaba allí—. Me lo han quitado todo. Me han convertido en un monstruo.

—¿Y cree que su propio departamento de policía no puede encargarse de la investigación?

—Tienen los mismos informes que yo, inspector. ¿Han venido a verlos a ustedes? ¿Han ido a Folsom?

—Lo harían si acudiera usted a ellos ahora. —Bonhomme estaba intentando ser razonable, pero su mirada era intensa.

—Claudia Zimmerman está en algún lugar del desierto. Lester Foote ha desaparecido de la zona de la Bahía, junto con tres menores y una mujer que podría tener un hijo de Portman. Fargo se ha fugado de la cárcel. La policía de Berkeley no puede hacer nada. —Barber sintió de repente que lo bañaba una ola de calma. Me contó, mucho después, que estaba escrito que los agentes del SIB y él trabajarían juntos. Estaba seguro de que no tenían otra elección—. Escuche —dijo—. Conozco a estas personas. Si se cruzan con cualquier miembro de esta secta, lo reconoceré. Me sé sus nombres y sus desvaríos. Incluso entiendo lo que quieren decir. La fuga de Fargo tiene algo que ver con los asesinatos de Berkeley. Seguramente alguien de la congregación contactó con este tal Robert Halston. Puedo ayudarles. Y si averiguan lo que pasó, eso les conducirá hasta su jefe... y ése es el tipo al que quiero.

—¿No había dicho que Portman era el líder? —acotó Briggs.

—Ah-ah. No sé cómo se llama el pez gordo, pero créanme, pretendo descubrirlo.

En las semanas siguientes, Miles Barber se convirtió en parte del mobiliario de la cuarta planta de oficinas de Christian Bonhomme y Lonnie Briggs. El SIB estaba completando su primer edificio central por aquel entonces, por lo que el departamento seguía estando repartido en despachos individuales por todo Sacramento. De modo que nadie enarcó las cejas cuando Miles se instaló en el espacio de recepción frente a la oficina del agente Briggs.

Esto no supuso ninguna molestia para Briggs, puesto que dividía su tiempo entre el trabajo de campo y las conferencias con Bonhomme en la oficina de la parte de atrás, más espaciosa.

Nadie presentó ninguna queja sobre el ex detective Barber. Al contrario, Bonhomme estaba sumamente complacido. Miles no sólo ocupaba el espacio de una secretaria, sino que además se encargaba de realizar su trabajo. Había decenas de cajas de documentos e informes redactados a mano que databan de los comienzos de la carrera de Bonhomme en el SIB. Se suponía que debía haber pasado a máquina, clasificado y archivado todos los papeles, pero nunca se había puesto manos a la obra. Ahora el nuevo director lo quería todo pasado a tarjetas de datos para el nuevo IBM-360. Barber accedió a hacerse cargo de la tarea. Le dijo a Bonhomme que quería buscar pistas relacionadas con el caso de los Azules en aquel mar de papeles. Todas las mañanas, cuando Bonhomme llegaba al despacho, encontraba a Miles escudriñando con su único ojo un informe garabateado que había clavado en la pared con chinchetas, con sus diez dedos aporreando la vieja máquina de escribir modelo Royal. Todas las noches, cuando el inspector se iba, Barber seguía tecleando con la mirada fija en la pared.

Bonhomme debía de preguntarse si esa rareza de ex detective tuerto vivía en el despacho temporal. Pero no había ninguna maleta en el ropero, ni mantas, ni siquiera un cepillo de dientes que lo demostrara. Eso era porque Miles Barber nunca dormía. Guardaba su cepillo de dientes en un bolsillo, tenía su maleta en una taquilla en la estación de autobuses, y hacía sus abluciones con un paño de cocina, una pastilla de jabón y una jarra de cerámica. Una vez a la semana llevaba su ropa a una tintorería en Spring.

Barber pasaba todas las noches trabajando en los archivos de Bonhomme. Mecanografiaba y archivaba, ordenaba y reordenaba hasta que regresaba el inspector. Trabajaba porque así evitaba prestar atención a los cambios que estaban operándose en su interior.

Miles Barber, mientras picoteaba y cazaba, estaba experimentando una metamorfosis. Por una parte, estaba muriéndose, desvaneciéndose igual que le había pasado a su mejor amigo, Brad Sanders, tras recibir aquella herida en el pecho en Anzio. Pero por otro lado, había una nueva vida creciendo desde dentro. Esta nueva vida estaba surgiendo de lo que él siempre había conocido como su ser, pero no era él... al menos, no tenía por qué serlo. Barber temía que, si se quedaba dormido mucho tiempo, moriría y ese «brote» que anidaba en su corazón tomaría el mando. De modo que se mantenía despierto, trabajando, escuchando la radio, y negando los cambios que estaban intentando producirse.

Así siguió, trabajando veinticuatro horas al día y hablando con Bonhomme y Briggs de vez en cuando acerca de la Congregación Unida y su posible relación con Fargo. Miles ya casi había terminado con los archivos cuando empezó a preocuparle que Bonhomme hubiera decidido quedarse con él únicamente hasta haber acabado el trabajo.

Pero el ex detective tenía un plan. No había nada de interés en los archivos que había copiado. En lugar de trabajar ante la máquina de escribir por las noches, echaría un vistazo a los archivos activos que guardaba el inspector en la oficina de la parte de atrás. Transcribiría toda la información que tuviera algo que ver con Winch Fargo, para que cuando lo relevaran de su puesto pudiera seguir la pista de la investigación del SIB hasta que lo condujera a su presa.

Una tarde, Lonnie Briggs regresó de una misión que lo había mantenido cuatro días ocupado.

—Hey, Parche —dijo Briggs al secretario ex detective. Era un mote que le gustaba usar. No tenía ninguna connotación negativa—. ¿Qué tal van esos archivos? ¿Ya has terminado casi?

—Casi que no.

La sonrisa de Briggs era amplia y sincera. Al menos, eso es lo que pensó Barber. Decidió echar un vistazo a los archivos guardados bajo llave esa misma noche.

Briggs fue a hablar con Bonhomme. Conversaron un rato antes de que volviera a salir el sargento.

—Pasa un momento, ¿quieres, Milo?

—¿Para qué?

—Un par de asuntos, nada más.

Miles sintió que algo penetraba en su mente. No era un pensamiento, sino una excitación abrumadora que frisaba en el miedo. No podía explicar entonces que era un poder que estaba adueñándose de él, la capacidad de recibir impresiones emocionales y otras, más imprecisas, de la gente que lo rodeaba.

—Toma el asiento de honor —dijo Briggs, indicando la silla que había delante de la mesa de su jefe.

Mientras Miles se sentaba, Briggs le dijo a Bonhomme:

—Le hará falta un sombrero.

—¿Cómo? —preguntó Miles.

—Un sombrero —repitió Briggs—. Y de ala ancha, además. Quiero decir, si vamos a salir al desierto en busca de esos pirados, tendremos que ir de incógnito. No te ofendas, pero hasta un ciego te reconocería.

Miles Barber se rió. Los tres tonos monosílabos y profundos que brotaron de su pecho sonaron lo suficientemente extraños como para llamar la atención de los agentes.

—¿Estás bien, Barber? —preguntó Bonhomme. Incluso llegó a dejar su pipa por si necesitaba ambas manos para prestar asistencia.

El detective quería responder; lo intentó. Pero antes tenía que averiguar qué significaba esa risa de sapo.

«Era como buscar a mi difunto padre», me diría Miles mucho después junto a una fogata de campamento. «En vez de eso, encontré al diablo. Pero en el fondo de mi mente estaba pensando que el diablo era mi viejo. ¿Entiendes lo que quiero decir?»

Entendía lo que quería decir. Aquella risa era la anunciación de la nueva vida que llevaba creciendo desde que la voluntad de Grey Redstar tocara el alma de Barber. En aquel despacho era un hombre nuevo al que se le ofrecía la obsesión de su antiguo yo. Y en aquel momento la voluntad del hombre que debería haber fallecido se soldó a los detritos de la rabia del Hombre Gris.

—Estoy bien, Christian —dijo Barber, al cabo.

—¿Estás seguro? Eso ha sonado un poco raro.

—¿Se trata de Fargo?

Bonhomme torció el gesto en un último momento de indecisión, pero Miles sabía que se le pasaría. Pronto estaría sobre la pista del hombre que lo había matado y devuelto a la vida.

—Hay tres vías de investigación que podríamos seguir —dijo Bonhomme, quizá demasiado alto—. Está Fargo. Él es el motivo de que estemos sobre el caso. Están los tipos de la prisión que torturaban a Fargo. Y está este tipo, Halston. Él era el guardia de turno que desapareció al mismo tiempo. El alcaide, Gerin Reed, también está siendo investigado, aunque todavía no estamos seguros de cuál es su papel.

—Sí —añadió el sargento Briggs—. Y es difícil de encontrar, además.

—Entiendo —dijo Miles. Actuaba como si estuviera siguiendo la conversación, sopesando las opciones. Pero ya conocía las respuestas. Ya sabía lo que iban a hacer.

—Estoy interesado en ese sujeto, Allitar —dijo Briggs.

—¿Quién es? —preguntó Barber.

—Es uno de los cuatro tipos que tenían a Fargo atado a un catre en su celda. Halston tenía que estar ayudándoles, pero Allitar era el líder del grupo.

—¿Qué clase de nombre es Allitar?

—Es un alias.

—Bueno, entonces, ¿cómo se llama realmente? —preguntó Barber al corpulento sargento.

—Su padre se llama Brown, de profesión estafador. Su especialidad eran los ahorros para la jubilación de señoras maduras sedientas de amor. Trabajó bajo el alias de Conrad L. Allitar durante quince años. Se casó con ese nombre. Tuvo hijos con ese nombre. El apellido legal de Mackie es Allitar, aunque sólo fuera el alias de su padre.

—¿Cuál es su historia?

—Allitar cumple condena por un homicidio múltiple cometido durante el atraco a una farmacia —intervino Bonhomme—. Afirma que hay algún tipo de droga en la sangre de Fargo. Lo desangraban para conseguirla, dice.

—¿Para su venta?

—No, si nos creemos lo que dice. Fargo vendía la droga personalmente, aunque nadie salvo su compañero de celda, Allitar, conocía la fuente, eso es lo que afirma Mackie. Le contaban a todos que esa mujer, Martel, era una mula que metía la sustancia de contrabando. —Bonhomme se interrumpió y miró fijamente a Barber por un momento.

—¿Sí?

—Nos hablaste de esta tal Martel al margen de Mackie.

—¿Y?

—¿Qué crees que es esta sustancia de la sangre?

—No sabría decir. Todos ellos hablan de la luz azul y de la sangre como los cristianos hablan de la cruz y la sangre. No lo sé. ¿Habéis conseguido algo de esta sustancia que según Mackie producía Fargo? ¿La habéis enviado a un laboratorio?

Un antiguo profesor mío solía decirme que una pregunta bien planteada es la mejor defensa de cualquier erudito. Se podría utilizar una pregunta para sugerir una idea que tuvieras pero no pudieras demostrar. O quizá quisieras parecer abierto a una vía de investigación que no tenías la menor intención de seguir. La pregunta de Miles estaba diseñada para decirle a Bonhomme que no ocultaba nada, que no tenía ningún plan personal, y que afrontaba con objetividad policial cualquier posible truco de ilusionismo que se pudiera presentar como un hecho.

—Sí, lo hemos hecho —dijo Lonnie Briggs cuando su jefe guardó silencio—. Leche y azúcar, sangre y bicarbonato de soda. Pero también hay algo más. Algo que no pueden analizar. Quizá fuera eso lo que introducía la tipa.

—¿Como un cultivo o algo? —preguntó Barber.

—Es posible —repuso Bonhomme—. Es posible.

—A lo mejor si me dejáis hablar con él, podría establecer alguna conexión que pudiera tener con la gente de Berkeley —sugirió Miles. Quería conocer al adicto a la sangre—. O quizá con alguno de los otros que le ayudaban a sangrar a Fargo.

—Todos muertos excepto Mackie —dijo Bonhomme—. También él se está muriendo. Consumiéndose. No creo que puedas sacarle gran cosa. De todos modos, no podríamos introducirte en una instalación penitenciaria. No tienes ninguna acreditación. No. Dejaremos que el laboratorio se ocupe de la sangre. Queremos quc intentes ayudarnos a localizar a Bob Halston. Tenemos cierta información sobre él y una comuna en el Haight.

Trece

En el confín más oriental del desierto de Mojave se encuentra la mina de oro abandonada de Jacobi. En una sala subterránea frente al pozo central, Winch Fargo estaba sentado en una fría piedra, riéndose. La vibración que sentía en su cuerpo le indicaba que había llegado el momento.

—Se acerca —dijo para sí, entre risitas—. Ya casi está aquí.

Las rocas estaban heladas, y sólo había una vela para proporcionar luz y calor. Pero eso ya era más de lo que le daba su madre. Cuando lo encerraba en el armario, de niño, no había ninguna vela ni espacio para estirar las piernas. No existía la promesa de alguien que viniera para darle su cariño. No había ninguna promesa en absoluto.

Fargo llevaba puesto únicamente un taparrabos improvisado con la camiseta de un hombre corpulento. Estaba escuálido y su nariz moqueaba sin cesar, pero aun así trinaba de alegría.

—Viene a coger mi sangre, sí, señor. Me necesita y yo a ella. Y ya casi es la hora. Sí, sí.

La gruesa puerta de roble gimió al abrirse. Fargo se puso en pie de un salto y se abalanzó sobre la luz artificial que apareció. La cadena que le ceñía el tobillo izquierdo le impidió alcanzar la puerta.

Stanley Brussels, antiguamente carpintero en Indio, se retiró en cuanto se hubo abierto la puerta. Había visto antes la increíble fuerza de Fargo en acción. Al gozar de libertad para caminar entre los otros, en la superficie, Fargo se había vuelto loco, rompiendo el cuello de tres de los elegidos de Claudia. Claudia Corazón les había dicho que de alguna manera Fargo podía intuir qué hombres habían sido sus amantes recientemente, y sentía el deber de matar a cualquiera que hubiese estado con ella.

—Deberías mantenerte alejada de él —le dijo Stanley a Claudia.

Ella estaba de pie, tiritando y desnuda, tras el acólito que portaba la linterna.

—No te preocupes, Stan —dijo—. Hacerme daño es lo último que se le pasaría por la cabeza.

Fargo se rió como un niño demente.

Claudia Corazón entró con cautela, portando un cuenco de madera poco profundo en una mano y un puñal ornamental en la otra. Stanley dejó la lámpara de queroseno en el suelo y cerró la pesada puerta.

—Hola, princesa —dijo Winch, poniéndose de rodillas.

Claudia posó el cuchillo y el cuenco.

—Hola, Winch.

—¿Qué tal sol hace ahí arriba?

—Podría haberte maniatado y subido si eso es lo que quieres, cielo. Ya sabes que me apena verte aquí abajo, tan enfermo y aterido.

—No, no, no... no me lleves arriba. No lo soportaría, oler tu coño en todos esos hombres. —Fargo se levantó de repente, violentamente—. ¡Maldita sea!

Claudia se incorporó con él, pero sin miedo. Se acercó a su torso y acarició los largos músculos enflaquecidos.

—Chis, cariño. No te pongas así. Venga, sentémonos. Venga. Eso es, cielo. Ahora no pienses en nada más que en mí aquí contigo.

Los dos se arrodillaron fundidos en un abrazo.

—Te deseo, princesa.

—Sabes que los dos enfermaríamos si hiciéramos eso, Winchy.

—Me da igual. Te deseo. Necesito tenerte.

Claudia acarició su pecho huesudo, resollante, y ronroneó:

—Serás el padre de mis hijos. Lo serás.

El gemido que escapó de los labios de Winch hubiera roto el más duro de los corazones. Pero Claudia sencillamente se liberó del abrazo y levantó su puñal.

—Enséñame el brazo, Winch.

—Pero es que duele —dijo, tan modoso como sólo el mal puro puede serlo.

—Enséñame el brazo ahora mismo.

Talló la sexta cruz en la cara interior del antebrazo izquierdo de Winch. Luego sostuvo el cuenco bajo la herida mientras él se la apretaba para extraer la sangre.

—Seis veces en uno y seis veces en el otro —entonó Claudia—. Es nuestra propia alquimia, padre. Es la sangre de nuestros hijos.

Cuando el cuenco estuvo lleno en su cuarta parte, Claudia se levantó, diciendo:

—Es la hora. —Y la puerta volvió a chirriar a su espalda.

Cuando Winch levantó la cabeza y vio que se había ido, se rió a carcajadas durante largo rato.

Mientras Claudia Corazón y su Elegido Especial iban a la mina de Jacobi, el resto de sus acólitos, hombres y mujeres, se quedaban en la comuna de la calle Haight, en San Francisco. Esperaban el regreso de Claudia, pero ésta ya había decidido no volver nunca. Sus siervos habían cumplido su cometido; ya habían recibido de ella todo cuanto les podía ofrecer.

Bonhomme, Barber y Briggs entrevistaron a muchos de los deprimidos seguidores, pero no hallaron respuestas. No es que no quisieran colaborar. Hubieran hecho cualquier cosa con tal de encontrar a su amor perdido. La hubieran entregado a la policía con tal de verla una vez más.

Ahora Claudia vivía en el comedor de la antigua mina de oro con su perro, Max. Sus Elegidos, originalmente quince hombres jóvenes y viriles, y Bob Halston habitaban los dormitorios.

En el comedor, Claudia Corazón preparaba las galletas de sangre para sus Elegidos, sólo doce tras el ataque de rabia asesina de Winch Fargo.

Claudia se mantenía casta durante días calibrando su ovulación.

Había llegado vestido con una larga trinchera, arrebatada a una de sus víctimas humanas, para cubrir la sangre. Subió las escaleras con paso vacilante y metió las ropas ensangrentadas en el cajón del fondo de la cómoda. Luego se tumbó, próximo a la muerte a causa del cegador destello de los instantes finales de Eileen Martel.

«Era fuerte», pensó el Hombre Gris. «La más fuerte de todos.»

El Hombre Gris había matado a todos los pesos pesados. Ahora sólo quedaban los niños, la ramera, las otras dos mujeres, y algunas cosas no humanas. Una, probablemente tres, lo esperaban unos trescientos kilómetros hacia el sur. Dejaría a la hembra de coyote y al perro para el final.

Y luego estaba el otro. El que de alguna manera había visto cómo la luz se filtraba en sus venas. El que el Hombre Gris había entrevisto en la sangre agonizante de Phyllis Yamauchi. El que el Hombre Gris había esperado que renunciara a sus amos. Chance. Pero no era nada, apenas digno de la atención de la Muerte; excepto porque se había llevado a la niña.

—Alacridad —silabeó el Hombre Gris en su cama—. Tengo un regalito para ti, pequeña.

Yacía en la antigua habitación de Horace LaFontaine, debilitado hasta el punto de la verdadera muerte. Al Hombre Gris le gustaba la sensación de estar tan próximo a expirar. Quería morir. Él era la Muerte. Casi podía sentir la última sombra cerniéndose sobre él. Casi dejó escapar la luz de la caja.

Pero debía pensar en la niña, Alacridad. La pasión que sentía por ella excedía todo cuanto había conocido, todo cuanto Horace LaFontaine había experimentado jamás. Su vida latía tan fuerte, completamente libre de la fragilidad humana, y tan poderosa como el momento de la muerte en que la lucha alcanza su punto álgido.

El Hombre Gris la deseaba.

Pero antes debía descansar.

Cerró los ojos y descendió a las simas de la muerte sin morir. Suspiró profundamente y un instante después, cuando aquellos ojos se abrieron de nuevo, el Hombre Gris había desaparecido.

Horace miró a su alrededor, sintiéndose más débil de lo que podía recordar. Aun cuando estaba muriéndose de cáncer, había sido capaz de levantar un dedo, gemir de dolor. Pero ahora lo único que podía hacer era observar y ver la habitación donde había muerto años atrás.

Es como si fuera un fantasma, pensó. *Como si nunca estuviera aquí, pero nunca me fuera.*

El sol se puso mientras él yacía allí en la oscuridad, recordando todas las cosas que había hecho en su malograda vida. Luego pensó en todas las cosas que no había hecho. Nunca había aprendido nada por voluntad propia, nunca había ayudado a un semejante sin ayudarse a sí mismo en el proceso. Ni siquiera había hecho nunca nada porque fuera lo correcto. Incluso la Muerte, el viejo Hombre Gris, hacía lo que pensaba que era lo correcto. Matar era lo correcto, pensaba la Muerte. Arriesgaba su vida para alcanzar sus objetivos.

Llamaron a la puerta.

Una voz, probablemente la muchacha, Joclyn Kyle. Horace no entendió las palabras.

Debe de haberse marchado, pensó. *Seguramente piensa que he salido a merodear como suele hacer él.*

Horace intentó levantar el brazo, pero todavía estaba demasiado débil. Podía sentir la presencia del Hombre Gris en el fondo de su mente. Sabía cuán extenuado estaba el diablo y esperaba que el Hombre Gris muriera. Hasta su propia muerte valdría la pena.

Horace pensó en el hombre al que había asesinado en prisión. Prescott Jones, un perista de Brooklyn. El mejor amigo de Horace, Vinnie el Gato, había recibido el encargo de su novia. Ésta le dijo a Vinnie y Vinnie le dijo a Horace que un hombre llamado Beldin Starr necesitaba a Prescott Jones silenciado antes de que se celebrara su juicio en junio. Prescott iba a testificar contra Starr.

A cambio recibiría diez mil dólares y el mejor abogado de Nueva York para encargarse de la apelación de Horace, que era una pifia del fiscal pero también mal llevada por un abogado de oficio desinteresado.

Horace estaba en el programa de buena conducta. Había un montón de sitios dentro de la prisión a los que podía ir con su carrito de correo. Estaba cumpliendo condena por asalto a mano armada con agresión, pero después de que lo pusieran entre rejas no había vuelto a meterse en problemas.

Prescott tenía un trabajo en la cocina de abajo. Fregaba los grandes cacharros y pelaba verduras y frutas, todo lo que hubiera que cortar. Por lo general tenía un compañero, Willie Josephson, pero Horace descubrió un día que Willie estaba enfermo, o fingía estarlo, y Prescott estaba solo.

La cocina de abajo era una sala enorme con numerosas encimeras hasta la cintura atestadas de ollas y bolsas de frutas y verduras crudas. Lo único que tenía que hacer Horace era guardar su carrito de lona en un trastero, agazaparse en una esquina al fondo, y esperar.

Horace, tendido allí en la oscuridad de la antigua casa de su hermana, recordó estar en cuclillas en aquel mugriento suelo de madera. Casi podía oler el insecticida y el detergente. Los mostradores de aluminio eran fríos contra su brazo y su mejilla. Había un afilador de cuchillos, metálico y redondeado, a sus pies. El afilador de acero debía de medir unos cuarenta centímetros y era lo bastante grueso. El arma perfecta para partir eficazmente cualquier hueso.

El corazón de Horace dio un vuelco cuando se abrió la puerta. Buscó su arma y contuvo el aliento. En algún lugar al fondo de su mente se rebelaba contra la idea de matar a ese hombre. Pero ya era demasiado tarde. Sólo había una salida de aquella cocina.

Esperó unos minutos y se levantó. No podía ver a Prescott por encima de las ollas y las sartenes, de modo que recorrió el pasillo, buscando. En el cuarto pasillo vio al pequeño hombre blanco. Estaba agazapado igual que Horace instantes antes. Estaba parcialmente de espaldas, pero aun así Horace pudo ver lo que estaba haciendo.

Prescott estaba masturbándose con una rodilla apoyada en el suelo, emitiendo ligeros gruñidos.

Horace sabía lo que estaba pasando. Prescott tenía un compañero de celda y era demasiado tímido para dejarse oír disfrutando de una pequeña paja. Era un placer estar a solas y poder hacer algo de ruido, tal vez pronunciar incluso el nombre de la modelo de la foto.

—¡Oh, sí! —gimió Prescott.

El afilador de cuchillos le partió el cráneo.

Horace intentó dejar de pensar en ello. Al final salió de la cárcel y cobró dos mil quinientos dólares de Beldin Starr. Starr le dijo que había gastado el resto en el abogado.

Horace no protestó por el dinero. Había pasado semanas sin poder dormir pensando en el sonido que hizo la cabeza de Prescott al romperse. Lo único que quería era estar unos momentos con una puta sin pensar en el último orgasmo de Prescott.

Y al final lo único que necesitaba era su chute. Un poco de polvo marrón, y todo volvería a estar bien. Todo estaría perfecto.

—Señor Redstar —susurró Joclyn—. Señor Redstar.

Horace abrió los ojos para ver a la joven de tez oscura. Era por la mañana, y Horace se alegraba de haber despertado en su propio cuerpo.

—Señor Redstar, ¿se encuentra usted bien?

—No me llamo Redstar —musitó el hombre muerto—. Redstar no. LaFontaine. Horace LaFontaine.

—Ése era el apellido de soltera de la señorita Elza —dijo Joclyn—. LaFontaine.

—¿Conocías a Elza?

—Antes era la propietaria de esta casa, alquilaba habitaciones. Mi tío era inquilino suyo, pero ella estaba muy triste porque su marido había muerto y su hermano había desaparecido. Mi tío cuidaba de ella, y cuando murió le dejó el edificio. —Joclyn alargó un brazo para tocar la lágrima de Horace—. ¿Era usted pariente suyo? Sabe, la señorita Brown que vive al otro lado de la calle dice que se parece usted mucho al hermano de la señorita Elza, pero sabe que eso no puede ser porque estaba muy enfermo de cáncer, y aunque desapareció, a estas alturas ya debería estar muerto.

—Soy su hermano, Joclyn. Pero también soy otra persona.

—¿Eh?

Horace se sentía más fuerte por la mañana. Pero la tarea de referir su historia se le antojaba imposible.

—¿Crees en el diablo, Joclyn?

—No lo sé. Supongo. Quiero decir, está claro que pasan un montón de cosas malas, y no veo que nada tenga sentido.

—El diablo está en mí, niña. Está dentro de mí. —Horace levantó la mano derecha y tamborileó con las yemas de los dedos contra su pecho—. Justo aquí.

—Ajá. —La muchacha asintió con la cabeza, pero seguía sin parecer convencida.

—¿Has oído lo que ocurrió ayer en el parque, en Berkeley?

—¿Se refiere a los asesinatos?

—Mira en el cajón de abajo, cielo —dijo Horace—. Mira en el cajón que hay justo ahí.

Joclyn se dirigió a la cómoda y abrió el cajón del fondo. Sacó el amasijo de ropas. Horace giró la cabeza para mirar mientras la joven desliaba la trinchera. Jadeó al ver la chaqueta y los pantalones cubiertos de sangre, los zapatos bañados en vísceras secas. Luego lo miró y volvió a enrollar lentamente las prendas. Se levantó con el brazado y se fue sin decir otra palabra.

—Señor Redstar. ¿Está usted despierto?

Era de noche otra vez y Horace se sentía casi con las fuerzas suficientes como para sentarse. Joclyn estaba sentada junto a él en la cama.

—¿Cómo se encuentra? —preguntó.

Se había pasado el día dormitando, despertándose a cada sonido, esperando la llegada de la policía. Horace pensaba que el hecho de verse entre rejas heriría hasta tal punto al Hombre Gris en su orgullo que la humillación podría impulsarlo a morir, o al suicidio. Pero la policía no llegó.

—¿Qué ha pasado? —preguntó a la muchacha.

—He quemado su ropa en el patio de atrás. No tiene de qué preocuparse.

—¿Que has hecho qué? ¿Por qué?

—Estaba usted enfermo, señor Redstar. Eso es todo. Pero ahora está bien. Yo cuidaré de usted. No hace falta que se asuste. Han hablado en la radio de esos asesinatos, pero nadie sabe qué ha ocurrido realmente. Lo único que sé es que usted no podría haberlo hecho. Ni siquiera es lo bastante fuerte como para levantarme en volandas. Estaba usted confuso, señor Redstar, nada más. Piensa que había hecho algo malo porque estaba usted allí y vio toda esa sangre. —Había cogido la mano de Horace entre las suyas. Tenía la piel seca, manos de trabajadora.

Horace se olvidó del Hombre Gris por vez primera desde su resurrección. Estaba pensando que nadie le había querido nunca aparte de su madre y su hermana. Sintió cómo le caía una lágrima por la nariz. Joclyn, sonriendo, se la enjugó con la callosa yema de su dedo.

—No pienso rendirme con usted, señor Redstar.

En ese momento, el Hombre Gris se despertó en el fondo de la mente de Horace. Surgió rápidamente a la superficie, empujando a Horace a un lado.

—¿Señor Redstar? —preguntó Joclyn, viendo el cambio operado en su rostro.

El Hombre Gris se sentó y alargó los brazos hacia la muchacha.

Mira cómo muere tu juguetito, Horace, pensó el Hombre Gris. Cerró una mano en torno al cuello de Joclyn y sonrió.

No.

La sonrisa del Hombre Gris dio paso al asombro.

—¿Qué sucede, señor Redstar? —preguntó Joclyn.

No.

El Hombre Gris intentó aumentar la presión, pero no pudo. Horace intentó obligarle a bajar la mano, pero también fracasó.

—¿Se encuentra usted bien? —quiso saber Joclyn.

Suéltala, diablo, gritó Horace.

¿Crees que puedes darme órdenes?

Lo que creo es que Joclyn es mi amiga y te daré por el culo si se te ocurre hacerle algo. Horace sentía su mente habitando el mismo cuerpo que el Hombre Gris. Sabía que el diablo todavía estaba débil, todavía estaba recuperándose de su pelea con la anciana. Estaba arriesgando la vida intentando matar a la muchacha.

—Tengo que irme —le dijo el Hombre Gris a Joclyn.

—Pero si está usted enfermo.

—Tengo que estar fuera una temporada. Me tengo que ir, pero volveré pronto. —Retiró la mano de su garganta y sonrió—. Va, deja que me vista.

Cuando Joclyn se hubo marchado, Horace profirió un alarido de vida en las cámaras de la mente del señor de la muerte.

Catorce

Nesta Vine regresó a la zona de la Bahía cuatro días después de la masacre en el parque. Fue a la casa de sus abuelos y fue recibida en la entrada por una mujer negra de aspecto familiar que debía de rondar los cuarenta años.

—¿Sí? —preguntó la menuda mujer a la joven.

—¿Quién es usted? —inquirió Nesta.

—Renée Ferris.

Renée Ferris, claro, pensó Nesta. Renée pertenecía a un grupo de primas de su madre que vivían cerca de La Jolla. No veía a Renée desde que era niña. Y Renée nunca la reconocería, porque Nesta se había convertido en la imagen del espejo. Más alta y negra como el azabache con los pies más grandes. Su cabello había adoptado un tosco color pajizo y sus ojos eran de ámbar brillante. Su rostro, antaño redondo y triste, se había estirado y adelgazado.

—¿Qué está haciendo aquí? —preguntó Nesta a Renée.

—¿Cómo dices, niña? ¿Tú quién eres?

—Oh —dijo Nesta, recapacitando—. Lo siento, señora. Me llamo Ebony, soy una amiga de Nesta, de allá al este.

—Oh. Oh. —La señora Ferris miró escaleras abajo y luego calle arriba—. ¿Está aquí Nesta?

—No, señora. Lo último que sé de ella es que estaba en Corea. Pero me dijo que si alguna vez venía a Oakland, debería pasarme a visitar a sus abuelos —dijo la mujer alta.

Renée Ferris miró a su prima a la cara sin saberlo y dijo:

—Mi tía, la señora Charm, falleció hace seis meses.

Nesta no pudo evitar que las lágrimas afluyeran a sus ojos.

—¿Qué ocurrió?

—Era muy vieja, niña —dijo la prima. Alargó la mano y tocó el antebrazo de la muchacha de piel oscura—. ¿Por qué no entras un rato y descansas?

La casa parecía más pequeña, pero olía igual. Nesta dejó atrás el hueco de la escalera hasta llegar al salón, donde su abuelo estaba sentado en su silla de ruedas de cromo desportillado. Estaba asomado a la ventana, contemplando el comedero para colibríes que había en el porche de la parte de atrás.

Nesta vio a la pareja de colibríes verdes turnándose para disfrutar del surtidor de agua con miel. Conocía su peso aproximado en miligramos y la velocidad a la que batían sus alas. Pero lo único que le importaba eran los ojos de su abuelo sobre ellos.

—Tío —dijo Renée Ferris—. Ésta es una amiga de Nesta... Ebony.

Lythe Charm había sido anciano hasta donde alcanzaban los recuerdos de Nesta. Pero su rostro siempre había sido el de un chiquillo, inquisitivo y presto a la risa. Ahora incluso sus ojos parecían viejos y tristes. Nesta se acordó de una residencia de ancianos en la que había trabajado unas semanas en las afueras de Boulder, Colorado. Había trabajado allí mientras asistía a una serie de conferencias sobre Shakespeare que se celebraban en la universidad.

Las conferencias no eran nada comparadas con observar, oír y oler el sempiterno y acechante espectro de la muerte entre los mayores.

Una tarde se había sentado con una anciana que agonizaba a causa de la trombosis. Nesta estaba contándole una historia que había oído en Selma, Alabama. Una historia acerca de un indio oriundo de allí que había introducido las primeras serpientes en el territorio hacía siglos. Era una aventura desenfrenada de sigilo e intriga, pero al final todo se resolvía. La serpiente encontró su cubil cerca de un campo de cultivo, y todos los ciervos y conejos se mantuvieron lejos de allí desde ese momento en adelante.

En algún momento durante el transcurso de la historia, la anciana había pasado a mejor vida. Nesta sintió su muerte como un repentino vacío en la sala. En algún lugar las cosas daban la impresión de estar vacías, y Nesta comprendió cuánto espacio ocupaba el alma humana.

Podía sentir la tristeza en el alma de su abuelo.

—Hola, señor Charm —dijo Nesta.

—¿Conoces a mi pequeña? —preguntó él, mirando fijamente a la alta y hermosa mujer.

—Hemos recorrido gran parte del mundo juntas —dijo Nesta—. Llegué a conocerla bastante bien.

—¿Dónde está ahora?

—En Corea —mintió Nesta; se sentó en la esquina del sofá más próxima a su abuelo—. Me ha hablado mucho de usted.

—¿Oh? —El anciano sonrió—. ¿Qué te ha dicho?

—Me contó lo mucho que le gustaba el té de moras...

—Vaya que sí.

—... y que cuando era usted joven condujo doscientas cuarenta y seis cabezas de ganado a través de Texas a caballo sin perder ni una sola.

—Se acordaba de eso, ¿eh?

—Me lo ha contado todo acerca de usted, señor Charm. Me pidió que le contara a usted una historia cuando nos viéramos. Una historia que oyó en Alabama.

Lythe Charm sonrió ampliamente con expectación.

—¿Y de qué historia se trata?

—Disculpa, Ebony —dijo Renée.

—Sí, señora.

—¿Esa bolsita es tu maleta? —Se refería a la baqueteada mochila de cuero, del tamaño de una cartera escolar, que la joven llevaba con ella.

—Sí, señora. Acabo de llegar a la ciudad. Iba a buscar un albergue donde quedarme, pero antes quería pasar por aquí para saludar.

—Bueno, sube arriba esa mochila y déjala en la tercera habitación a la derecha. Es el cuarto de Nesta. Colócala allí y aséate, que yo mientras prepararé la cena.

—Pero quiero oír la historia que me envía Nesta —protestó Lythe Charm.

—No se preocupe usted, tío —dijo la capaz y adusta Renée Ferris—. Ebony pasará aquí la noche y nos lo contará todo sobre su pequeña.

—¿Era un planeta? —preguntó Lythe Charm a la joven que se hacía llamar Ebony.

—No, no, no lo denominaban así. Era más bien como una roca gigantesca que una vez había estado viva, pero luego se convirtió en el hogar de sus propios hijos.

—Como una concha.

—Sí.

La sonrisa de la mujer negra era blanca y brillante. Había estado contándole a Lythe Charm una historia que decía haber aprendido de su nieta, la cual, a su vez, la había aprendido de una tribu poco conocida de indios americanos llamados los arshoni. El cuento que estaba relatando Nesta era un fragmento de la historia de la creación que había heredado de la luz azul que la imbuyó de conocimiento y poder.

—... durante más años de los que puede contar el hombre —continuó Nesta—, brillantes formas de vida que eran como animales y flores e insectos y peces todo en uno crecieron del suelo y se bañaron en la luz de una estrella arco iris...

—¿Estaban en un planeta entonces o era ya en la gran roca? —preguntó Lythe Charm, sediento de las palabras de su nieta desaparecida hacía tanto tiempo.

—Eso era en el planeta, antes de que cambiaran las cosas —respondió Nesta—. Las formas de vida crecieron, se entrecruzaron, se multiplicaron y cambiaron. Porque en este planeta los peces y las bestias podían hablar y reproducirse; toda la vida era igual y respetuosa.

—¿Qué comían? —preguntó con intención el anciano—. Si todos se respetaban, hasta las flores y los árboles, ¿entonces qué podían comer?

—Vivían de la luz de la estrella arco iris —dijo la joven—. La radiante energía de la estrella los alimentaba. Y durante eones crecieron y se multiplicaron y cambiaron. Después de muchos millones de años empezaron a volar y a ascender cada vez más hasta que algunos abandonaron completamente el planeta y se acercaron cada vez más al sol, buscando cada vez más energía porque el mayor placer para estos seres lejanos era bañarse en la luz del sol y crecer.

»Estas grandes bestias voladoras tenían en su interior cámaras de cuarzo que almacenaban luz en patrones que contenían toda la sabiduría de todas las formas de vida que una vez habían estado confinadas al planeta. Empezaron a multiplicarse depositando la semilla de su ser físico en pedazos de materia inerte en el espacio y bañando a continuación esas simientes con la luz del interior de sus profundas cavernas de cuarzo.

—¿Por qué hacían eso? —preguntó Lythe Charm. Se sentía rejuvenecido y vigorizado por el mero hecho de hablar con aquella mujer de aspecto extraño. Había algo en ella que le resultaba familiar, pero Lythe no acertaba a saber qué—. ¿Por qué querrían arrojar luz sobre sus semillas si el sol brillaba todavía?

—Porque su luz contenía recuerdos e instrucciones sobre cómo crecer. Las semillas albergaban el poder de la vida, pero en la luz estaba el propósito de sus almas.

—Como la catequesis en una linterna, ¿eh? —comentó Lythe.

—Algo así. Pero conforme transcurría el tiempo, las criaturas del espacio se volvían cada vez más enormes. No tardaron en ser tan grandes como lunas y había millones de ellas. Absorbieron toda la energía de la estrella y se alejaron flotando hacia nuevas estrellas. Para ese entonces eran ya tan grandes como planetas. Sus duros caparazones externos cubrían poderosas máquinas que tenían por corazones y cerebros. Transcurrieron millones de años, y los planetas de vida se propagaron por todo el universo. Y conforme avanzaban, de vez en cuando, depositaban su semilla en planetas de aspecto propicio. Emanaba...

—¿Lo qué? —preguntó Lythe Charm, cuyos ojos parecían cada vez más jóvenes.

—Emanaba. Significa «salía de».

—Ah, sí. Ajá, ya veo.

—En cualquier caso, emanaba de la simiente una suave música, y si otro de sus congéneres celestiales pasaba cerca, la oía y arrojaba su luz donde había caído la semilla. De ese modo, las estrellas compartían información y podía evolucionar nueva vida.

—Pero, ¿y si la semilla caía, pero luego nadie oía la señal y no había ninguna luz? —preguntó Lythe. Nesta se daba cuenta de que no se creía ni una palabra de la historia, pero disfrutaba escuchándola. Era como si Nesta no se hubiera ido nunca, como si todavía estuviera allí contándole lo que hubiera aprendido en sus noches de lectura.

—Nosotros somos las semillas, señor Charm —dijo Nesta/Ebony—. Simples semillas que esperan el agua para crecer.

—¿Quieres decir que no estamos en lo más alto en el mundo animal? —preguntó el anciano. Parecía un poco entristecido.

—No, abuelo —respondió suavemente Nesta—. Sólo somos como cáscaras vacías, esperando a que la luz de la vida entre en nosotros.

—Eres mi pequeña, ¿verdad?

—Te quiero —dijo Nesta. Luego se mordió con fuerza el labio inferior y besó al padre de su madre como hacía muchos años que no lo besaba nadie.

Quince

La vista desde la cima de la montaña era todo lo que podría pedir Gerin Reed. Dondequiera que se posaban sus ojos sobre el Pacífico azul oscuro o el empinado valle de pinos, dejaba lo que estuviera haciendo, se olvidaba de adónde iba, y se quedaba mirando; a veces hasta una hora. Muchas cosas lo distraían. Sus hijos inventándose juegos basados en lo deprisa que podían correr o lo bien que podían recordar, la botella de orina pudriéndose y coagulándose en el porche de la parte de atrás, la estática entre las emisoras de radio.

Karen había bajado con los niños a la casa de Jason y Bridgette. Los Sandler eran sus vecinos más cercanos, a tres kilómetros de distancia. Jason trabajaba para una empresa maderera, y Bridgette se hacía cargo de los chiquillos. Gerin había visto a su esposa y a Jason juntos en el bosque. Sabía que no podía satisfacer sus necesidades y no le importaba demasiado. Lo único que quería de ella era su compañía y su risa con los niños. A veces se despertaba en plena noche y la observaba mientras dormía. Una vez contó hasta tres mil setecientos de sus alientos.

Aspiración, pensó mientras Karen dormía, soñando quizá con su amante del pie de la colina.

Gerin tenía un delgado libro en rústica en el bolsillo, *El príncipe* de Maquiavelo. Las ideas no le decían gran cosa, pero leer las palabras en voz alta creaba una especie de música que a Gerin le gustaba liberar en el bosque.

Cantaba en los bosques, esperando escuchar un eco. Quería oír algo. Algo que vibraba en su corazón y su mente. Se sentía como un niño en esos bosques, convencido de que había otros niños riendo y jugando también allí. Pero se escondían de él. Era una versión cruel del escondite, pero Gerin no perdía jamás la esperanza. Sabía que algún día saldrían a su encuentro.

Oyó un coche que subía por la carretera de tierra. A Gerin le preocupó que pudiera tratarse de Bridgette. A veces subía dispuesta a seducirlo mientras Jason y Karen cuidaban de los niños. Le gustaba bañarse desnuda, fingía que era algo completamente inocente, que su marido y ella lo hacían con otra gente todo el rato. Gerin hacía lo que le pedía, pero se distraía continuamente con las formas de las nubes, envueltas en las ondas del estanque. Le gustaba mirar el vientre redondeado y el arremolinado vello púbico de Bridgette, pero nunca se excitaba.

Karen tampoco lo excitaba nunca. No es que no quisiera sexo. A veces se despertaba teniendo poderosos orgasmos, soñando con una mujer que, mientras hacían el amor, le hablaba de las compras del día, del olor de las hojas de tomate y el sonido que hacían los melones maduros al golpearlos.

El coche apareció a la vista. No era el jeep de los Sandler. Era un Chevrolet de color canela. Viajaban en él tres hombres con sombrero.

El sedán llegó justo hasta la puerta delantera de la cabaña de troncos que Gerin había comprado con los ahorros de toda su vida.

—¿Alcaide Reed? —preguntó el enjuto fumador en pipa.

—¿Sí?

El conductor era más bajo que el fumador en pipa, pero parecía más grande debido a sus abultados músculos y su panza. El tercer hombre se cubría con un sombrero de ala ancha que colgaba algo caído, como un sombrero mexicano. Aun así Gerin reparó en las cicatrices rojas que señalaban el rostro del desconocido.

—Soy el inspector Bonhomme, de la Oficina de Investigaciones del Estado, señor —dijo el fumador en pipa—. Éstos son el sargento Lonnie Briggs y Miles Barber, eh, nuestro ayudante.

—Hola.

—Su esposa ya ha accedido a venir con nosotros, alcaide Reed. Afirma que usted la mantiene a ella y a los niños aquí en contra de su voluntad. Los Sandler se pusieron en contacto con nosotros en su nombre.

—¿Estoy detenido?

—Sí, señor.

—¿Por qué? No he hecho nada.

—Eso no es lo que dice su esposa.

—Se podría haber ido. No le impedí que bajara a ver a Jason y a Bridgette. Sencillamente podría haber seguido su camino.

Lonnie Briggs se encogió de hombros, aunque el alegato iba dirigido a su superior.

—Dice que empleaba usted violencia psicológica para retenerla a ella y a los niños aquí —informó Bonhomme—. Dice que tenía miedo de que pudiera ir tras ella y asesinar a toda la familia.

Gerin Reed contempló el humo azulado que escapaba de los labios del agente. Se pregunto si no sería verdad. ¿Estaba loco? ¿Estaba dispuesto a matar a Karen y a los pequeños Jason y Anne-Marie? ¿Había perdido la cabeza?

Se acordó de Karen, quejándose de que se les estaba acabando el dinero. Le había preguntado cómo iban a sobrevivir sin dinero.

¿Era eso estar loco?

Gerry había pensado que podría preguntarle a Jason si sabía de algún empleo para él en el campamento maderero del fondo del valle. Había sido cocinero durante la batalla del Pacífico. Había matado a hombres en la guerra. También había matado a niños. Pero todo eso había sido antes de que lo hirieran y convirtieran en cocinero.

En ese momento Gerin vio a Miles Barber evaluándolo. No había simpatía ni recriminación en aquel solitario ojo frío, tan sólo el afán de saber.

—¿Alcaide Reed? —preguntó Christian Bonhomme.

—¿Sí?

—Voy a tener que pedirle que nos acompañe.

—¿Me llevará a la cárcel?

—No, señor, nada de eso. Pero tenemos algunas preguntas que necesitan respuesta y es usted un hombre difícil de encontrar.

Por lo visto Claudia preparaba los dulces aceites ella misma. Para aromatizarlos empleaba extractos de canela, almendras, pétalos de rosa y vainilla que compraba en la tienda. Los aceites, en su mayoría extraídos de semillas de algodón, se calentaban a la temperatura del cuerpo y se distribuían por la estancia en cuencos de madera. Las paredes y el techo estaban cubiertos con telas de un rojo oscuro. Cada esquina albergaba un racimo de cien o más velas encendidas. En el centro del cuarto había una pila de colchones decorados con mantas, sábanas y almohadas de seda. Desnuda, Claudia Corazón estaba reclinaba en el centro de los colchones y la seda. Max el perro recorría el perímetro mientras sus Elegidos Especiales la rodeaban. También ellos estaban desnudos y, hasta el último de ellos, erectos. Cada uno de ellos se había ungido con los cálidos aceites y ahora esperaba, escuchando una canción que no tenía letra ni sonido. La música emanaba de lo más hondo de su diosa del amor.

Claudia sonría exultante de expectación ante su lujuria.

—Cantad para mí —dijo en voz alta—. Cantad para mí.

Lonnie Briggs registró las palabras en su grabadora portátil. Él y Miles Barber, respaldados por dieciocho policías del estado, observaban a través de una ventana oscura.

—Tenemos que esperar a que hagan algo ilegal —susurró Briggs para Barber—. De lo contrario, los condenados abogados anularán las detenciones y todo lo que presentemos ante el tribunal.

Pero Barber pensó que era el espectáculo de toda aquella sexualidad lo que había capturado la atención del sargento del SIB. Al fin y al cabo, el SIB solía perseguir sujetos menos extravagantes. Algún que otro caso de corrupción policial, estafas inmobiliarias contra el estado dc California, o desfalcos por parte de algún burócrata: ésos eran los clásicos de Briggs y Bonhomme.

Barber también sentía algo procedente de la mujer desnuda. Lo que quiera que fuese le producía una sensación áspera y desagradable en su nariz y su ojo.

Era Barber el que los había conducido hasta esa mina abandonada. Usó el nombre del marido de Claudia para realizar una búsqueda de títulos sobre propiedades en el desierto. William Zimmerman había hecho efectivo un ingreso de 175.000 dólares a cuenta de la mina abandonada de Jacobi, en el este del desierto del Mojave.

Los Elegidos Especiales de Claudia Corazón emitían gemidos y súplicas guturales. Rogaban y exigían. Se acariciaban y posaban.

Al principio hizo adelantarse a un asiático de corta estatura que exhibía una erección excepcionalmente ancha. Le hizo tenderse debajo de ella y lo cabalgó mientras Max le mordía con fuerza la carne de los muslos y brazos.

El siguiente amante fue un mexicano alto y viril. Claudia se conformó con tragarse su esperma.

Los tres hombres siguientes se acercaron a ella a la vez.

Los ojos de Max centellaban mientras deambulaba entre los Elegidos y aullaba. Claudia aullaba con él.

Lonnie Briggs respiraba pesadamente. Los uniformados policías del estado, que no podían ver lo que sucedía en la habitación, comenzaban a ponerse nerviosos. Miles Barber se preguntó por qué no parecía importarle el sexo, ni siquiera si estaba cometiéndose algún crimen o no.

Entonces entró un hombre a hurtadillas en el cuarto. Era distinto del resto, por cuanto iba vestido. Pero Barber podía ver que también él estaba enormemente excitado por la mujer. Evitaba la línea de visión de Claudia. Barber sabía de alguna manera que estaba incumpliendo la orden de Claudia, que sencillamente necesitaba verla.

—Hey, Briggs —dijo Barber.

—¿Qué? —respondió con voz ronca el agente del estado.

—¿El que lleva pantalones no es Halston?

Lonnie Briggs irrumpió en la habitación con su fuerza de uniformados policías del estado. La mujer postrada, apenas más voluminosa que una chiquilla, levantó la cabeza y gritó:

—¡Detenedlos!

Briggs y sus hombres se enfrentaron a la oposición de doce hombres desnudos.

—Me estaba dirigiendo a la policía, inspector —le dijo Claudia Corazón-Zimmerman a Christian Bonhomme.

El inspector llevaba sintiéndose ligeramente mareado desde que entró en la sala de interrogatorios donde estaba la sospechosa.

—Ordenó a sus seguidores que atacaran al sargento Briggs y a sus hombres, señora Zimmerman —repuso el inspector.

—No. No, en absoluto. —La diosa del amor sonrió—. Estaba gritando a su sargento que los detuviera para que no me violaran. Llevaban violándome durante semanas, sabe.

Claudia miró intensamente a Bonhomme, y éste sintió una vaga punzada de miedo.

—Sí. Eso es lo que usted dice. Pero el señor Briggs lo llama asesinato. Dice que ordenó usted a sus hombres que lucharan a muerte. Los agentes de policía se vieron obligados a responder con fuerza letal...

Había salido publicado en los periódicos de todo el condado. FUERZA POLICIAL DEL ESTADO ASALTADA POR ZOMBIS DEL AMOR DESNUDOS. Cuatro de los acólitos de Claudia habían sido abatidos a tiros. Otros cinco se resistieron de tal manera a ser arrestados que murieron, en aquel momento o con posterioridad, a causa de las heridas sufridas en el proceso de ser reducidos. Los supervivientes estaban retenidos ahora en una instalación médica en San Francisco, aquejados de algún tipo de enfermedad o síndrome de abstinencia y obsesionados con escapar y reunirse con su reina. Claudia Corazón y Robert Halston habían sido acusados *in absentia* debido a las heridas que habían recibido.

Halston estaba contenido en el comedor. Claudia había escapado corriendo al desierto con un perro. Cuando la policía se acercó a ella se cayó, golpeándose la cabeza con una piedra.

Fue capturada; pero el perro, después de morder a tres policías —que ahora estaban hospitalizados con pronóstico desconocido— había sido demasiado rápido para la ley.

—Soy inocente, inspector —dijo Claudia encogiéndose de hombros, mirando fijamente al tembloroso Bonhomme. El inspector se fijó en el sudor que perlaba la frente de la mujer.

—No lo es, señora Zimmerman.

—Llámame Claudia Corazón —le ordenó.

—No sé qué poder cree usted que tiene sobre los hombres, señora Zimmerman. Pero voy a procesarla acusada de agresión y asesinato. —El inspector Bonhomme se dio la vuelta rápidamente y cruzó la puerta de la sala de interrogatorios. Sabía que si la mujer se hubiera puesto de pie y acercado a él, la hubiera dejado marchar encantado.

—¿Debería transferirla a una celda de castigo, Christian? —preguntó Lonnie Briggs.

—No. No. Déjala donde está. Abre esa puerta sólo para llevarle la comida. No hables con ella. ¿Me oyes, Briggs? No le dirijas la palabra.

—Sí, señor.

Tras romper la cadena de su tobillo, Winch Fargo estrelló su cuerpo duro y esquelético contra la puerta forjada de hierro en la oscuridad. Nadie oyó el sordo golpeteo en las profundidades del desierto.

Dieciséis

El Hombre Gris recorría el bosque majestuoso sin prestar atención a la belleza de las secuoyas, escéptico sobre su grandeza. Sus elegantes zapatos de cuero estaban rotos, su chaqueta negra raída. Las ropas del Hombre Gris estaban salpicadas de barro, pero no le importaba. Estaba librando en su mente una batalla con Horace LaFontaine, la primera alma que había conocido que no podía destruir fácilmente.

Había construido a Horace a partir de recuerdos descartados, jirones de una vida malgastada en el cascarón de un cuerpo que había muerto. La imagen, una imprecisa asociación de ideas, había resultado útil cuando el Hombre Gris quería comprender lo que exigía la humanidad a sus ciudadanos. La humanidad, como camarones en celo entre los restos de un barco en el fondo del mar. La humanidad, coágulos de grasas y aminoácidos autorreferenciales que serían incapaces de reconocer el origen de la existencia aunque su patético Dios los sentara en su regazo y les diera ese conocimiento con una cuchara.

Horace era un ejemplo perfecto de esta primitiva forma de vida. Había absorbido el lenguaje inexacto, compartido las ciegas pasiones. Era considerado un cero a la izquierda incluso entre los más inútiles, y aun así su voluntad había frustrado al gran Hombre Gris.

Grey Redstar, el Hombre Gris, el segador de la luz perdida. La única criatura destinada a purgar el alma de su cuerpo. El heraldo de una nueva y más elevada forma de ser.

Mas por poderoso que fuera, no podía detener la enfermedad que anidaba en su interior, esa vaga alianza de recuerdos congregados en torno al nombre de Horace LaFontaine.

Había crucificado a Horace, le había arrancado la carne hasta los huesos y aplastado las células que lo recordaban. Pero Horace siempre volvía a surgir de las simas de la mente de la Muerte; de nuevo entero, aunque roto y temeroso.

—Déjame en paz, por favor —lloraba Horace.

—Entonces muere —respondió el Hombre Gris—. Deja que tu vida se detenga y déjame alcanzar mis metas.

—No puedo morir —se lamentó Horace—. Quiero decir, no dejo de regresar. No sé por qué. Lo siento. Pero si dejas tranquila a Joclyn, no tendré que seguir luchando contigo.

—¿Te atreves a amenazarme?

—No puedo evitarlo, hombre. No puedo. Cuando mataste a esos otros me dio igual. Pero me gusta Joclyn, y cuando está cerca aparezco en tu mente, o algo así. Y aunque quieras hacerle algo malo, todavía me gusta y no quiero que lo hagas.

El Hombre Gris lanzó un grito en su mente, y por un momento Horace se desvaneció de la existencia. Pero estaba allí aún, en el tejido de células y luz. Horace LaFontaine era como un virus mutante que se hubiese alojado en lo más profundo de las células del dios de la muerte. La única cura posible consistiría en despojarse del cuerpo y proyectar la hermosa luz azul marino a los cielos.

En el vasto espacio entre la tierra y el firmamento y el radiante sol, había permanecido erguida durante 734.906 mañanas. De brote a ramaje. De esforzada plegaria de luz a la devastadora muerte de su madre. Y luego aquella carrera en línea recta hacia arriba y afuera. Ni siquiera las poderosas garras del oso negro podían detenerla. Ni los gusanos hambrientos ni los rayos fulminantes ni la movediza tierra blanda podían impedir su estiramiento, su anhelante ascenso...

... y luego aquella luz diferente, hendiendo sus agujas y alojándose bajo la corteza. Durante un año ni siquiera la sintió. Durante tres no supo que supiera algo, y después supo más de lo que puede ser testigo aun la longevidad de los árboles. Las cosquilleantes alas de las mariposas y los hocicos del ciervo, el león y la rata. Sentía y conocía las revoltosas garras de las aves en sus ramas y entre sus hojas.

Y luego allí estaba el sol, brillante. La palpitante historia de la creación zumbando una y otra vez en el interior de su madera. Tan bella que conjuraba una canción de sus profundidades, una canción que se propagaba por la atmósfera y se hundía en el suelo y en la roca de la tierra.

Estaba llamando a despertar a los mismos átomos que componían el mundo. Ronroneaba y reverberaba la canción estimulante que sólo un árbol paciente podía conocer. Invocaba y contaba mariposas; se bañaba en nieblas matutinas y conocía a sus hermanas pese a que seguían estando inconscientes como lo había estado ella el día previo a la luz.

Abundaba en la tierra y extendía sus hojas hacia arriba. Sus semillas caían yermas al suelo, y sabía que era una mera baliza. Digo que lo sabía, aunque no se trataba de un conocimiento tal y como lo entendemos nosotros. La célula verde es el motor para las plantas donde la luz azul es pura mente. Y la luz azul es conocimiento, la verdad antes de que la deforme la percepción de los ojos y las mentes solitarias. Las plantas, y algunos animales, están mejor equipados para retener y compartir la luz.

La unidad de la carne viva y la luz divina es aún más sueño que realidad. La luz pugna por llegar a la carne que se tiende hacia ella. Pero todavía no son una sola, ni siquiera para aquel gigante leñoso. A fin de reproducirse, por tanto, sólo podía cantar, esperando la llegada de su pareja. Aguardando el momento de su madurez.

Se acercó al antiguo árbol con la despreocupación de un leñador.

—¿Qué está haciendo aquí? —preguntó Esther, la guarda forestal, al Hombre Gris. Acababa de salir de detrás del árbol y la aparición del vagabundo la había sobresaltado.

Desde el día en que despertó ante el gran árbol, cubierto de mariposas, con el recuerdo de aquellos brillantes ojos azules en los suyos, acudía a visitar a la secuoya al menos una vez a la semana. Venía a escuchar un retemblor casi subliminal y a observar a los animales salvajes que concurrían casi con religiosa pleitesía. *Hay magia cerca del árbol*, eso es lo que pensaba la guardabosques.

El Hombre Gris desoyó su pregunta, estirando el cuello para ver la inmensa columna cuan alta era.

—Disculpe, señor, pero estoy llevando a cabo una investigación en esta zona y los visitantes tienen el acceso prohibido. Si quiere ver árboles, tendrá que atenerse a los caminos señalizados.

El Hombre Gris levantó las manos y se rió. Brotaron chispas de las yemas de sus dedos.

—¿Qué está haciendo? —preguntó Esther con voz temblorosa.

En algún lugar dentro del árbol sonó el eco del temblor, aunque no de miedo.

La risa del Hombre Gris se apagó ante el desafío, y de repente Horace volvió a la vida. Se daba cuenta de lo que se proponía el Hombre Gris, pero no tenía poder para detenerlo. No sentía ningún deseo de salvar a un estúpido árbol.

—¡Alto! —gritó Esther O'Halloran mientras corría hacia el Hombre Gris blandiendo una rama muerta a modo de porra.

La descarga eléctrica fue suficiente para hacer astillas la rama y lanzar a la mujer por un pequeño declive hasta un arroyo. El Hombre Gris la observó con una rabia como nunca antes había sentido contra ningún humano. Pero estaba irritado, irritado por Horace LaFontaine.

Horace miró a la mujer y pensó: *Idiota, ¿por qué tienes que entrometerte y conseguir que te maten de esta manera? No quiero verte morir, pero no pienso consentir que me despellejen vivo por culpa de tu estupidez.*

La madera de la secuoya soltó un gemido, y el Hombre Gris supo que aquel frágil ser significaba algo para el árbol. Sonrió ante la posibilidad de infligir dolor antes de la muerte y se volvió hacia la guarda forestal. Ésta tenía los ojos en blanco, pero aun así pugnaba por levantarse.

Horace observaba con fatalista fascinación. Era menos que un fantasma, nada más que un resfriado corriente para su demoníaco anfitrión, y él, en su impotencia, no sentía gran cosa por la mujer condenada. Pero entonces el lamento del árbol se volvió más alto y estridente. El suelo empezó a temblar. Esther O'Halloran, que se había puesto en pie tambaleándose, trastabillaba intentando mantener la verticalidad.

El Hombre Gris y Horace se volvieron hacia el árbol justo cuando éste explotaba en una lluvia de astillas y cegadora luz azul.

Horace, plenamente consciente, sintió lo más fuerte de la explosión y salió corriendo por un oscuro callejón de asfalto bajo un pesado aguacero. Jalonaban la callejuela a intervalos irregulares farolas de luz azul. Tropezó con las paredes, con cubos de basura y viejas vallas podridas. Se cayó y se levantó tambaleándose, corrió y se desplomó, seguido en todo momento por el silencioso espectro del dolor. Lo perseguía como una espesa inundación de sangre. Corrió y se cayó rodando de la vida del Hombre Gris.

Pero el Hombre Gris no vio la desaparición de Horace. Estaba ocupado corriendo él también. Las astillas y las tablas no lo herían, pero la luz de la vida de aquel árbol lo perforaba hasta la médula. La vitalidad y santidad del árbol lo abrasaban. Y lo único que podía hacer era correr con la maldición del árbol grabada en lo más hondo de su alma.

Debajo del desierto, en el mismo momento de la explosión, la puerta de Winch Fargo se vino abajo. Con la mirada desorbitada e imposiblemente flaco, el criminal de dientes negros salió dando traspiés del pozo de la mina al límpido crepúsculo del desierto. Mientras salía a la superficie, el sol desapareció y las estrellas cobraron vida lentamente, parpadeando. Miles y miles de estrellas. Cada una de ellas, lo sabía, como una flor para los dioses polinizadores que lo habían abandonado allí mucho antes de que existieran el tiempo o el amor.

Winch Fargo la buscó en el aire. Había un rastro y una dirección... y muchos menos pasos por delante que años a sus espaldas.

Diecisiete

Después de dos semanas, Christian Bonhomme decidió que había llegado el momento de volver a entrar en la celda de Claudia Zimmerman. No era una decisión tomada a la ligera. La había aplazado hasta el día previo a la pesquisa judicial. Los únicos hombres a los que se les había permitido entrar a verla eran Miles Barber y Felton Meyers, el ex detective y el abogado designado por el tribunal. Y Felton fue cacheado a conciencia antes de que se le abriera la puerta de la celda. La mujer había despedido a Felton tras su primera reunión, sin embargo, y había pasado sola las dos semanas siguientes.

Bonhomme no era un hombre religioso, tampoco creía en la magia, el vudú ni otras paparruchas por el estilo. Pero había visto a los depravados supervivientes del campamento sexual para zombis. Un hombre, un carpintero llamado Stanley Brussels, se pasaba el tiempo suplicando de rodillas desde que despertaba hasta el momento en que lo vencía el sueño. Había que alimentarlo a la fuerza por medio de un tubo de goma que los celadores del hospital le introducían por la nariz una vez al día. Otros se mutilaban o se volvían tan violentos que había que mantenerlos inmovilizados las veinticuatro horas del día.

Todos aquellos hombres sólo querían una cosa: ver a Claudia Zimmerman, ser trasladados a una celda cerca de la suya. Para ello rogaban, reclamaban y amenazaban.

—Si eso es amor —les había dicho a Briggs y a Barber el día que se dirigía a la celda de Claudia—, podéis quedaros con él.

No era el mismo hombre que recordaba Barber. Bonhomme se detuvo delante de la sala de detención, con la pipa apretada entre los dientes.

—¿Has solicitado un aplazamiento al juez? —preguntó Bonhomme a Lonnie Briggs.

—Ya sabes que sí, Chris. Dijeron que tenían que verla para el procesamiento en cuanto se tenga en pie. No sé qué podría pasar si descubrieran que no la ha visto ningún médico.

—No te preocupes, yo me hago cargo —dijo Bonhomme con la pipa en la boca—. ¿Está Clemmens ahí fuera?

—Ya te he dicho que sí.

—Ve a buscarlo, entonces.

Cuando el sargento salió por la puerta, Bonhomme se quedó con Barber y un guardia en un pabellón de detención especial de la penitenciaria de Sacramento.

—Te asusta, ¿verdad? —preguntó en voz baja Barber.

—Sí. Sí, nunca he sentido nada parecido. Nada. Era como sexo puro. Fui a casa y mi esposa, me... en fin, después de dos noches conmigo se fue a visitar a su madre. Estaba todo el rato encima de ella. No podía contenerme.

—Eso no tiene sentido.

—Lo sé. No soy ningún maníaco sexual.

—No, no me refería a eso —dijo Barber—. Todas las personas entrevistadas acerca de Zimmerman dijeron que tenía el efecto de hacer que la desearan solamente a ella. Nadie en el Haight durmió con otra persona aparte de ella... cuando se lo permitía.

—¿De qué estás hablando? —Bonhomme parecía enfadado—. ¿De algún tipo de abracadabra? No creo que esa mujer tenga ningún poder. Lo que me ocurrió es lo que se llama sugestión. Tanto hablar de sexo y pervertidos me produjo una especie de ansiedad temporal, eso es todo.

—Entonces, ¿por qué tienes miedo de entrar ahí?

—No tengo miedo. Estoy esperando que Briggs traiga a Clemmens.

Miles dejó correr la mentira. Sabía que la menuda mujer tenía poder. Sentía su presencia, pero no como los demás hombres. Su experiencia tenía algo de obsceno. No oía ningún silencioso canto de sirena. El lugar oscuro en su corazón respondía con desagrado y rabia.

Transcurridos unos minutos, regresó Lonnie Briggs con George Clemmens. Éste era alto y pesado, me contó una vez Barber, con la carne fofa que le sentaba como un traje una o dos tallas demasiado grande. También tenía grandes ojos brillantes y apenas barbilla.

—Está bien, Lonnie —dijo Bonhomme—. Dejemos de comportarnos como chiquillos y resolvamos esto de una vez por todas.

Lonnie Briggs abrió la puerta con una solemnidad que le hizo enrojecer. George Clemmens, de la fiscalía del estado, miró a uno y a otro agente con el ceño fruncido de incomprensión.

Barber había sido presentado como asesor especial asignado al caso.

—¿Qué os pasa, chicos? —preguntó George—. Os comportáis como si tuvierais a alguien armado y peligroso ahí dentro. Quiero decir, ya sabéis que es tarde para que hable con alguien a quien estamos a punto de procesar.

—¿Confías en mí, George? —preguntó Bonhomme.

—Sí, supongo que sí.

—Pues agárrate los machos y no la toques, hagas lo que hagas.

Claudia estaba sentada en un taburete de madera de tres patas, con las piernas cruzadas y los labios rojos. Tenía la falda subida hasta el muslo, y sonreía.

Había un brillo voraz en sus ojos.

Miles descubrió que la repugnancia que sentía había dado paso a algo parecido al odio.

—Claudia Zimmerman —dijo el fiscal.

—Claudia Corazón —ronroneó ella.

—Sabe que debería tener un abogado presente. Se enfrenta a graves acusaciones.

Bonhomme y Briggs observaban atentamente al fiscal.

—No necesito ningún abogado, señor Clemmens —contestó Claudia—. Y si hay demasiada gente en la habitación a la vez, a veces pierdo la concentración.

Un perro aulló en la calle. Claudia levantó la cabeza con un brillo de reconocimiento en el rostro y sonrió.

—Lo único a lo que tiene que dedicar su concentración son los asuntos que nos ocupan ahora, señora Zimmerman —dijo George Clemmens—. Nos gustaría saber cómo se declara ante los cargos, si éstos llegan a presentarse, y sería mejor que tuviera un abogado a mano para hacerlo en su lugar.

—Yo no declaro ante nadie. —La diosa del amor se apartó el lacio pelo marrón de la cara.

—¿Le ha explicado su abogado cuáles son los cargos?

—¿De qué color tiene los ojos, detective Bonhomme? —preguntó Claudia.

Más tarde el inspector les diría a Barber y a Briggs que lo que le sorprendió no fue la pregunta, sino el simple hecho de lo corriente que era Claudia. «Ni más ni menos que una mujer de aspecto corriente y treinta y tantos años. No fea exactamente, pero sencilla, poco atractiva, ¿me explico?»

—Responde a las preguntas, encanto —dijo Bonhomme en el tono más severo que pudo reunir—. Mañana vas a ser procesada por homicidio en segundo grado e incitación a la resistencia a la autoridad.

Su talante golpeó a Claudia como un cubo lleno de hielo. Se levantó del taburete y entró en su pequeño aseo, entrecerrando la puerta tras ella. Los hombres pudieron oír las fuertes arcadas y luego el sonido de la cisterna. Minutos después, Claudia salió del habitáculo pálida e insegura.

—¿La ha atendido un médico? —preguntó George Clemmens a los agentes.

Ni Briggs ni Bonhomme quisieron responder.

—¿Te ha atendido un médico? —preguntó a Claudia el fiscal.

Claudia pasó de la náusea a una sonrisa radiante en un instante.

—Por supuesto —dijo, no en respuesta a la pregunta de Clemmens—. Estoy embarazada, y todo el poder se concentra en nutrirlos.

—¿Cómo dices?

—Dejadme sola —ordenó Claudia, de nuevo una diosa—. Debo descansar.

—Señora Zimmerman... —dijo George Clemmens.

—Dejadme.

—Vamos, George. —Bonhomme dio una palmadita en la espalda al fiscal. Estaba sonriendo—. Dejemos que se cueza en su propio jugo.

Fue fácil obtener el procesamiento. Claudia Corazón se negó a reconocer al tribunal o a hablar con el abogado de oficio. No le importaba la celda ni el vestido a rayas verdes y blancas que le hicieron ponerse.

George Clemmens solicitó un aplazamiento para preparar el caso y le concedieron seis semanas. Entre tanto, Bonhomme y Briggs urdían planes con el ex detective Barber para dar con el paradero de Winch Fargo.

Gerin Reed ya estaba arrestado y retenido acusado de varios delitos, entre ellos el aislamiento ilegal de su esposa. Robert Halston también aguardaba su juicio. Bonhomme hizo que Mackie Allitar fuera transferido de la enfermería de la prisión, donde agonizaba, a una habitación de seguridad en el hospital municipal de Sacramento.

—Por aquel entonces estaba yo solo, Chance —me dijo Miles Barber—. Aquella zorra los había espantado a todos. Los hombres que le habían servido de sementales estaban muriéndose. Todos los amigos de Allitar ya estaban muertos. Sólo quedaban Allitar, Reed, Corazón y Halston. Los habían reunido a todos para un juicio que no se celebraría jamás, pero yo sabía que el Hombre Gris aparecería si estaba allí Corazón. Lo sabía.

Hablaba como un policía honesto tras la pista de un maleante excepcionalmente escurridizo. Pero el sudor en su cara y lo vidrioso de su único ojo me decían que lo único que había sentido realmente era miedo. Estaba consagrado a la caza. Consagrado por su vida anterior. No podía evitarlo, de modo que había creado una mentira y una falsa fe. Se había convencido de que podía derrotar a la Muerte... pero en algún lugar, justo debajo de la superficie, sabía que todo era un engaño.

Miles Barber fingía ser quien movía los hilos, que las fuerzas que habían confluido estaban a su servicio. Pero estaba por venir mucho más de lo que sabía.

Nesta Vine había leído una noticia en el *San Francisco Chronicle* acerca de Claudia Zimmerman y su detención. Aunque la periodista, o su editor, minimizaba el poder que sus seguidores le atribuían a Zimmerman, Nesta presintió que había algo en el texto por las palabras no escritas. Fue a visitar los descorazonados restos de la comuna en el Haight. La estructura vacía, que en su día había sido una pequeña tienda de electrodomésticos, estaba más sucia que el peor de los tugurios o guaridas para drogadictos. A primera vista, los miembros daban la impresión de estar emparentados. Pero si algo los hermanaba eran los ojos vidriosos y los cuerpos demacrados. Subsistían a base de masa de pan de maíz y cerveza. Ni uno solo de ellos se aventuraba más allá del supermercado. No se bañaban ni aseaban, no hablaban ni soñaban. Lo único que hacían era arracimarse en grupos de tres o cuatro en la habitación baja y oscura.

—¿Qué os pasa? —preguntó Nesta a un pequeño corrillo de desconsolados amantes.

—Estamos tristes —dijo uno de ellos.

—Pronto nos pondremos mejor —añadió otro.

Un acólito de ojos grandes y cara marcada por el acné levantó la cabeza y dijo:

—Nos dijo que debíamos esperarla. Eso significa que volverá, ¿no?

En la planta de arriba Nesta encontró tres cadáveres apilados en un armario. Era lo más próximo a un entierro que podían proporcionar los miembros de la secta del amor.

—Están muertos. —La voz de la mujer sobresaltó a Nesta.

—¿Quién eres? —preguntó Nesta, dirigiéndose a la oscuridad de la habitación más grande.

Una joven salió de la penumbra. Sus grandes ojos y su figura esbelta la señalaban como una integrante más de la secta, pero parecía gozar de más vitalidad.

—Me llamo Trini. —La chica hablaba con voz clara pero despacio.

—¿Qué ha ocurrido aquí?

—Sin la señora Corazón no quieren vivir —dijo Trini—. Ella era lo único que querían y ahora se ha ido.

—¿Por qué no escribió sobre esto la reportera? ¿Por qué no ha venido la policía? —Nesta descubrió su humanidad pulsando en la estela de esta destructiva luz azul.

—Han empeorado. Al principio sólo estaban abatidos, pero ahora ha empeorado y han empezado a morir. —Trini era una joven blanca. Nesta clasificó su acento como propio de Tennessee.

—¿Tú por qué no estás triste, Trini?

—Lo estoy. Pero no tanto. Se los tiraba a todos. Pero decía que yo era su niña especial por cómo era cuando era pequeña en mi tierra. Acabé aquí con mi novio, Lloyd. Está ahí. —Trini miró los seis pies descalzos que asomaban por la puerta del armario—. Pero yo le gustaba. Todas las mañanas me daba un beso de tornillo y yo me la follaba como una perra. Y cuando se fue me puse triste, pero no como todos los demás.

Nesta estuvo segura entonces de que la mujer que había abandonado la comuna era su hermana en la luz azul. La mera idea la repugnaba.

—Acompáñame, Trini.

—¿Adónde?

—Todavía no lo sé.

—Vale.

Miles Barber creía que estaba moviendo los hilos cuando no era más que una garrapata agarrada a la melena de un león.

Dieciocho

El Azul defectuoso, el perro y la Muerte convergieron en la capital del estado, cada uno impulsado por sus propios motivos.

El Hombre Gris mordía una toalla en el hotel Transient, a once manzanas del edificio estatal donde estaban encerrados los presos. Los fuegos ardían dentro de él todavía, martirizándolo. La secuoya había transferido a sus fibras todos los plácidos recuerdos de agua y luz fusionándose: la vida. Esta luz aumentaba los sentidos del dios de la muerte y su dolor. El Hombre Gris sentía a dos Azules, quizá tres, quizá cuatro, a algo más de un kilómetro de distancia. Había venido a matarlos, pero de alguna manera la percepción de su fuerte luz azul le provocaba aún más dolor. La vida estaba intentando crecer en él a pesar de que Horace por fin se había disipado y desvanecido.

Si cerraba los ojos, podía verla como un brillante tumor rojo y azul creciendo en su interior. Conjuró un ejército de gusanos para devorar el corazón fibroso. Se ensañaron con él, royendo y retorciéndose, pero luego escaparon volando, convertidos en mariposas de alas de cristal. El Hombre Gris lanzó afiladas hojas voladoras para lacerar la carne y los tendones. Pero la fértil sangre manó como flores que cayeron al suelo y crecieron.

El Hombre Gris cerró los ojos y mordió su toalla. Dio un paso hacia la puerta, pero se cayó entre gemidos.

Winch Fargo caminaba, con paso vacilante, a lo largo de la manzana número setecientos de Proctor. Su cuerpo se debatía entre la música del amor y la muerte. Cuanto más se acercaba Winch a una, la otra parecía menguar. Llegaba al final de la manzana y entonces, sintiendo el desvanecimiento de la luz a su espalda como un soplo de aire frío surgido de un armario cerrado, daba la vuelta para seguirla.

Adelante y atrás trastabillaba Winch Fargo, debatiéndose entre el amor y la muerte. Tenía la piel curtida y quemada por el sol y el viento del desierto. Los pantalones que había encontrado le quedaban demasiado cortos, revelando unos tobillos chupados, uno de los cuales estaba magullado y ensangrentado por culpa de su grillete. La gabardina que llevaba puesta era demasiado abrigada, con mangas que le caían muy por debajo de las puntas de los dedos.

Sus sentidos sufrían el asalto de los murmullos de sueños que la gente con que se cruzaba había tenido en los últimos días. Retazos de plácidas playas en mañanas frías y claras, de toscos rituales, y de sexo; no el acto del sexo en sí, sino su sensación en los pechos y brazos y genitales. Escuchaba a hurtadillas no sólo los sueños humanos, sino también el ensueño feroz de gatos, ratas y perros. Su mente aleteaba con la locura de aves en desbandada y las pautas del complejo vuelo geométrico de las moscas. Las percepciones de Winch Fargo sobrepasaban la vida animal y profundizaban en la serenidad del granito bajo sus pies y la confusión de ladrillos, buscando disolución tan sólo.

Winch Fargo, a caballo entre las delicadas vibraciones de la luz azul, por un momento en el tiempo se convirtió en un conducto para el alma. El alma: lo que Ordé llamaba esa energía que une los componentes más diminutos del universo, esa fuerza que busca unir y disimular. Durante unas pocas horas, Winch Fargo fue el agujero negro de todas las sensaciones, por encima de la vida, el peso y el espacio.

Lo único que quería era a ella, su reina. Pero el bombardeo que sufría era tal que no lograba reconocer su señal o recordar siquiera su aspecto. Era un animal salvaje paseando inquieto en su jaula, buscando una salida y hambriento al borde del frenesí.

Nesta y Trini habían alquilado una habitación en una casa de huéspedes para mujeres. Pasaban los días en el edificio oficial donde se encontraban las instalaciones de detención del estado. Preguntaban por Claudia Corazón/Zimmerman, pero les decían que esa información sobre los presos era reservada y confidencial.

Nesta consideró la posibilidad de solicitar un empleo dentro del edificio; estuvo a punto de hacerlo. Necesitaba trabajo mientras aguardaba la oportunidad de ver a su hermana azul. La curiosidad que le provocaba Claudia Corazón era el impulso más poderoso que había sentido nunca.

Un día dejó a Trini en la habitación y se dirigió al edificio estatal para rellenar una solicitud de empleo. Estaba subiendo la amplia escalera de granito cuando sintió algo.

Max el perro salió corriendo de detrás de las sombras de una columna de piedra, gruñendo y meneando la cola. Todo su ser tañía en la mente de Nesta. La oleada de vibraciones que le recorría el abdomen y los pechos estuvo a punto de arrancarle un grito. Se agachó con la intención de acariciar a Max, pero terminó sentándose en un escalón. El perro se acercó arrastrándose, apoyó la barriga en su regazo y gimió. Nesta lloraba también.

—Él fue el primero —me dijo Nesta acerca de aquel encuentro—. Como si hubieras estado esperando en una isla desierta durante años, toda tu vida, pero no lo supieras porque nunca te habías imaginado que pudiera existir otra cosa. Se tendió encima de mí y lo acaricié. Sentí su pérdida. Había seguido hasta allí un rastro que se había convertido en un recuerdo. Aulló mientras lo abrazaba, y lo abracé durante horas. Con los ojos cerrados, estaba lejos de allí. Estaba en el espacio con millones como yo, cantando la misma canción que Max.

—¿Eras humana todavía? —pregunté—. Quiero decir, cuando cerraste los ojos.

—Este cuerpo es como un uniforme, Chance. Soy como un soldado. Estoy orgullosa de las insignias y las medallas, pero sólo son vestigios del espíritu que las lleva. —Sus ojos de ámbar refulgían en la catedral que llamábamos hogar. El amor que sentía por un perro instigaba en mí una rabia arrolladora.

De modo que mientras Miles Barber jugaba a mover los hilos en su fuero interno, la verdadera historia acontecía en otro lugar, en el útero de Claudia Corazón y en las calles de Sacramento.

El Hombre Gris se puso de pie, temblando como un perro aterido. Se miró en el espejo. Su pelo despeinado tenía un aspecto salvaje. Todos los años que Horace LaFontaine había dedicado a alisarlo habían acabado con casi todo el rizo, pero seguía siendo recio. Cuando el Hombre

Gris se apartaba las mechas hacia atrás semejaba un puercoespín marrón oscuro cuyas púas estuvieran a medio relajar.

Se puso una camiseta y unos vaqueros. Se frotó la mano contra el pecho, tanteando el dolor de la vida con que lo había maldecido la secuoya. Luego abandonó la habitación.

Traspuso la puerta de la pensión y salió a la calle. El sol caía abrasador sobre su cabeza descubierta. Sólo llevaba puesta una zapatilla de tenis negra y blanca, el otro pie estaba descalzo.

—Soy la Muerte —entonaba entre dientes una y otra vez—. Puedo matar. Me hace fuerte. —Musitaba las palabras, entendiéndolas sólo a medias. Todo porque la vida de la secuoya había arraigado en el suelo de su alma muerta.

En cuanto el Hombre Gris cruzó la puerta, Winch Fargo fue libre. Las emanaciones del dios de la muerte se volvían más claras conforme se aproximaba a Fargo, y Winch supo que aquélla no era la canción de su mujer. Salió del sueño de todas las cosas, renunciando a él de buena gana por la madre de sus nietos.

Avanzó a paso largo, soñando ahora únicamente con sus pies, donde él podría ovillarse y adorarla. Winch no sabía que su música se había secado. Lo que seguía ahora era el olor y el sonido del perro. Un perro que también había lamido gimoteando los pies de Corazón.

El Hombre Gris caminaba aprisa. A dos manzanas de distancia, Winch Fargo empezó a correr cojeando. Se sentían el uno al otro, se odiaban mutuamente. El Hombre Gris despreciaba la pasión que era el motor de Fargo, mientras que éste sabía que la luz de la Muerte quería reducir su alma a cenizas.

Diecinueve

Nesta presentía su llegada y la temía. Max bajó de su regazo de un salto y empezó a andar de un lado para otro delante de ella, deteniéndose de vez en cuando para olisquear y gruñir.

De pronto se quedó inmóvil y miró al pie de las escaleras de cemento.

Allí estaba el Hombre Gris, con un pie descalzo, una camiseta y vaqueros. Observaba a Nesta con una sonrisa amistosa, la sonrisa de un cazador al final de una larga persecución.

Max se acurrucó detrás de su nueva protectora mientras Winch Fargo doblaba la esquina.

Con su abultada gabardina y sus pantalones cortos, Fargo parecía un hechicero de dibujos animados, castigado por la suerte pero todavía con un as en la manga.

El Hombre Gris, con el dolor de la secuoya palpitando en sus sienes, se giró de nuevo. Miró a esta nueva criatura con confusión y desprecio.

—No tengo nada contra ti, medianía. Vete y sufre la poca luz que tengas.

—Jódete, hombre —replicó Fargo—. Que te den bien dado. Métete conmigo y verás cómo te dejo el culo.

Nesta quería correr, pero la paralizaban la rabia y el dolor que había a sus pies. Jamás hubiera imaginado que la luz en sus ojos pudiera estar tan distorsionada y deformada.

—Te mataré con mis propias manos —dijo el Hombre Gris con la sombra de un aliento. Entonces cargó contra Fargo.

—Hey, vosotros dos, parad ya —dijo un vendedor de periódicos desde un cajón de madera en la calle.

Una mujer vestida con unos pantalones blancos y un jersey de pelusilla rosa profirió un gritito.

Nadie salvo Nesta y Max conocían la amenaza que suponían aquellos escuálidos brazos y piernas.

El Hombre Gris, sentado a horcajadas sobre el pecho de su adversario, intentó rodear el cuello de Fargo con los dedos, pero el ex convicto mantenía aquellas manos lejos de sí mientras maldecía y soltaba espumarajos por la boca.

Mientras empezaba a reunirse un grupo de curiosos, los dos hombres, el Mal y la Muerte, se enfrentaban. Parecían vagabundos sin techo, envejecidos prematuramente y enloquecidos por el vino. Nadie hizo ademán de detenerlos, más por renuencia a tocarlos que por temor a resultar herido.

—¡Muere! —chilló el Hombre Gris.

—¡Que te den, negrata! —escupió Winch Fargo.

Max el perro se revolvió detrás de Nesta y se sentó sobre los cuartos traseros, aullando desgarradamente.

Dos policías bajaron corriendo las escaleras hacia la trifulca.

—¡Alto! —exclamó Nesta.

—Venga, que por hoy ya está bien —dijo uno de los oficiales.

Era un hombre corpulento con el pelo castaño y gris tan corto como alfileres clavados en la cabeza. Agarró al Hombre Gris por el hombro. El Hombre Gris proyectó la mano izquierda, asiendo al policía por la solapa, y tiró con fuerza, golpeando al hombre desprevenido contra la acera de cemento.

Con una mano libre, Winch Fargo se quitó de encima al Hombre Gris y se incorporó. Estaba jadeando, extenuado casi por las increíblemente fuertes manos de la Muerte. Winch Fargo afianzó un pie atrás y miró a su alrededor en busca de un arma mientras esperaba el segundo asalto.

El Hombre Gris estaba en el suelo, pero no parecía cansado. Se levantó sonriendo a su adversario. Pero antes de que pudiera atacar de nuevo lo golpeó por la espalda una porra policial. Fue un impacto sólido que podría haber dejado sin sentido a un boxeador profesional. Pero para el Hombre Gris fue un simple azote. Se volvió hacia el segundo policía, y la mujer del jersey rosa gritó con más fuerza.

Ya se había congregado una multitud.

El Hombre Gris le partió el cuello al segundo agente, pero cuando se encaró de nuevo con Winch Fargo, descubrió al iniciado con el torso desnudo y armado con una porra de policía.

Fargo sabía utilizar su arma. Golpeó una y otra vez, retrocediendo al mismo tiempo. Había hombres y mujeres gritando alrededor de ellos, pero nadie intentó interferir.

Un hombre, tras observar del cadáver del primer agente, chilló:

—¡Que alguien llame a la policía!

Fargo continuaba atacando con mortífera precisión, haciendo girar la cabeza del Hombre Gris sobre su hombro con cada impacto. Y el Hombre Gris avanzaba, como si sacase fuerzas de cada golpe que recibía.

Fargo retrocedió por la escalinata para poder imprimir una mayor potencia a sus estocadas. Al final el Hombre Gris se agachó y agarró a Fargo por las piernas.

Y una vez más el Hombre Gris intentó rodear la garganta de Winch Fargo con los dedos.

Fargo sintió la proximidad de la muerte azul por primera vez desde que fuera testigo de la defunción de Philip Martel. Sólo que ahora la muerte que se acercaba era la suya. La serpiente dentro de su cerebro se contorsionaba y chocaba contra las paredes de su cráneo. Le fallaban las manos. El Hombre Gris había empezado a respirar con dificultad a su vez.

Inesperadamente, Winch atrajo al Hombre Gris hacia él, embistiendo al negro dios de la muerte con su cráneo torturado. El Hombre Gris se incorporó. Soltó a Fargo y sonrió. Antes de que Winch pudiera reaccionar, el Hombre Gris le agarró el brazo izquierdo y se levantó. Pisando la axila de Winch, retorció y tiró.

El brazo se dislocó y el hombro se desgarró con un sonido húmedo y enfermizo. Winch profirió un alarido y el Hombre Gris se carcajeó. La multitud empezó a correr y a gritar.

Una exhalación de pelaje marrón saltó a por la garganta del Hombre Gris, derribando al hombrecillo escaleras abajo.

Nesta se quitó los vaqueros y envolvió con ellos los enjutos hombros de Fargo para contener la hemorragia. Su sangre manaba deprisa, pero no tanto como la de una persona normal. A continuación Nesta Vine cogió el brazo arrancado.

El Hombre Gris había sujetado al perro por las patas delanteras, pero antes de que pudiera hacerle ningún daño se vio asaltado por la maza de carne y hueso.

La autoimagen de Nesta era fuerte y poderosa. Aulló a la debilitada personificación de la muerte. La aporreó mientras Max gruñía y lanzaba mordiscos.

El Hombre Gris salió corriendo finalmente, sintiendo el ataque de la secuoya en su interior mientras Nesta y Max lo asediaban en el exterior.

La muchedumbre atemorizada abrió paso al Hombre Gris. Max lo persiguió hasta el final de la manzana, antes de regresar junto a Nesta, que sostenía a Winch Fargo en su regazo.

—¿Estoy muerto? —preguntó Fargo, recuperando el conocimiento por un instante.

—Todavía no lo sé —fue la respuesta de Nesta Vine.

Se convocó con carácter de emergencia a una decena de agentes de policía para investigar el tumulto que había estallado en las escaleras del edificio estatal.

Hallaron a dos policías muertos, un Winch Fargo aparentemente herido de muerte, un perro salvaje y una amazona negra salpicada de sangre.

Dos docenas de detectives tardaron seis horas en interrogar a los testigos.

Miles Barber, Briggs y Bonhomme llegaron cuando la violencia ya había acabado. Cuando se enteró de la batalla con el Hombre Gris, Barber sufrió un ataque que lo dejó inconsciente y hospitalizado. Su coma fue breve comparado con el mío, tan sólo quince días. Y ni siquiera era un coma de verdad, porque recordaba haber tenido un sueño. Seguía siendo policía, con dos ojos. Salía del edificio estatal al escenario de los asesinatos. Allí encontraba un charco de sangre dejado por la herida de Winch Fargo.

—Pero había algo extraño —me dijo el ex detective, rememorando el sueño—. La sangre no se estaba secando. Todavía estaba húmeda y veteada entera de azul. Me acerqué para inspeccionar la sangre, pero fluyó alejándose de mí, escaleras abajo. Al principio se me ocurrió la descabellada idea de que la sangre estaba cayendo por culpa de la ley de la gravedad. ¿Te lo imaginas? Razonamientos científicos en un sueño.

»De modo que seguí a la sangre hasta la acera, pero continuó discurriendo por la calle. Cuanto más deprisa la perseguía, más aceleraba, hasta que me vi corriendo detrás de ese charco de sangre veteado de azul que fluía por la calzada. —Como ocurría siempre con Barber, empezó a experimentar lo que estaba contando. Se le aceleró la respiración y la tensión era visible en su cuerpo y sus manos—. Corría tan deprisa que ni siquiera podía ver adónde iba. Me topé de lleno con él. Se quedó de pie, pero yo me caí al suelo. Y cuando levanté la cabeza vi que era él; todo negro y grande, realmente grande. Estaba desnudo y tenía los ojos rojos. Y luego se agachó sobre mí y susurró algo. Todo a mi alrededor se volvió negro, como él, y lo único que quería era oír sus palabras. Me concentré todo cuanto pude y entonces, justo cuando desaparecía el último rastro de luz, salvo por sus ojos rojos, le oí decir: «Nunca se acaba», y todo se volvió negro. Y luego estaba saliendo a la calle para ver la sangre de nuevo. Todo estaba ocurriendo otra vez. Todo era igual excepto el hecho de que yo lo sabía.

»Cuando recuperé el conocimiento, llamaron a Bonhomme. Éste me dijo que el tribunal había designado una abogada para Claudia Zimmerman y ésta había convencido al juez de que los derechos de su representada habían sido violados. El juez la dejó libre. Mackie Allitar estaba al final del pasillo, agonizando por su adicción a las drogas, decían. Le pregunté a Bonhomme acerca del hombre negro, el asesino.

»Oh, él, dijo Bonhomme. Piensan que es un judoka experto. Añádase el hecho de que Fargo padece evidentemente algún tipo de lepra, y eso de ahí fuera adquiere tintes realmente locos. En cualquier caso, nosotros no tenemos nada que ver con eso. Tenemos a Halston y a Fargo. Han dejado en libertad al alcaide. Gracias por tu ayuda.

»Y me tumbé de espaldas, dispuesto a morir, Chance. Lo juro. Estaba preparado. Me pasé dos días tendido en aquella cama. Los doctores y las enfermeras venían y observaban mis análisis con el ceño fruncido. Me clavaban agujas y me ponían papillas en la bandeja, pero sabían que estaba acabado. Entonces sonó la música. Era como todos los cláxones del mundo a la vez con mil tonos distintos, pero todos tocando la misma nota. Me levanté de aquella cama igual que antes, más fuerte. Eso fue sobre las dos de la mañana. Me encontré con Allitar en el pasillo. Nos miramos y sonreímos como dos críos que acabaran de saltar la valla de la escuela para explorar el ancho mundo.

El perro salvaje escapó de la perrera la misma noche que lo capturaron. Lo habían dejado fuera de combate con un dardo tranquilizante, pero cuando intentaron llevarlo de la jaula a la cámara de gas, volvió a la vida de repente y salió corriendo como alma que lleva el diablo. Nadie recordaba haber oído nunca que un perro tuviera la voluntad y la inteligencia necesarias para romper una ventana y darse a la fuga.

Dijeron que sufrió graves cortes, no obstante, y probablemente murió en cuestión de minutos.

Claudia Zimmerman abandonó la zona de la Bahía. Nadie sabía con qué destino.

Winch Fargo había eludido la custodia policial una semana después de Miles Barber y Mackie Allitar, con la ayuda de un cómplice de identidad desconocida. Los médicos del hospital, como los encargados de la perrera, dijeron que Fargo seguramente habría muerto horas después de su huida.

El Hombre Gris se arrastró hasta su cubil en el desierto, magullado y palpitando de dolor. Sentía su corazón martilleando como si se hubiera llevado un susto, pero lo cierto es que no tenía miedo. Presintió a la coyote azul que lo seguía y se preguntó si habría tenido fuerzas suficientes para hacerle frente.

Por fin llegó y se metió en su agujero, enterrándose una vez más. Pero esta vez su sueño se vio perturbado por ignotos terrores nocturnos; esta vez su sueño estuvo más vivo que muerto.

Tres

Veinte

—Te quiero, Chance —me dijo Alacridad.

Estábamos contemplando un paisaje de copas de pinos y cielos azules encrespados de nubes. La llevaba en brazos mientras ella apoyaba la cabeza en mi hombro. Cargaba con ella como si fuera una niña pequeña. Era joven. Pero Alacridad había empezado a crecer aprisa en los bosques. Tenía tres años menos que Wanita, pero ya era medio metro más alta que su amiga. Aparentaba doce años y no tres.

Ella, su madre, Reggie, Wanita y yo vivíamos en las cabañas de Bear Lodge, en el norte de California. Nos habíamos quedado en California, aunque a muchos kilómetros de la zona de la Bahía, porque Addy y yo queríamos estar cerca si el resto de los Azules organizaban algún tipo de ofensiva contra el Hombre Gris. Estábamos casi seguros de que no podría encontrarnos fácilmente y de que conseguiríamos escapar mientras fuéramos libres. Además, Reggie no paraba de decir que presentía que el lugar más seguro del mundo para nosotros estaba en los alrededores. Dedicamos muchos días a rastrear el entorno en busca de nuestro refugio, pero la dirección exacta lo eludía por algún motivo.

—Lo sé —le dije a la pequeña—. Yo también te quiero.

La quería de veras, como niña asustada y obstinada que sentía curiosidad por todo y necesitaba que le contaran un cuento antes de dormir por las noches. Pero también sabía que era la hija de un dios insólito que había profetizado el comienzo de una era que anunciaba el fin de la humanidad.

—No me refiero a eso —dijo Alacridad—. Te quiero de verdad. Cuando crezca voy a casarme contigo y te daré una casa grande y podrás leer libros todo el día y compraremos un telescopio y miraremos a la gente en las estrellas oscuras. Las personas que Wanita dice que no tienen cuerpo, sólo ojos enormes en una cueva.

Suspiré profundamente y me mordí la lengua. Siempre me resultaba perturbador escuchar los sueños para el futuro de la pequeña. Había heredado algo del talento para las palabras de su padre. Tuve que combatir la insistente sensación de que sus deseos eran mi destino y mis órdenes de batalla.

—Vienen Reggie y Nita —dijo.

Arriba en la empinada colina detrás de nosotros, los otros dos niños estaban saliendo de entre los árboles. Daba la impresión de que Reggie estuviera saltándose la adolescencia completamente, yendo directo a por la madurez. Ya casi era tan alto como yo, y sus hombros eran asombrosamente anchos. Su hermana, Wanita, era todavía una niña, sin embargo, con la carita redonda y siempre seria. Alacridad y ella eran tan distintas como podían serlo dos compañeras de juegos. Mientras Alacridad se encaramaba a pinos altos como torres, Wanita se acurrucaba entre las raíces y «soñaba con Alacridad allí arriba, con el viento y esas cosas».

Adelaide y yo no cuestionábamos nunca los poderes de los niños. Todo parecía natural. Esto era así no sólo por nuestras experiencias con la sangre. Ambos habíamos sido almas perdidas antes de que nos atrajera la órbita de Ordé. Ya habéis escuchado mi historia. Supe de la experiencia de Adelaide mientras huíamos de nuestros perseguidores. No era una historia larga, pero la había arrastrado durante años.

Hay numerosas circunstancias y personajes secundarios en la historia de Addy, pero no hace falta que me centre en ellos. Los elementos son una familia blanca y cristiana, una chica haciéndose mujer, un muchacho con una chaqueta negra de cuero y una navaja, y una noche oscura en un callejón de Ventura Boulevard, donde dos chicos se enfrentaron impulsados por sus hormonas y sólo uno sobrevivió. Adelaide nunca le contó a nadie lo que sabía de aquella muerte. Amuralló su corazón, abriéndolo únicamente a aquellos hombres a los que les importaba tanto su futuro como para no interesarse nunca por su pasado. Yo era la primera persona a la que se confiaba. Pero éramos fugitivos de la Muerte, y muy pocas cosas parecían más importantes o dignas de cuestionarse.

Los niños y su supervivencia se habían convertido en nuestro propósito; sus talentos eran nuestra religión. Al creer en ellos, borrábamos nuestro sufrimiento.

—Es en esa dirección seguro, Chance —dijo Reggie, señalando hacia el sur.

—¿Estás convencido, hombre?

—Sí. Es por ahí.

—¿A qué distancia?

—No lo sé exactamente, pero está bastante lejos. Está a cientos de kilómetros, pero definitivamente es en esa dirección.

—Y si llegamos allí, ¿crees que estaremos a salvo una temporada? —pregunté al muchacho.

—Estaremos más a salvo. Estaremos más a salvo, pero eso no significa que vayamos a estar a salvo.

El recuerdo del Hombre Gris hormigueaba bajo mi cuero cabelludo. Pero últimamente los niños no parecían asustados en absoluto. El tiempo pasado en los bosques había restañado la herida del temor en su corazón. Reggie sabía cuál era el lugar más seguro, o al menos pensaba que podía encontrarlo; Alacridad tan sólo quería jugar con cada uno de nosotros por turnos y corretear libre por el bosque; y Wanita soñaba.

Adelaide y yo opinábamos que si Wanita tenía algún poder divino como los demás, ése debía de ser el poder de los sueños. A menudo venía a nosotros por la mañana con elaborados relatos de visiones que había tenido la noche anterior. Empecé a conservarlos en una grabadora de juguete cuando comprendí que de alguna manera estaba refiriéndonos historias que no pertenecían a esta Tierra y quizá ni siquiera a esta galaxia.

A veces la niñita marrón se despertaba por la mañana recordando apenas quiénes éramos. Incluso su hermano le resultaba tan ajeno como un recuerdo lejano. Tras regresar con nosotros, decía que su sueño había durado tanto que por un momento se le había olvidado quién era.

Aquella misma mañana se había levantado de su catre ojerosa y confusa. Se sentó a nuestra tosca mesa y comió su tazón de Wheatena caliente en silencio. Adelaide se fijó en lo adormilado de sus ojos y se agachó con una toalla húmeda para limpiarle las legañas. Wanita miró desconcertada a la pelirroja de ojos verdes. Tocó el cabello de Addy y luego se llevó los dedos a la mejilla. A continuación empezó a hablar como si estuviera ya en mitad de una explicación.

—... al principio eran realmente grandes, como la torre ésa en lo alto de esa colina...

—Coit Tower —dijo Reggie sin dejar de comer.

—... y fueron haciéndose más pequeños, pero luego despertaron y empezaron a cantar —dijo la soñadora—. Es como si al principio fueran de cristal morado con algo caliente dentro, pero al hacerse tan pequeños, como un arbolito de Navidad, se vuelven rosas con pequeñas lágrimas cayéndoles por los lados.

—¿Quiénes? —exhaló Adelaide con el más suave de los susurros.

—Como de cristal —repitió Wanita—. Y cantan al hacerse pequeños. Tintinean, ronronean, pero sólo yo puedo oírlos. Todos los animales y los bichos que beben las lagrimitas piensan que los palos de cristal sólo son palos, pero no lo son. Cantan y se ríen. Y su risa se escucha en todas partes.

—¿Dónde? —pregunté en voz baja, pero tendría que haber sido aún más delicado.

Por la forma en que Wanita levantó la cabeza, me di cuenta de que estaba saliendo de su ensueño.

—¡Wanita! —exclamé.

—¿Eh?

—¿Dónde estaban los palos rosas hechos de cristal?

Se encogió de hombros y dijo despreocupadamente:

—En un lugar donde el sol es azul y el cielo es rojo. En ningún sitio al que pudiéramos ir. Salvo si lo sueñas.

—¿Puedes viajar allí en tus sueños, Wanita? —preguntó Addy.

—Lo hice anoche. ¿Puedo coger una manzana?

Así eran los sueños de Wanita. Recorría el universo por las noches mientras dormíamos. Su mente desaparecía durante lo que debían de parecerle semanas o más. A veces nos preocupaba la posibilidad de que estuviese fuera tanto tiempo que se olvidara por completo de quién era, o incluso qué era. Pero ése era el estilo de la divinidad, supongo. Lo único que podíamos hacer Addy y yo era darles de comer y escucharlos, mimarlos con nuestro amor y respeto. Y mantenerlos a salvo de la Muerte.

—Hay algo ahí afuera, casi como si fuese música —dijo Reggie—. Pero... pero es algo... es algo distinto. Seguro. Seguro.

En cuanto lo dijo Reggie, pude «oírlo». Como una orquesta completa de trompetas y cuernos de plata, tan lejana que ni siquiera podía aventurar en qué dirección se encontraba. Pero cuando Reggie señaló con el dedo, creí que aquel sonido podría proceder de esa dirección.

Los sentidos extra que había recibido de Ordé se habían atemperado con el tiempo. Las estrellas me cantaban todavía, las bandas entremedias del arco iris seguían desvelándome nuevos colores, pero se había vuelto tan habitual que apenas recordaba lo que era tener sentidos normales. Y el tiempo pasado con los niños había desorientado esas percepciones, porque siempre podía sentir a los Azules si estaban cerca. No era una sensación palpable, sino más bien como la sensación de una nube que cubre el sol.

Su luz me había eclipsado la música.

—Ajá. —Adelaide asintió mientras cerraba los ojos, alzando el rostro como si quisiera sentir el viento—. Sí, sí que siento algo. Es como la luz del sol a través del agua.

Los niños y yo habíamos regresado a la cabaña. Tenía ganas de contarle a Addy lo que sentía. Los sentidos de Addy se habían alterado por llevar en su interior a la hija de Ordé. Ella y yo teníamos unos poderes parecidos, sólo que ella no podía oír y ver las cosas tan profundamente. El talento de Addy se centraba más en intuir lo que sentían y pensaban los niños. Podían acudir a ella buscando consejo y Addy interpretaba lo que sentían aunque las necesidades de aquellos pequeños dioses azules fueran a menudo cosas desconocidas para ella.

—El señor Needham no lo ha sentido —dije.

Needham era el manitas del campamento. Era un anciano caballero blanco al que no le importaba tener una familia interracial en la zona. Era finales de otoño y nosotros éramos los únicos clientes. Quizá su opinión fuera distinta si estuviéramos en pleno verano.

—Nosotros tampoco podemos oírlo —añadió Alacridad—. Sólo hemos dicho que podíamos por lo contentos que estábamos.

—Ajá —dijo Reggie—. Es como si supiera que está ahí, pero no pudiera oírlo realmente.

—Probablemente porque no es para la gente normal ni para los Azules —respondió Addy, abriendo los ojos—. Seguramente sea para personas como Chance y yo. Es como una baliza para los medio ciegos. Lo más probable es que Reggie lo intuyera porque estaba buscando un lugar seguro, y éste da la casualidad de encontrarse en el punto de origen de la llamada.

—¿A qué distancia crees que se encuentra? —pregunté.

Addy cerró los ojos y volvió a levantar el rostro. Momentos después sacudió la cabeza y frunció el ceño.

—Tenemos que ir allí —dijo Reggie.

—Ajá —convino Alacridad.

—¿Tú qué opinas, Wanita? —pregunté a nuestra soñadora de carita redonda.

—Bueno —respondió, como si estuvieran intentando obligarla a irse.

—No quiero decir que tengas que ir, cielo —dije.

—Pero es que sí tenemos que ir —musitó mientras jugueteaba con su jersey rosa—. Como los peces.

—¿Qué peces? —preguntó Alacridad.

—Los azules —replicó Wanita.

Alacridad asintió, arrugando la frente con gesto serio.

—En ese caso, será mejor que preparemos las cosas para acampar —dijo Reggie—. Porque tenemos que adentrarnos en el bosque y no creo que la carretera llegue tan lejos.

Nos pasamos la semana comprando tiendas de nylon y calzado de montaña, cajas de comida deshidratada y sacos de dormir. Teníamos guantes y repelente contra mosquitos, una radio de onda corta y chocolatinas para reponer las energías de las niñas. La cuenta de Ordé acusó los gastos.

Todos estábamos ilusionados ante la idea de encontrar un refugio. Pero la mañana que pensábamos partir, la señal —las trompetas, el aire líquido, lo que fuera— se apagó. Reggie estaba desorientado e inseguro; Addy y yo no podíamos oír nada. Esperamos otra semana a que volviera la sensación. Vino mientras dormíamos un martes por la noche, muy tarde. Puse a todo el mundo en pie y los metí en la furgoneta, y condujimos sin descanso salvo para detenernos a repostar gasolina y comprar alimentos. Addy y yo nos turnábamos para conducir y dormir. Viajamos dieciocho horas por autopistas y carreteras secundarias en dirección sur. Unos trescientos kilómetros después de dejar atrás San Francisco nos adentramos por caminos de tierra. Durante dos días fuimos dando tumbos por carreteras comarcales.

Llegamos al final del último camino practicable el viernes por la tarde. No es que se terminara exactamente; seguía habiendo un claro allí, pero había sucumbido al deterioro; recientemente, por lo que pude ver. Había árboles caídos atravesados y grandes socavones en el terreno. Decidimos camuflar nuestra furgoneta y salir a explorar. La sensación que venía de esa dirección no era ni más fuerte ni más débil. Ninguno sabíamos cuánto duraría la excursión.

Reggie cargaba con casi la mitad de nuestro equipo sobre sus anchas espaldas. La mochila que llevaba encima era increíblemente grande. Acusaba el exceso de peso, pero había algo en él cuando estaba sobre la pista de una idea o un destino imaginario... siempre seguía adelante costara lo que costase.

Silabeaba suaves sonidos de percusión, *pom pom pompom pom*, mientras caminaba. De vez en cuando tomaba apuntes verbales de nuestro paso. «Paso fuerte en curva ligera. Marcas de arañazos a la izquierda.» A veces se paraba y miraba en rededor como un niño pequeño que ha perdido de vista por un momento a su madre en un supermercado atestado.

—¿Estás bien, Reggie? —pregunté una vez cuando parecía un poco perdido.

—Sí, hombre —respondió—. ¿Sabes una cosa, Chance?

—¿Qué?

—Mi hermana ha estado aquí.

—¿Wanita?

—No, ah-ah. Luwanda ha estado aquí —dijo.

—¿Quieres decir que estuviste aquí con tu hermana antes de que muriera? —pregunté.

—Estuve aquí una vez, pero ella ha vuelto desde entonces. Ha estado aquí porque éste es el sitio donde vamos a reunirnos.

Alacridad cargaba con una mochila casi tan grande como ella. No parecía importarle el peso, sin embargo. Correteaba por la senda de un lado para otro, saltando por encima de árboles caídos y adentrándose en el bosque para explorar. Derrochaba más energía de la que empleábamos el resto de nosotros, pero era infatigable. Tenía el pelo rubio lleno de nudos, y barro seco pegado a las botas y los vaqueros.

Mientras observaba a la hija de mi maestro brincando entre los árboles, atisbé por primera vez cuál era el motivo de que estuviera entre nosotros.

Había empezado a creer que había una razón para cada luz que había originado a estas criaturas. El visionario, la soñadora, el rastreador, la muerte. Podía ver que Alacridad era sencillamente una heroína. Era valiente y temeraria, y la mejor amiga que se podía desear.

Mientras veía con qué agilidad se movía entre los árboles, me pregunté para quién habría de convertirse en una heroína, si para mí o para ellos.

Era la primera vez que me daba cuenta de que algún día habrían de formarse bandos y estallaría un conflicto.

Veintiuno

Aquella noche acampamos en un calvero entre pinos caídos. Montamos dos tiendas, una para Addy y las niñas y otra para Reggie y para mí. La luna estaba llena en sus tres cuartas partes y el aire era frío. Podía oír a Wanita y Alacridad riéndose en la otra tienda mientras Reggie roncaba a mi lado. Estaba durmiendo encima de su saco, vestido tan sólo con unos calzoncillos. Podía sentir el calor que emanaba de él debido al esfuerzo físico de encabezar nuestro viaje.

Addy y yo apreciábamos el cambio operado en el chico aquel día. De alguna manera, la excursión por el bosque lo había transformado en el hombre que estaba destinado a ser. Mientras caminaba, no dejaba de volverse hacia su hermana y preguntar: «¿Te acuerdas de esto, Wanita? ¿Recuerdas cuando pasamos una vez por aquí? Fue la noche en que cayó la luz, la noche en que murió Luwanda».

La niña no decía nada, pero se mantenía pegada a su hermano, tocándolo de vez en cuando. Cuando se fatigaba, él la cogía en brazos y apretaba el paso con gran concentración y fuerza.

El rostro de Reggie se volvió más anguloso, y sus ojos perdieron su aire meditabundo y distraído. Era como si hubiera nacido para hacer esa marcha por aquellos bosques.

Amaba a esos niños. Parecían perfectos con Addy y conmigo. Una parte de mí, la parte que era activa y comprometida, sólo estaba allí por los pequeños. Pero aquella noche cobró vida otra parte. Yo era un enlace entre enemigos naturales. Era los restos del naufragio de los sermones de Ordé, sólo que ahora yo era parcialmente consciente, estaba parcialmente vivo. Era invertebrado e irreflexivo como una medusa, pero conservaba aún mi instinto de supervivencia. Y la supervivencia, lo sabía, era la posibilidad de un puente entre aquellos dioses y mi insignificante raza.

Puede que hubiera muy lejos algún cristal rosa que estuviera soñando conmigo, imaginando la dignidad de mi consciencia parcial. La dignidad del hongo pegado a una roca, dependiendo del sol para vivir. En cualquier momento se nos podría despojar de nuestro monótono placer, la procreación; podría interponerse una sombra entre nosotros y el sol, podría poner fin a toda nuestra historia. Y aunque esa sombra no apareciera jamás, aunque no nos enfrentáramos a la aniquilación, aun sí, irreflexivamente, podríamos seguir multiplicándonos unos encima de otros hasta cubrir el planeta entero con nuestros huesos.

Pero ahora había una luz distinta, la luz azul. Era, eso creía, mi tarea preservar esa luz y ayudar a mi gente a sentir su resplandor.

Mientras Reggie roncaba y Wanita y Alacridad se reían en la tienda adyacente a la nuestra, encontré sentido a mi vida. Llevaba algunos años siguiendo el camino, desde que Ordé me salvara del suicidio, pero ahora era consciente. Ahora se había convertido en mi elección. Podía sentirlo en mi corazón, en mis pulmones y en mi hígado. Sabía que mi deber era más poderoso incluso que las visiones que se me permitía tener. Ni siquiera la idea del Hombre Gris podía disuadirme. Daría lo que fuera por hacer que mi sangre valiera para algo más que la cópula y el amontonamiento de huesos.

Por la mañana nada parecía lo mismo. Estaba tendido junto a un hombre adulto que hacía dos días era un niño. Pero por mucho que hubiera cambiado Reggie, yo había cambiado más.

Las niñas prepararon el desayuno para todo el campamento con la ayuda de Addy. Comí las judías cocidas y el pan negro de lata sin apetito ni gusto. Comí porque necesitaba fuerzas.

El entumecimiento posterior a mis convicciones me había dejado la mente libre de estorbos. Liberado como estaba, pude recordar lo que vimos sin sentirme entorpecido por el temor o el asombro.

Los primeros ocho o nueve kilómetros a través del bosque aquella mañana no fueron muy diferentes. Los árboles habían retorcido y bloqueado la senda, y esperábamos que ése fuera el motivo por el que

Reggie consideraba seguro aquel lugar. No entendía exactamente cómo, pero quizá la inaccesibilidad pudiera protegernos del Hombre Gris.

Al atardecer, sin embargo, los cambios se hicieron más espectaculares.

—Fijaos en esas hojas de ahí —dijo Addy, señalando a la celosía de ramas de pino. Estábamos en un amplio claro—. Son como un arco iris.

Y grandes. Algunas de las hojas azules y amarillas y naranjas eran tan grandes como bandejas. Parecían estar meciéndose con el viento, algunas flotando en corrientes de aire y otras cayendo lánguidamente al suelo.

—Son mariposas —dijo sencillamente Wanita.

—Oh, Dios. —Ése era yo.

El cavernoso tejado de hojas sobre nuestras cabezas debía de albergar cientos de miles de ellas. Muchas tenían una envergadura de hasta sesenta centímetros, algunas más aún. Su belleza nos hizo enmudecer a todos. En medio de aquel silencio oímos el suave batir de sus alas. El sonido era como el pulso rápido en una vena. Era emocionante y daba un poco de miedo.

Una gigantesca monarca negra y naranja con iridiscentes ojos azules grabados en su cola bajó planeando, hasta aterrizar en los hombros y la espalda de Reggie. La envergadura de sus alas era de casi un metro. Aquel insecto imposible desenrolló su lengua tubular, azotando suavemente el peinado a lo afro del joven.

—Hace cosquillas —dijo.

Alacridad soltó una risita, y Addy y yo sonreímos.

—Será mejor que corramos —dijo Wanita.

En ese preciso momento, las mariposas sobre nuestra cabeza formaron un enorme manto multicolor que empezó a descender.

—¡Vamos! —grité.

Reggie emprendió la carrera, guiándonos por un pasillo entre los árboles.

El aleteo de las mariposas se volvió tan intenso que parecía casi un cascabeleo. Eran muy veloces, volaban deprisa entre las hojas y las ramas.

Salimos del pasillo y llegamos a un denso macizo de pinos. Las mariposas nos perseguían aún. Tres de ellas, de color marfil, hicieron presa en Wanita. Parecían querer levantarla del suelo. Soltó un grito, pero Alacridad las mató con una rama.

Las mariposas asediaban a los niños.

Todos cogimos ramas, blandiéndolas por encima de nuestra cabeza tan rápido como podíamos, aplastando a los insectos arco iris contra los mismos árboles que nos impedían la huida. Addy y yo lo teníamos más fácil para acabar con las criaturas porque las mariposas no estaban interesadas en nosotros. De vez en cuando alguna se posaba encima de mí con unas patas como estropajos de aluminio. Pero en cuanto su larga lengua probaba mi piel, partía en pos de los pequeños.

El contacto de las lenguas de las mariposas cosquilleaba como una suave descarga eléctrica o el comienzo de una quemadura de ácido.

No dejábamos de aporrear intentando correr. Las mariposas morían fácilmente. Sus alas se desgajaban al menor roce y sus vientres blandos se abrían, derramando una espesa sangre verde.

Nos abrumaba el peso de su número. Nos atragantábamos con el polvillo que se levantaba de sus alas destrozadas. Era como una inundación de color y polvo. Las niñas se asfixiaban y lloraban. Reggie luchaba valientemente, pero estaba cubierto de insectos con lenguas como látigos. Salté encima del muchacho, aprovechando mi peso para aplastar a los insectos además de escudarlo.

El contacto con las mariposas parecía absorber la fuerza de los niños.

El cascabeleo ensordecedor de las alas de los insectos apagaba nuestros gritos. La masa de mariposas impedía por completo nuestro avance y nos empujaba lentamente hacia el suelo. Las pequeñas y Reggie habían caído ya. Addy y yo estábamos por encima de ellos, de rodillas, golpeando a nuestros agresores con gruesas ramas.

Y entonces se produjo un estallido en el aire. Era una sensación de vacío repentino y poderoso. Perdí el equilibrio y el conocimiento al mismo tiempo.

—¡Chance! Chance, despierta.

Alacridad estaba sacudiéndome el hombro. Reggie intentaba poner a Addy de pie. Estaba inconsciente, o muy aturdida. El suelo del bosque estaba sembrado con los cuerpos de mariposas de vivos colores. No estaban muertas, tan sólo desvanecidas como lo había estado yo.

Sus gigantescas alas batían despacio como abanicos. Unas pocas de ellas se tambaleaban sobre patas débiles y temblorosas.

—Tenemos que irnos, Chance —imploró Reggie.

En mi estupor, seguía asombrándome el tamaño y la naturaleza de los hermosos depredadores.

—¡Venga, Chance! —gritó Alacridad.

Su voz sonaba tensa e imperiosa. Me incorporé de un salto y tomé a Adelaide de brazos de Reggie. Si alguien iba a mostrarnos el camino, sería él, y su mochila ya era lo bastante grande.

El muchacho emprendió la marcha en cuanto me eché a la mujer inerte encima del hombro. Cuando me giré dispuesto a correr, la cabeza de Addy se estrelló contra un árbol. Fue un golpe fuerte, pero no había tiempo que perder.

Reggie tomó la delantera, zigzagueando entre los árboles al frente. La correa de la cintura de su mochila se había aflojado, y la carga le aporreaba los riñones. Alacridad corría detrás de Reggie, empuñando una rama larga como si fuera una espada. Se giraba en círculos completos de vez en cuando, sin dejar de correr, alerta contra cualquier peligro.

Wanita seguía a Alacridad, moviéndose más como una niña normal, resbalando y trastabillando por el camino.

No teníamos fuerzas para correr mucho tiempo, no más de diez minutos. Caí de rodillas, exhausto. Cuando tumbé a Addy en un lecho de agujas de pino, vi que tenía la cabeza y la cara laceradas. Sangraba abundantemente.

—Vamos, Reggie —dijo Alacridad, lanzándole una rama del tamaño de la porra de un cavernícola de dibujos animados. Luego apuntó el lugar donde el muchacho debía montar guardia.

Saqué el rollo de gasas de mi botiquín de primeros auxilios y lo apreté con fuerza contra el largo corte que recorría el rostro de Addy, maldiciéndome por haber sido tan bruto y descuidado.

—No oigo nada —dijo Reggie.

—¿Nada? —preguntó Alacridad.

Yo intentaba sujetar los jirones de piel de Adelaide bajo el vendaje. Pensar en las mariposas atravesando la densa arboleda y la sensación de la sangre escurriéndose entre mis dedos aumentaba de alguna manera mi embotamiento. Sentía el aliento en mi pecho como una fría brisa que recorriera una cueva profunda.

Permanecimos allí sentados la hora siguiente: Alacridad y Reggie listos para repeler cualquier ataque; Wanita abrazada a la pierna de Reggie; y yo ejerciendo presión sobre el aparatoso vendaje blanco que había anudado alrededor de la cabeza de Addy.

El bosque estaba anormalmente tranquilo salvo por los ocasionales gemidos de Adelaide.

—Creo que no van a venir —dijo Reggie.

—¿Estás seguro? —pregunté.

—No, no estoy seguro —respondió con petulancia—. ¿Qué quieres que haga?

Cayó la noche y Addy empezó a delirar. La fiebre y las pesadillas le hicieron perder la cabeza. Nos acurrucamos a su alrededor dentro de la tienda, intentando, supongo, obligarla a sanar con nuestra proximidad. Disolví una aspirina en agua y se la hice beber, pero seguía ardiendo.

—¿Por qué no? —imploraba a un torturador invisible—. ¿Por qué no podemos? No. No. Queremos a los niños. Los queremos.

Se pasó toda la noche suplicando, pataleando y llorando.

Me quedé en vela todo el tiempo que pude, pero en algún momento de la madrugada me dormí.

En mi sueño conocí a un hombre vestido con un traje de una pieza que lo amortajaba de la cabeza a los pies; sólo se podía entrever su rostro marrón rojizo bajo una capucha de ramas entretejidas y pelo con flores prendidas. Las flores, ásteres y pequeñas margaritas amarillas, parecían estar arraigadas allí, creciendo en la cabeza del hombre. El resto de su atuendo no era menos inusitado. Era una holgada mezcolanza de tela y pieles, metal y madera, cerámica y hueso. Del cinturón que colgaba de su hombro pendían un enorme cuchillo de madera, un cristal de cuarzo oscuro, una bolsita de cuero y un mazo de madera con la rama de un árbol por mango.

Tenía los ojos pequeños y muy oscuros. Su sonrisa era permanente. Y olía a bosque: penetrante, acre y dulzón.

—Chance —dijo—. ¿Ése es tu nombre?

—¿Quién eres? —pregunté.

—Me hago llamar Juan Thrombone, pero no me preguntes por qué. No me interesan mucho los nombres. Son como las pelotas del malabarista en el circo.

—¿Cómo?

—Te tiro la pelota amarilla que llamo Chance y luego tú me pasas la roja... Thrombone. —Sonrió y yo también. Tenía que hacerlo—. Como un patito.

—¿Perdona?

—Como patitos —dijo—. Todos vosotros sois como patitos siguiendo a su mamá por el bosque.

—No sé qué quieres decir. —Mi estupidez me tenía al borde del llanto.

—Pero yo no soy tu mamá, pequeño —dijo Juan Thrombone—. Soy el lobo feroz y tú estabas soñando con tu madre. Estás perdido en el bosque, es tu última oportunidad. Vuelve.

—No puedo —dije—. Tengo que salvar a los niños.

—¿Salvarlos? Ni siquiera puedes verlos. ¿No te das cuenta, hombrecillo? ¿No lo ves? —Dicho lo cual, el hombre multitexturado levantó las manos por encima de la cabeza.

Su gesto me obligó a mirar arriba.

De pronto me vi en el centro de una oscura tela de araña. Estaba rodeado de grandes arañas que se cernían sobre mí.

—No vienen a por ti —susurró un Thrombone ya incorpóreo—. Salta, hombrecillo. Si te pican se limitarán a escupir tu sangre.

Pensé que tendrían que tragar un poco de esa sangre. Lo pensé, pero estaba demasiado asustado para hablar. Las arañas eran enormes y estaban cubiertas de escamas; olían como la más pestilente de las infecciones.

Veintidós

Me desperté con el sol brillando con fuerza en la tela amarilla de nuestra tienda. El mundo a mi alrededor era un festín para mis sentidos. El frío cristalino de la mañana aguardaba fuera. Estaba contento, listo para levantarme de un salto y salir a explorar.

Pero cuando me senté vi a las niñas y a Reggie durmiendo. Addy estaba en medio de ellos. Estaba pálida y su aspecto era frágil. Me moví lo más sigilosamente posible, alargando el brazo por detrás de las pequeñas dormidas para quitar la venda usada.

Debajo, la herida era un espectáculo tan asombroso y aterrador como las mariposas del día anterior. Era un tajo alargado e irregular, blanco en el centro, ribeteado de un rojo brillante. La piel a los lados estaba oscureciéndose, no con el azul de una magulladura sino con el negro de una profunda infección.

—¿Cómo está? —preguntó Reggie. Podía oírlo revolviéndose a mi espalda.

—Tenemos que regresar, Reggie —dije—. Está realmente mal, hombre.

Se inclinó para ver el corte que cruzaba un lado de la cara de Addy. Sus ojos, lo sabía, buscaban un camino incluso en aquel valle infectado. No vio ninguno, sin embargo, y asintió.

Cuando me levanté vi que una erección le abultaba los calzoncillos. Puede que habitara el cuerpo de un hombre adulto, pero seguía siendo un muchacho que tenía que orinar desesperadamente por las mañanas.

Dejamos atrás todo lo que no fuera imprescindible. La segunda tienda, dos sacos de dormir, cazos, sartenes, libros y ropa extra. Reggie y yo atamos los brazos de Addy a sus hombros. Le sujetó una pierna debajo de cada brazo y cargó con ella como si fuera una mochila de carne y hueso.

Alacridad y Wanita estaban calladas. Alacridad caminaba pisándole los talones a Reggie y le acariciaba la pierna a su madre de vez en cuando.

—¿Se va a poner bien mi mamá, Chance? —me había preguntado esa mañana con lágrimas en los ojos.

Le dije que sí, que me aseguraría de ello. Y durante el resto de la mañana me descubrí preguntándome, una y otra vez, si no sería un pecado mentir a esa niña.

—Reggie, ¿estás seguro de que éste es el camino por el que hemos venido? —dije.

Era alrededor de mediodía y estábamos bajando por una colina bastante empinada hacia un arroyo sereno. Las agujas de pino resbalaban bajo mis botas de montaña, y estaba intentando recordar haber escalado la pared de aquel valle en particular.

—No lo sé —respondió el muchacho/hombre. Respiraba pesadamente—. No estoy seguro.

—¿Qué quieres decir?

Reggie siempre estaba seguro de adónde iba. Uno podía preguntar cualquier cosa relacionada con una dirección o un lugar, y él conocería la respuesta. Podría caminar por el bosque más espeso con los ojos vendados sin tropezar con ningún árbol.

—Quiero decir que me he perdido.

—¿Perdido?

—Mira, Chance —dijo Reggie—. No sé lo que pasa. Es como si no estuviera en ninguna parte, como si hubieran desaparecido las reglas.

Nos detuvimos al fondo del valle. El arroyo borboteaba y la luz del sol titilaba entre las ramas y las agujas. Estábamos perdidos en el paraíso y Addy se moría.

—Bueno, puedes ver por el sol que estamos en la cara occidental de la cordillera —dije—. De modo que eso significa que si seguimos el curso del agua, tarde o temprano llegaremos al lago.

—¿Y eso qué importa? —preguntó Alacridad.

—En el lago hay una carretera. Podemos hacer autostop y llevar a tu mamá al médico.

Parecía una buena idea. Reggie agachó los hombros, levantó unos centímetros su carga de carne y hueso, y soltó un gruñido. Addy era un peso muerto; ni siquiera había abierto los ojos ese día.

Avanzamos unos setecientos metros antes de toparnos con el oso. Grande y negro, se puso de pie en mitad del arroyo y lanzó un rugido. Me apresuré a colocarme delante de los niños. Agité los brazos y chillé:

—¡Eh! ¡Oso feo! ¡Vete! ¡Largo de aquí!

Como si estuviera haciéndome burla, el oso sacudió sus enormes zarpas y rugió de nuevo. Entonces embistió.

—¡Corred! —grité, empujando con los brazos hacia atrás como si estuviera ejecutando algún tipo de maniobra debajo del agua.

Despegué. Salí despedido por los aires y tracé un pequeño arco hasta golpear el arroyo, y las duras piedras de su lecho, con un sonoro chapoteo. Las niñas estaban gritando. Reggie había sacado una roca grande del agua y se disponía a arrojarla como si fuera un balón medicinal.

—¡Suéltala, Reggie! —chillé—. ¡Corre!

Y eso hicimos. Siguiendo la dirección del valle. El oso gruñía y nos perseguía, pero sin alcanzarnos. Se limitaba a amenazar y mantenerse lo bastante cerca como para disuadirnos de adentrarnos corriendo en el bosque.

Las niñas estaban delante de Reggie y de mí, chillando. El oso seguía avanzando.

A lo largo de la hora siguiente nuestra retirada se redujo a un paso rápido. Con el oso siempre detrás de nosotros.

Al final Reggie cayó de rodillas.

—Coge a Addy —dijo—. Llévala contigo.

Miré a mi alrededor buscando un arma. Alacridad se había provisto ya de una rama de un metro de longitud que esgrimía como un bastón.

Pero el oso también se había detenido. Se mantenía a unos pasos de distancia y husmeaba el aire. Profirió un inmenso rugido que hizo que Wanita rompiera a gritar y llorar.

—Cállate ya, oso feo —dijo Alacridad.

Reggie estaba tendido de costado, con Addy amarrada a sus hombros e inconsciente aún.

Me peleé con el doble peso de Addy y Reggie, apartándolos a ambos unos palmos del arroyo. Alacridad montaba guardia con su palo, lanzando gritos al oso de vez en cuando. Wanita estaba pegada a mí.

—Alacridad, vuelve aquí conmigo —dije con voz urgente pero apagada—. Venga. Deja en paz al oso.

—Dile que me deje en paz él a mí —repuso, más para el oso que para mí.

—Vuelve aquí —ordené.

Me obedeció lentamente. Era evidente que retrocedía ante su agresor a regañadientes. Estaba dispuesta a morir luchando.

—Ven, vamos.

Nos acurrucamos en la empinada orilla del pequeño arroyo montañoso. El oso nos observaba atentamente desde el otro lado. Alternaba entre olisquear el suelo y levantarse sobre las patas traseras, oteando toda la zona.

—Puedes echarte a dormir, Chance —me dijo Alacridad—. No estoy cansada. Yo lo vigilo.

Me reí para mis adentro ante la madurez de aquella chiquilla. Le hubiera dicho que diera una cabezada, pero antes de darme cuenta dormía profundamente.

—Hola, hombrecillo —dijo Juan Thrombone.

Estaba sentado en una gran piedra solitaria que se alzaba en el vasto desierto. El sol ya estaba bajo, pero había aún claridad suficiente para ver la extensión de arena y roca que se extendía en todas direcciones.

—Todo está en nuestra mente, pequeño —dijo Thrombone.

—¿Qué?

—Las cosas que contáis y calculáis. El número de colores, el peso de la luz sobre el césped. Todo está en nuestra mente. Lo sé porque lo he visto. Lo he visto. Y no está ahí en realidad.

—No sé de qué me hablas, hombre.

—La más pequeña te lo puede decir. —La sonrisa de Thrombone se ensanchó con algo que estaba pensando—. He intentado hablar con ella, pero me expulsó a un lugar donde la piedra se mueve dentro de la piedra, teniendo profundos pensamientos pétreos y cantando a las estrellas. No sabía que una roca pudiera tener la voz tan aguda.

El hombre de piedra y hueso, tela y flores, se levantó. Tardó largo rato en erguirse cuan alto era. Era un hombre bajo semejando ser un gigante. Se desperezó, y eso le hizo reír. La risa era un tenor musical veteado de tañidos y lamentos.

Pensé que probablemente no podría matar a ese hombre; probablemente no podía morir.

—No, hombrecillo. No. Todos podemos morir... y tú... —me miró con unos ojos penetrantes pero benévolos—... tú podrías matar a cualquiera. Eso es lo que te hace humano. Eres el mejor en lo que haces. Eres la flor y nata de los asesinos.

No me gustaba que supiera lo que estaba pensando.

—Pero no nos preocupemos ahora de eso —dijo Juan Thrombone—. Puedes matarme cuando te plazca, Chance. Pero antes deberíamos beber y comer algo. Antes deberíamos cantar, hombrecillo. Mis amigos te traerán a mí.

—¿Qué amigos?

—Ya los conocerás —dijo. La noche se cernía sobre el desierto. Me esforcé por no perder de vista al estrafalario mexicano, pero se desvaneció.

—Chance. —Wanita estaba tirándome del brazo—. Chance, despierta. Despierta. Mira, mira.

Me senté de golpe, pero me mareé y volví a caerme de espaldas.

—¡Chance!

Volví a sentarme. La verde celosía de hojas daba vueltas en mi cabeza, pero me quedé incorporado. Wanita seguía tirando de mí, empeñada en enseñarme algo.

Estábamos rodeados de osos. Sus colores variaban del canela al negro. Algunos eran enormes, otros medían menos de un metro de largo.

No estábamos rodeados exactamente. Podíamos tomar un camino que había hacia el este, surgiendo del arroyo.

Los osos, algunos de ellos, aullaban y se erguían sobre dos patas. El gran oso negro que nos había perseguido al principio había cruzado ya hasta la mitad del arroyo. Estaba indicándonos que nos pusiéramos en marcha; no cabía la menor duda al respecto.

Cogí a Wanita en brazos. Reggie se levantó con un gruñido. Addy seguía estando atada a su espalda. Alacridad cubrió la retaguardia, por supuesto, a pesar de que le pedí que caminara delante de nosotros. Marchaba de espaldas cerrando la comitiva, blandiendo su bastón mientras los osos nos conducían hacia arriba.

Nos flanqueaban, grandes pastores lanudos llevando su rebaño a un hombre en un sueño. Estaba seguro de que esos osos eran los amigos de Thrombone. Estaba seguro de que había cambiado de opinión y, en vez de ahuyentarnos, ahora estaba convocándonos.

Me hubiera preocupado por nuestro destino de no ser por aquellos osos. Conté más de dieciséis, pero creo que debía de haber más incluso. Con su fuerte olor a almizcle, sus rugidos y ladridos. Los roncos gruñidos me llenaban de temor, temor por los niños y también por mí mismo. Si aminorábamos el paso, sus fauces nos empujaban adelante. Y si algún oso chasqueaba las mandíbulas, Alacridad lo golpeaba con su bastón, lo que propiciaba una protesta animal generalizada que resultaba ensordecedora.

Nos condujeron el día entero, hasta el anochecer iluminado por la luna.

Wanita sollozaba intermitentemente en mis brazos. Quería comprobar el estado de Addy, pero los osos no nos permitían detenernos. Continuamos adentrándonos en el bosque hasta que se hizo de noche.

Reggie, que era el más fuerte de nosotros, sucumbió finalmente bajo el peso de Addy. Se derrumbó de rodillas, y el gran oso negro se puso a horcajadas encima de él, rugiendo peligrosamente.

Dejé a Wanita en el suelo y me dirigí hacia el animal. Pero Wanita me agarró el pie y me caí.

Alacridad, sin embargo, era más ágil. Saltó sobre el gran oso negro, gritando. El oso le lanzó un zarpazo, pero, asombrosamente, la niña se agachó para esquivarlo y se irguió descargando un fuerte golpe sobre su hocico. El rugido fue tal que me hizo rodar por el suelo, pero Alacridad se limitó a cargar de nuevo. El oso se apartó de Reggie y se puso a dos patas. Yo ya había recuperado el equilibrio y había desenfundado mi cuchillo. Me situé al lado de Alacridad, medio convencido de que entre la niña y yo podríamos abatir a un oso gigante.

Estábamos rodeados por todas partes de osos furiosos que se agitaban inquietos. Reggie estaba en el suelo. Wanita sostenía la cabeza de su hermano.

El gran oso aulló una vez más.

—¡Vamos! —lo desafió Alacridad.

Pero el animal no embistió. En vez de eso, se echó hacia atrás y se alejó hasta perderse en la oscuridad. El resto de la manada de osos furibundos hizo lo mismo.

En ese momento empezó a llover. La luna se había ocultado en un instante, y empezó a caer una suave llovizna. Alacridad y yo nos acurrucamos junto a Reggie y Addy. Intentamos guarecernos todos bajo la lona de plástico que había conservado. Las niñas estaban llorando. Reggie tenía los ojos abiertos, pero no decía nada.

Addy ardía bajo el frío aguacero.

La mañana nos encontró a todos estornudando y tosiendo. Pero con la luz Alacridad recuperó su coraje. Wanita tampoco parecía asustada.

—¿Crees que siguen ahí? —preguntó Reggie.

Alacridad levantó la lona para permitirnos echar un vistazo.

Había osos por todas partes. El gran oso negro con el hocico ensangrentado era el que estaba más adelantado, a menos de dos metros de nosotros.

—Dame el cuchillo, Chance —me ordenó Alacridad.

Estuve a punto de obedecer.

—No —dije—. Creo que lo mejor será que sigamos adelante.

—Dame el cuchillo —insistió con énfasis.

No fue fácil resistirse a su voluntad.

Alacridad alzó su bastón, y por un momento estuve seguro de que iba a golpearme.

—¡Nooooo! —chilló Wanita—. No, Alacridad. No pasa nada. No nos va a pasar nada.

Alacridad bajó su cayado, mirando directamente a los ojos de la niña más pequeña.

—¿Nada? —preguntó la pequeña capitana autoproclamada.

Wanita asintió.

—Entonces de acuerdo, venga, todo el mundo —dijo Alacridad. Nos colocó a todos delante y ocupó su puesto en la retaguardia. Se había producido otro cambio en un momento. Alacridad había demostrado ser una líder, una general, una heroína... y posiblemente una tonta.

Los osos nos obligaron a forzar la marcha toda la mañana. Debía de haber un centenar de criaturas. Podía oírse el roce de sus pieles contra la corteza a su paso. Estallaban peleas entre ellos. Rugían y partían árboles jóvenes por diversión.

Cogí un rato a Addy para darle un respiro a Reggie. Pesaba mucho. Seguía viva, sólo que era un peso muerto. Cargué con ella no más de una hora y ya estaba agotado. En medio del dolor, me maravilló el hecho de que Reggie hubiera podido transportarla durante un día entero.

Los osos no se rendían. Alacridad era nuestro mayor problema, porque había empezado a provocar a nuestros corpulentos pastores. Más de una vez oímos el chasquido de su bastón y el rugido de rabia de un oso.

Empezaban a fallarme las fuerzas, empeñado en seguir caminando hasta perder el sentido, cuando llegamos a un callejón sin salida.

No era realmente un callejón sin salida. Era más bien una gruesa pared de árboles. Los blancos abetos nos cortaban el paso con la eficacia de un muro de ladrillos. Los osos se quedaron atrás, yendo de un lado para otro y gruñendo con suaves ronroneos.

—A lo mejor quieren que descansemos aquí —dije, esperanzado.

—A lo mejor ahora me das tu cuchillo —dijo Alacridad.

—Venid —dijo una voz a nuestra izquierda.

Los osos desaparecieron en un abrir y cerrar de ojos, y antes de darme la vuelta ya sabía a quién iba a encontrar allí plantado.

Veintitrés

Juan Thrombone estaba de pie en medio de una solitaria abertura en la pared de árboles. Ocupaba un hueco que no estaba allí antes, y contemplaba a nuestro grupo andrajoso y moribundo con una sonrisa.

—Daos prisa —dijo, señalando con los dedos de su mano izquierda. A continuación desapareció, regresando a la densa arboleda.

Wanita saltó de mis brazos y siguió a Alacridad al interior de la grieta. Reggie las siguió con paso tambaleante.

Me quedé por un momento entre el desvanecido ejército de osos y el bosque imposiblemente tupido. Toqué la nariz y la boca de Addy para cerciorarme de que respiraba todavía. La única elección que tenía, la única decisión que me pertenecía, era quedarme completamente quieto. Era agradable estar inmóvil, dueño de mi destino, siquiera por un momento. Me apetecía una chocolatina PayDay y oír la canción "Time Has Come Today" de los Chambers Brothers.

Allí, ante el terreno de Juan Thrombone, casi todo estaba cubierto de sombras. Un único rayo de luz caía a menos de un metro de donde me encontraba.

Inspiré una honda bocanada de libertad y cargué con mi amiga, pesada como un saco de arena, hacia el oscuro umbral de una tierra que llegaría a conocer como el Tratado.

La senda que discurría entre los árboles era lo bastante ancha como para que tres personas caminasen codo con codo. Una refulgente luz dorada se filtraba desde lo alto. Los árboles estaban tan pegados unos a otros que semejaban los troncos de una empalizada en una película de vaqueros, o al menos una inmensa espesura de bambú.

Juan Thrombone abría el camino peligrosamente, patinando y bailando como un chiquillo. Cantaba a los árboles y corría y trepaba. De vez en cuando ensayaba incluso volteretas y cabriolas. Alacridad intentaba seguir su ritmo, pero era demasiado veloz y voluble aun para ella.

Nadie le preguntó quién era, porque todos habíamos conocido al hombre en nuestros sueños.

Después de una hora aproximadamente, volví a cederle a Addy a Reggie. Todos nos sentíamos más fuertes transitando aquel camino dorado. Habíamos dejado de moquear. Addy gruñó y protestó cuando le aseguramos los brazos alrededor del cuello de Reggie. Era la primera señal de vida que daba en más de día y medio.

—Daos prisa —repitió Juan Thrombone.

Nos dimos prisa durante horas.

Las agujas y hojas pardas de la senda brillaban bajo la luz suavemente jaspeada del sol. El aire era cálido y cómodo. Soplaba una brisa procedente de la dirección en la que nos dirigíamos. Susurraba ligeramente en mis oídos. Era la llamada. Había algo tan prodigioso en aquellos tonos susurrantes que debía obligarme a aminorar el paso para no extenuarme dando volteretas como nuestro anfitrión.

Me di cuenta de que había dejado de avanzar hacia la música; ahora estaba en su seno. Muchos de los árboles que nos rodeaban tañían como instrumentos musicales que eran casi humanos.

—Esto es lo que estaba buscando —me dijo Reggie.

—¿Qué? —pregunté, irritado con él por distraerme de la melodía.

—Este camino —dijo—. Ésta es el camino que estaba buscando. Sólo que no está aquí en realidad.

—¿De qué estás hablando? Andamos por él.

—Pero si caminaras de espaldas —dijo—, desaparecería.

—Vosotros, ¿qué hacéis desperdiciando el aire con palabras? —dijo Juan Thrombone.

Estaba allí de pie junto a nosotros, con los brazos en jarras y los ojos encendidos. Wanita y Alacridad proseguían la marcha al frente.

—Ya habrá tiempo de sobra para hablar y parlotear. Tiempo de sobra para beber y babear luego cuando lleguemos.

—¿Adónde? —pregunté.

—A nuestro destino, hombrecillo, tontuelo, Última Oportunidad.

—¿Qué destino es ése, Piel y Huesos? —Mi respuesta ensanchó la sonrisa de Thrombone.

—Tratado —dijo—. Tratado.

Corrió de espaldas hacia las niñas, dejándome con la duda de si bromeaba pidiendo una tregua o si me había informado realmente del nombre de nuestro destino.

El Tratado. Llegamos a él tras coronar una elevación en la senda. Desde lo alto pudimos contemplar un campo de hierba y maleza que se adentraba en una enorme cámara boscosa. Un lugar como ninguno que hubiera visto antes. Había doce secuoyas gigantescas erguidas como columnas. El mayor de esos árboles era el centro exacto del inmenso espacio. De él, y de los árboles circundantes, colgaba una inmensa red artificial que sostenía aleros de hojas que se inclinaban hacia abajo; configuraban una especie de techumbre para los espacios inmediatamente debajo de los árboles, formando casas sin paredes a la sombra de cada una de las secuoyas gigantes.

—El viento se desvía con el tejado y la lluvia cae lejos —me dijo Juan—. Desde aquí se pueden contemplar el sol y las estrellas, pero nadie puede verte a ti. Aquí la guerra ha terminado, Última Oportunidad. Éste es el Tratado.

—¿Vives aquí? —pregunté.

—Estoy dondequiera que esté —respondió.

—Pero, ¿tienes casa, o cama por lo menos?

—Mi cama es donde tiendo estos huesos. Mi hogar es lo que ven mis ojos. Si me quedo aquí principalmente es por los árboles jóvenes. Pero he estado en otros lugares.

Hablar con él me fatigaba. En cuanto empezaba a responder, me entraban ganas de dejar de escuchar. Era como si su voz estuviera en mi cabeza y no en mis oídos. Escucharlo era un esfuerzo.

—En todas partes —concluyó Thrombone, como si quisiera darme un respiro del agotamiento que me había provocado.

Me pregunté si no seguiría soñando.

—Las cosas que habéis dejado atrás —dijo nuestro anfitrión— están bajo una pila de hojas por ese camino. Allí encontraréis vuestras mantas y vuestros enseres.

—¿Cómo has hecho eso? —preguntó Reggie.

—Bajo la luz azul las cosas sencillamente están, Buscador de Caminos. No pierdas el tiempo con preguntas ancladas en el barro.

—No podemos quedarnos —dije.

Thrombone me miró.

—Claro —dijo—. Adelaide.

—Tenemos que llegar a un hospital. Se encuentra muy mal. En nuestro botiquín de primeros auxilios no hay nada que pueda ayudarla.

Reggie había dejado a nuestra compañera junto al enorme tronco del árbol principal. Allí languidecía entre el sueño y la desesperación. El hombre de aspecto demente se arrodilló y se inclinó a su lado. Se acercó cada vez más. Al principio estaba examinando la herida, luego se puso a olerla. Cuando pasó la lengua por la laceración, salté dispuesto a apartarlo.

Salté, pero Reggie me sujetó.

—Déjalo en paz, Chance.

—Mira lo que está haciendo.

—Es uno de nosotros. Sabe lo que se hace.

Lo observé. Tenía las manos a ambos lados de la cabeza de Addy. Lamer el corte le confería el aspecto de una criatura del bosque rebañando el musgo de una piedra.

—Venga, Chance —dijo Reggie—. Vamos a buscar nuestras cosas. Podemos encender un fuego para darle calor cuando él haya acabado.

No estaba dispuesto a dejarme disuadir por un crío. Empujé a Reggie, pero no se movió. Estaba considerando la posibilidad de lanzarle un gancho de derecha cuando Wanita me agarró los dedos.

—Está bien, Chance —dijo la soñadora—. De lo contrario, morirá.

Un gemido escapó de mi garganta. Era como si un hombre próximo a mí acabara de sucumbir por fin a la desolación. Conocía el dolor de ese hombre, lo compadecía, pero al mismo tiempo sus sentimientos me eran ajenos.

—Vale —dije—. Está bien.

El hombrecillo de los bosques estaba frotando enérgicamente la cabeza y la lengua contra el lado de la cara de Addy. Me quedé observándolo un momento antes de irme con Reggie. Wanita nos acompañó, pero Alacridad se quedó allí junto a su madre.

A más de trescientos metros del árbol principal se encontraba el más pequeño. Una secuoya de menos de seis metros de diámetro. Allí habríamos de establecer lo que sería nuestro hogar durante muchos años, al pie de la corteza de Número Doce.

Reggie y yo recogimos la tienda y los utensilios de cocina. Encendí una pequeña fogata con la leña menuda que reunió Wanita. De vez en cuando miraba de reojo para ver a Juan encorvado sobre Addy.

—Es bueno, Chance —dijo Wanita. Me giré para encontrarla observándome—. Está loco, eso es todo.

—¿Qué quieres decir?

—Está hecho un lío. Tiene demasiado azul dentro. Ya ni siquiera es un color. Es realmente brillante, como alfileres en la ventana cuando le da el sol.

—¿Qué quieres decir, cielo? ¿A qué te refieres con que está loco?

—Todos los demás pensamos sólo en una cosa, ¿no? Quiero decir, como Reggie. Le gusta extraviarse, pero luego siempre encuentra el camino de vuelta. Nunca sueña con nada. Pero yo sí. —Wanita me miró a los ojos como queriendo decir: ¿Lo ves?

—Entonces, ¿Juan Thrombone hace algo más que encontrar o soñar?

—Sólo Reggie y yo hacemos eso.

—Pero, ¿qué...?

—Hace muchas otras cosas. Pero ahora ya no piensa como nosotros porque cuando todas esas cosas se juntan, dejan de ser azuladas.

—¿Cómo sabes esto, Wanita? ¿Te lo ha contado en algún sueño?

La pequeña negó con la cabeza.

—No, no. Puedo verlo. Donde estaba.

En ese momento Reggie, que estaba sentado al otro lado de la fogata, comiendo gachas de avena, se levantó corriendo.

—Aquí la tenéis —dijo Thrombone a mi espalda.

Estaba allí de pie, con Addy en sus brazos. Verlo en relación con el estilizado cuerpo de Addy acentuaba la corta estatura del hombre. Acercó a Addy al fuego y la tendió en el suelo. Se frotó la lengua con la manga de su brazo derecho y escupió a las llamas.

—Estaba casi muerta, sabes. No hubierais llegado a las ciudades a tiempo. —Dicho lo cual, el hombrecillo se tumbó junto a Addy y se quedó profundamente dormido.

Me acerqué a la madre de Alacridad. La herida parecía la misma, sólo que más atenuada. El rojo sangre era ahora rojo ladrillo. El centro blanco se había vuelto gris. Addy abrió los ojos un momento y me miró. Sonrió y dijo:

—¿Dónde está Julia?

—Estoy aquí, mamá —dijo Alacridad, como si todavía fuera una niña pequeña.

Adelaide sonrió y volvió a sumirse en la inconsciencia.

Juan Thrombone roncaba.

Durmiendo de esa manera junto a nuestra fogata de campamento, ya estuviera ésta encendida o apagada, se pasó dos días consecutivos. Addy se levantó a la mañana siguiente y, pese a encontrarse débil, estaba en vías de recuperar la salud.

Yo quería marcharme, pero Alacridad y Wanita dijeron que sería de mala educación dejar al señor Thrombone dormido después de que le hubiera salvado la vida a Addy. Reggie dijo que de todos modos no tenía la menor intención de abandonar el bosque, porque era el lugar más seguro que podía imaginar.

—En estos momentos es el único sitio que está a salvo de la Muerte —dijo Reggie—. Ir a cualquier otro lugar sería como salir a campo abierto, nos verá si se esfuerza. Pero aquí estamos a cubierto. Por eso me perdí, porque Juan nos hacía imposible ver, u oír, o sentir.

De modo que nos quedamos en el corazón del bosque que Juan Thrombone llamaba el Tratado. Y conforme pasaban las horas, me rendía cada vez más a aquel sitio.

El bosque parecía generar calor. Por las noches hacía bastante frío como para tener que encender un fuego, pero sin exagerar. Entre las hojas se filtraba luz más que suficiente. El espacio era como una inmensa catedral, un lugar donde adorar y por el que dar gracias.

Estaba preocupado, no obstante, porque no sabía cómo íbamos a sobrevivir allí.

—El señor Thrombone vivía aquí bien —dijo Wanita.

—Pero está loco —respondí.

—A lo mejor podría enseñarnos cómo estar igual de locos que él.

Veinticuatro

Dos días después, Juan Thrombone despertó de su profundo sueño. Se levantó y se desperezó, bostezando ruidosamente. Las niñas habían salido a explorar mientras yo cuidaba del fuego y velaba por Addy, que seguía cansada y atemorizada, pese a las atenciones de Thrombone, por la posibilidad de que volviera la fiebre.

Reggie estaba detrás de Número Siete, masturbándose. Había madurado de la pubertad a la edad adulta en menos de una semana. Eso había desencadenado ciertos conflictos hormonales. Se escondía detrás de Número Siete nueve veces al día, quizá más, para aliviar la tensión.

Me di cuenta de lo que ocurría cuando vi que Alacridad se pasaba el rato trepando a lo alto de los números Cinco y Seis para espiar detrás de Siete. Cuando le pregunté qué estaba mirando, me contestó:

—Reggie intenta ir al baño pero no puede.

—Es una buena mañana, Última Oportunidad —dijo Juan Thrombone. Miró a Addy y añadió—: Primera Luz.

—Así que has vuelto a la vida —dije, usando las palabras y el tono de mi tío Óscar, el único pariente negro que conocía en persona.

—Nunca me he ido, amigo. ¿Estás a gusto aquí entre tus hermanos, los árboles?

—No está mal, supongo —dije—. Pero, ¿cómo encontraste este lugar?

—Me estaba esperando igual que yo os estaba esperando a vosotros. Cada cosa tiene su sitio, sabes. —Juntó las manos delante de la cara como si estuviera rezando y se levantó—. Tengo que ir a atender mi bosque, amigos. Os traeré algo de cena cuando regrese.

Se adentró alegre en el bosque, y desapareció detrás de Número Doce.

—Es gracioso —dijo Addy.

—No me fío de él.

—Es de fiar. Me salvó la vida.

—Puede ser. No lo sé, Addy. No lo sé. —Era la primera vez en días que estábamos solos, realmente a solas y conversando.

—¿Qué te ocurre, Chance?

—Nada —respondí, diciendo mucho más de lo que daba a entender.

Addy asintió y sonrió. Alargó la mano y me acerqué para sujetársela. El fuego desprendía un calor radiante, pero nuestro aliento seguía condensándose en nubes de neblina. No sé si me sentí mejor entonces, puede que simplemente reconciliado con mi destino y feliz por no tener que afrontarlo solo en aquel momento.

Reggie volvía de detrás de Número Siete. Podía oír a las niñas riéndose no muy lejos en el bosque.

La luz dorada y amarilla del techo de hojas titilaba y rutilaba. Me abrí a los relatos contados a medias de sus orígenes y sus destinos soñados. Cada una de las chispas penetró en mi alma, tarareando una melodía olvidada que mi corazón intentaba seguir con sus latidos. Arrancó un baile en mi interior. Estaba girando al son de la fragmentaria música de luz. Flotaba estacionario como las gigantescas columnas de mi nuevo hogar. Estaba descomponiéndome y me moría, pero seguía estando lleno de vida. Estaba desmenuzando las mentiras que siempre había creído que nos definían a mí y a mi piel.

Los niños se sentaron alrededor del fuego para comer y hablar con nosotros. De vez en cuando, Reggie se alejaba buscando el Número Siete. Puede que los oyera. Puede que de vez en cuando les dirigiera algunas palabras. Pero más que nada mi mente estaba en los árboles, en la luz de los árboles, girando y cabriolando con unas melodías que eran más antiguas que la vida allí abajo. La sangre de Ordé mezclándose con la mía era un refugio frente a todo el vacuo temor que se había acumulado en mis entrañas, condensado en mi cavidad craneal.

Sentía el vértigo de un significado que no comprendía. Intenté afrontar con valor la inmensidad que dejaba en ridículo aun mis mayores fantasías de expansión.

Me quedé dormido después de una hora, quizá menos. Estaba inconsciente, pero notaba la fragancia de la tierra y la putrefacción del follaje. Escuchaba plácidamente los juegos de las niñas y los arrullos de Addy. Era un sueño desprovisto de sueños, tan refrescante y límpido como el agua de un manantial helado tras una larga caminata en julio.

Las visiones de luz habían empezado a remitir. Me desperté sediento justo cuando el sol proyectaba sus últimos rayos sobre el suelo alrededor de mi cuerpo.

—Así que has vuelto a la vida —dijo mi tío Óscar.

Cuando miré, vi que era Juan Thrombone, imitando las palabras que le había dirigido antes.

—Y justo a tiempo, además. —El hombrecillo soltó una risita.

El fuego se había expandido a tres unidades distintas, cada una de ellas separada y rodeada de piedras oblongas de similar tamaño. Encima de cada fogata había una sartén o un cazo. Había truchas asándose, y champiñones, y también algún tipo de hortaliza silvestre. Todo el mundo estaba sentado en torno al fuego. Las llamas parecían repetir el eco de las visiones de mi siesta vespertina.

—Hora de comer —dijo sencillamente Juan—. Primero a comer y luego a contar historias, digo yo. Las historias están bien cuando uno vive entre árboles, osos y mariposas. Ten, dormilón —me dijo—. Toma un poco de agua con savia.

Me pasó una taza de madera tallada, alta y fina. A modo de asa, tenía una rama con hojas que sobresalía de un lado. La taza estaba llena de un agua que olía a savia dulce. Había trocitos de ramas y hojas flotando en la bebida. La probé y no pude apartarme la taza de los labios. Era el agua más sabrosa que había probado nunca. Era agua y también el sueño de agua de un sediento en el desierto.

El pescado provenía de un riachuelo cercano. Los champiñones se habían cortado de los costados de árboles con cuchillos de madera hechos a mano, y las hortalizas eran pequeñas plantas con hojas que crecían en el calvero que había entre el bosque y nuestra catedral de árboles. Todo estaba delicioso. Me sentía satisfecho desde el fondo de mi mente hasta los dedos de los pies.

Cuando acabamos de cenar, Thrombone sacó vino con miel para los adultos y agua edulcorada para las niñas. Reggie se bebió el vino demasiado rápido y se emborrachó. Se levantó y declaró que iba a buscar un tambor.

—Ahora es el momento de los cuentos, amigos —dijo Juan Thrombone con su voz cantarina—. Contar historias evita que se le echen encima a uno cuando no está mirando. Cuando no está mirando.

Las niñas se rieron. Alacridad sostenía a Wanita en su regazo. Todo su heroísmo y dotes de mando habían desaparecido ahora que no los necesitaba. Volvía a ser nuestra protegida, la pequeñina de su madre.

Thrombone se dirigió a una oquedad que había en Número Tres y sacó una decena de velas de cera de abeja hechas a mano. Las velas eran gruesos pegotes informes incrustados de guijarros. Las colocamos alrededor de nuestro campamento, dejando que Wanita las encendiera porque Addy no le había dejado jugar con el fuego de las fogatas.

Nos acomodamos todos a un lado del fuego, con Thrombone en cuclillas frente a nosotros al otro lado.

—¿Qué va a ser, Chance? ¿Qué quieres que os cuente?

—¿Por qué yo? —pregunté—. No sé cuáles son tus historias. Podrías inventarte una.

—Venga, Chance —dijo Alacridad. Con la cabeza en el regazo de Addy, metió los pies bajo la tienda que formaban mis rodillas. Wanita se recostó contra mí al otro lado. Addy nos echó un saco de dormir por encima de los hombros.

Los ojos de Juan Thrombone eran como dos velas más en la noche.

Tenía miedo de que pudiera contestar realmente a cualquier pregunta que le hiciera. Estaba cansado de conocimientos y verdades.

—¿Qué es la luz azul? —pregunté al final.

Juan Thrombone se rió y rodó por el suelo. Se meció sobre la espalda mientras se agarraba las rodillas y soltaba un aullido.

—Jo-jó, Chance el jugador. Chance el jaque mate. Chance el oponente hasta el final.

Las niñas se rieron y Addy esbozó una sonrisa.

A mí no me hacían gracia sus niñerías.

Thrombone rodó hasta quedar en cuclillas con un ágil movimiento. Se me quedó mirando largo rato antes de hablar de nuevo.

—Crees hacerme una pregunta para la que ya conoces la respuesta, hombre. Crees saber cómo viajó la luz, cómo arraigaba y prendía. Crees que voy a repetir las mismas palabras de tu difunto maestro. No quieres saber nada más, pero has perdido el gambito y te voy a contar algo más.

»Tu pregunta, amigo, debería haber sido otra. Porque preguntar por la luz azul es como preguntar por la sangre cuando nunca has visto un animal. ¿Cómo puedes conocer la sangre de un hombre, su magia, si nunca lo has visto reír y nunca lo has oído llorar?

Juan Thrombone se sentó cómodamente con las piernas cruzadas y alargó las manos como si quisiera decir: ¿No es verdad?

—Debes, es evidente, preguntar por la vida y no por la luz ni por la sangre. Porque la vida las contiene a ambas igual que el lienzo contiene a la pintura.

A esas alturas ya estaba completamente rendido bajo su hechizo. Las palabras y su cadencia me hipnotizaban como había hecho la luz del sol aquel día.

—La luz azul, o amarilla, o roja, no importa. Todas son como la sangre. Sangre que nos sustenta, sangre que construye. Pero la sangre embotellada, o la sangre derramada en el suelo, no es un hombre, no puede serlo, sino una mera promesa que cae en oídos sordos.

Levantó un dedo con gesto aleccionador, y continuó:

—Veréis, todo el mundo es música. Hay música en los átomos y música en los soles. Ése es el alcance de una escala que podéis ver y leer. Hay música en el vacío y silencio entre medias. Todas las cosas están cantando al unísono, todo el tiempo. Cantando y clamando por lo que falta. Vuestra ciencia lo llaman «gravedad», pero los dioses lo llaman «danza». Bailan y fornican; escuchan y cantan. Claman por flores lejanas cuando resuenan sus brotes. Porque, veréis, no sólo los átomos y los soles vibran al compás. Las piedras cantan, igual que el agua y el aire. Las moléculas que componen la sangre y los hombres conforman también la avispa; también éstas cantan en un tono más grave que recorre las estrellas. Ávidas cancioncillas que repiten una y otra vez las mismas melodías caprichosas. Cambian, pero muy despacio, parloteando: «yo yo yo yo yo yo yo yo yo...».

Repitió la palabra posiblemente cien veces, bajando la cabeza hacia el suelo mientras lo hacía. Sonrió al terminar y sacudió la cabeza con pesadumbre. Al instante siguiente estaba en pie extendiendo las manos, formulando la muda pregunta: ¿Por qué?

—Cuánta cháchara aburrida para algo tan profundo. Por supuesto, el átomo de hierro dirá solamente su nombre. También el agua, e incluso el granito o el cristal. Porque el hierro sólo tiene una nota; el agua dos, quizá tres. Pero tú, amigo, haces que el violín parezca algo simple. Eres una canción de los dioses en la boca de un bufón. No puedes evitarlo. Tanta promesa en alguien tan débil llama a la enfermedad.

Juan Thrombone se sentó otra vez y sonrió. Intercambiamos miradas, y aunque había empezado a dolerme la cabeza con sus palabras, que parecían penetrar directamente en mi cerebro, pregunté:

—¿Estás diciendo que la luz azul es una enfermedad? ¿Que el que ve la luz está enfermo?

—¿Enfermo? —dijo Thrombone, riéndose por lo bajo—. No. Pero débil como una camada de gatitos en una cueva llena de rocas. Quizá se sientan fuertes, pero no hay fuerza en ellos. Únicamente ambición y juventud. No pueden cazar ni multiplicarse. Lo único que pueden hacer es jugar a ser la gran gata que ha abandonado la madriguera llevándose su leche en sus ubres.

—¿Qué quieres decir? Alacridad nació de Ordé y Addy.

—Primera Luz. —Los ojos de Thrombone se llenaron de ternura—. Su hija es rara, pero no diferente del resto. La próxima generación está cerca, pero no ha llegado todavía. Quizá no lo haga. Quizá no llegue jamás.

A esas alturas quería saber todo lo que supiera el pequeño orate.

—Entonces, ¿esto no es lo que decía Ordé? —pregunté—. ¿No es el comienzo del cambio del mundo?

—Podría ser algún tipo de inicio —respondió—. Pero es momento de contar historias, no de dar lecciones.

—Pero... —empecé a decir.

—He contestado a tu pregunta, y ahora tienes que hacerme otra. Pero no acerca de la luz azul. Ya he acabado con ella.

—¿Por qué no querías que viniéramos aquí? —preguntó Alacridad—. ¿Por qué enviaste esas mariposas para que nos hicieran daño?

—Porque, pequeña, tenía miedo. Tenía miedo de que la Muerte pudiera captar vuestro rastro aun aquí y viniera a matar a los cachorros de árboles como hizo con su gran mamá secuoya. Tenía miedo, y por eso mandé a mis mariposas para que os aguijonearan con su amor. —Por un momento, Juan Thrombone estuvo a punto de perder su sonrisa benévola—. Pero cuando luchasteis con tanto ahínco y matasteis a tantas, yo... —Se pegó la palma a los labios y chupó bruscamente, al mismo tiempo que retiraba la mano. Esto provocó el mismo estampido en el aire que nos había dejado inconscientes a las mariposas y a mí. Ese sonido, sin embargo, no fue tan violento como el primero—... para que no matarais a todas mis preciosas amigas.

—¿Qué les hicieron a los niños esas mariposas? —preguntó Addy.

Thrombone sonrió de nuevo, tocándose la comisura del ojo izquierdo con el meñique de la mano del mismo lado.

—Quieres preguntar: ¿qué eran esas mariposas para poder hacer lo que hicieron? —repuso nuestro anfitrión—. Pero la respuesta no es ningún cuento. Todos los días hacía aguas en un claro de madera podrida. En el plazo de un año había flores silvestres por todas partes. Un año después había mariposas. De las mariposas salieron gusanos, y de los gusanos salieron las criaturas que libaban el azul.

Thrombone sonrió para sí.

—A lo mejor sí que es un cuento —dijo.

Wanita preguntó:

—Entonces, ¿por qué dejaste que viniéramos si tenías miedo? ¿Ya no estás asustado?

Thrombone estaba mirando a Addy a los ojos en ese momento. Ella le devolvió la mirada mientras se pasaba un dedo por la herida que cicatrizaba en su rostro.

—Yo también puedo oír los sueños de la gente, Soñadora. Puedo oír a todos los seres vivos cuando sueñan. Perros y árboles y peces y osos. Puedo hablar con los soñadores. Hablé con todos vosotros. Por nuestras conversaciones supe que no erais malos; al menos, aún no. Y me sentía solo, pero ése no es el motivo de que os dejara pasar.

—Entonces, ¿para qué? —insistió Wanita.

—Para dormir contigo, Soñadora.

—¿Cómo dices? —Ése era yo—. A ver, hombre, ya sé que vives aquí con los osos y toda esa mierda, pero colina abajo, en la civilización, da igual que uno tenga luz azul o vino Thunderbird, los hombres no se acuestan con niñas pequeñas. —Estaba enfadado y empleaba la jerga de la calle igual que un pobre sapo hinchando la garganta para intimidar.

—Lo siento, amigo —dijo Juan. Si se sentía intimidado en alguna medida, lo disimulaba bien—. Tienes razón, por supuesto. Llevo tanto tiempo aquí arriba que se me ha olvidado cómo hablar. No me refiero al sexo. Me gusta el sexo. Quiero sexo. Pero lo único que deseo compartir con Wanita son sus sueños. Yo puedo oír sueños, pero ella... ella puede viajar en ellos, puede ver con ellos. Sus sueños son los más hermosos que he visto nunca.

No estaba convencido. En aquel momento tomé la decisión de encargarme de arropar a Wanita todas las noches y dormir cerca de ella.

Bomp bomp bomp, resonó en el aire. *Bomp de bomp. Bomp de bomp.*

—¡Es Reggie! —exclamó Alacridad.

El sonido era cada vez más próximo. Al final Reggie salió del bosque con un gran tronco hueco en los brazos. Golpeaba el tambor con una gruesa rama.

Thrombone se levantó de un salto y lo mismo hicieron Addy y las niñas. Todos se pusieron a bailar y reír alegremente. Nadie más parecía sentir que el mundo estuviera haciéndose pedazos. Nadie más parecía temer lo que pudiera ocurrir en los próximos días.

Eché leña al fuego mientras mis amigos y Juan Thrombone danzaban. Reggie aporreaba su tambor con un oído asombroso para alguien sin formación musical. Todos se mostraban salvajes y abandonados, pero Alacridad era de lejos la más primitiva. Sus movimientos sólo podían compararse tal vez a las llamas que yo me ocupaba de alimentar. Brincaba y gesticulaba, botaba y cantaba a voz en grito. Su palidez era sobrecogedora. Su intensidad, me temía, era el futuro del mundo.

El baile se prolongó un buen rato más. Addy terminó por cansarse, y Thrombone la siguió de regreso a la fogata. Sonrientes y felices, se sentaron allí junto a mí. Nunca me había sentido igual de solo.

—Los árboles no son una simple muralla de madera y raíces —estaba diciendo Juan mucho más tarde, después de que corriera el vino con miel—, sino que cantan una canción sorda que les he enseñado. Esta canción oculta a los cachorros de árboles, a vosotros y a mí. También llaman a personas como tú, Primera Luz —se refería a Addy, cuya mano sostenía en la suya—, humanos mojados a medias en el azul. Quería que vinieran a ayudarme a cuidar de los árboles y el bosque.

—¿Por qué habría que cuidar de los árboles? —pregunté—. Es un bosque, ¿no? Los árboles pueden apañárselas solos.

—Pero estos árboles son especiales —repuso el hombrecillo.

—¿Cómo de especiales?

Juan Thrombone fijó entonces toda su atención sobre mí. En sus ojos vi una vastedad por la que soplaba, me imaginé, un fuerte viento. Su sonrisa no parecía relevante para el poder de aquellos ojos, pero sonrió de todos modos y dijo:

—Hay dos tipos de árboles que son especiales. Unos porque pueden cantar y otros porque pueden rugir.

—¿Qué quieres decir?

—Oíste una llamada, ¿no es así? —preguntó.

La tormenta de su mirada pareció ganar intensidad.

—Esa llamada —continuó— era de un millar de árboles cuyos padres eran abetos blancos. Los injerté para que pudieran cantar con esa voz tan dulce y aguda. Cantan como el viento, sólo que más alto. Cantan como el sol antes del amanecer.

—El viento y el sol —dijo Addy—. ¿Son ésos los dos tipos?

—No, Primera Luz —repuso con amabilidad Juan—. Los abetos blancos cantan al sol y al viento. Y luego están los cachorros de árboles.

—¿Qué son? —pregunté.

—Árboles que retumban con una profunda voz de bajo. Hijos de lo que llamáis la luz azul, pero, como Alacridad, nacidos aquí. Son huérfanos y yo cuido de ellos. Retumban como ranas toro y hacen cosquillas a la Tierra en el alma.

—¿Y estamos aquí para cuidar de ellos? —pregunté.

—No —dijo. El tono de su voz me habría tirado de espaldas si no hubiera estado sentado—. Los cachorros de árboles, los rugidores, podrían confundiros con su cena y absorber la vida de vuestros huesos. Manteneos alejados de ellos. Habéis sido llamados para cuidar de los abetos blancos especiales, los primeros cantores, los enmascarados de azul. Ellos os convocaron. Os llamaron y habéis venido.

—Es cierto que hemos venido —dije—. Pero tú no querías a los niños. Querías a Addy, pero querías que dejara atrás a Alacridad.

Yo pretendía que Addy lo viera como realmente era.

—Nunca hubiera esperado que alguien tan poderoso, pese a su juventud, siguiera a alguien tan débil. No sabía si podría protegerlos a ellos y también a las crías de árbol. Ese ser de ahí fuera, al que llamáis el Hombre Gris. Sólo busca matar. Pensé que si nos reuníamos todos aquí haríamos demasiado ruido, lo atraeríamos hasta este lugar.

—Entonces, ¿ahora podría estar de camino hacia aquí? —dije, contento de tener ahora una excusa para forzar la partida de mis amigos.

—Es posible. Tal vez. —Juan levantó una oreja—. Pero no lo oigo venir. No, no lo oigo.

—Pero podría estar de camino —dije—. Podría estar dirigiéndose hacia aquí, sólo que tú aún no lo oyes. Podría echársenos encima mientras dormimos. Podría matarnos mientras dormimos. Tenemos que salir de aquí. Tenemos que irnos de aquí ahora mismo.

Miré a mi alrededor, a mis compañeros y amigos. Los niños habían dejado de bailar para escucharnos. Todos miraban a Juan Thrombone. Ahora era esperaban respuestas de él. Confiaban en él.

—Podéis marcharos si queréis —me dijo Juan—. Estáis invitados a quedaros si os apetece. Puede que el Hombre Gris no sepa dónde estamos; también él podría haber cambiado. Bien pudiera ser así.

—Yo me quedo —dijo Reggie—. Se está bien aquí. Es el lugar más seguro del mundo entero.

—Yo también —dijo Wanita.

—Por favor, Chance, quédate —rogó Alacridad—. Quédate aquí con nosotros, por favor. Por favor.

Miré a Addy. Sus dedos estaban entrelazados con los de Juan Thrombone. Me sostuvo la mirada un momento antes de apartarla.

—Pienso quedarme por lo menos por ahora, Chance. Todavía estoy cansada y enferma. Y no se me ocurre otro sitio al que pudiéramos ir.

—Y habrá más —dijo Juan—. A lo largo de los próximos días y semanas vendrá más gente a nosotros. La canción que oísteis es como una cinta al viento, ondeando de acá para allá. Algunos la oirán. Unos pocos vendrán. Y cuando lleguen, hay una antigua ciudad río abajo. Ahora es una ciudad fantasma, pero pronto vendrán y podremos ser felices, Última Oportunidad, un poco más.

Addy se arrimó a Juan y apoyó la cabeza en su hombro. Eso es lo que me desarmó. Me había quitado todo lo que me quedaba con su estrafalaria forma de hablar y sus ojos sin fondo.

—Está bien —dije—. De acuerdo, me quedaré unos días más. Por lo menos hasta que Addy se mejore. Luego podremos discutirlo otra vez.

Dicho aquello, sentí que algo se aliviaba en mi interior. Una cierta presión, un peso. Lo atribuí al hechizo de Juan Thrombone y su bosque mágico. Reggie empezó a tocar el tambor de nuevo y todos bailamos. En algún momento de la madrugada Juan y Addy desaparecieron. Los encontré al día siguiente, desnudos y abrazados bajo las ramas de Número Uno. A partir de aquel día estaban siempre juntos.

Veinticinco

Al principio me quedé por los niños. Pero tardé menos de un mes en darme cuenta de que estaban a salvo con Addy y su hombre. Después de aquello sencillamente no sabía adónde ir. Juan se ofreció a acompañarme fuera del bosque si quería irme. Pero la verdad era que quería que se fuera él. A veces desaparecía durante días. Había empezado a esperar que se lastimara o que simplemente decidiera cambiar de aires. En esas ocasiones, intentaba consolar a Addy, diciéndole que no tenía de qué preocuparse.

Quería a Addy. Era algo que nunca se me había pasado por la cabeza. Primero porque era la mujer de Ordé, y luego, mientras escapábamos de la amenaza del Hombre Gris, estaba demasiado preocupado como para pensar siquiera en el amor. Pero una vez asentados en el Tratado, quería que me eligiera a mí por encima de Juan. Quería que se diera cuenta de que él era inestable, mientras que yo era constante.

Pero ella nunca se preocupaba cuando Juan desaparecía.

—Volverá, Chance —decía con expresión ensimismada—. Volverá conmigo y tendrá grandes historias que contar.

No sólo había sanado su herida, sino que su piel se había suavizado, las venillas rojas de sus ojos se habían aclarado. Empezó a cantar canciones y a trabajar con extrañas hojas, como agujas de pino, y cortezas que Juan le llevaba para que las cocinara en un enorme caldero de piedra que apareció un buen día junto a Número Nueve.

—Mis amigos lo trajeron anoche —me dijo cuando le pregunté cómo había llegado hasta allí aquella gran roca vaciada.

Juan le enseñó a Addy a cocinar las hojas y la madera, y cómo moler la mezcla con un mortero del tamaño de un bate de béisbol. Se afanaba durante días hasta espesar la pasta verde resultante. Luego extendía la mezcla en una gran piedra que había en el campo entre la catedral del Tratado y el bosque circundante. La pasta se secaba formando un material sumamente fino y aparentemente delicado de color azul verdoso. Era como papel de arroz, sólo que no se agrietaba ni descomponía. Ésa era la tela que usaba Addy para confeccionar nuestra ropa. No cerraba las costuras con hilo, sino que utilizaba botones de madera con lazos de pelo de oso que Juan recogía para ella.

—Hay lo que llamáis luz azul en esas hojitas —me dijo Thrombone cuando expresé mi admiración por la tela que hacía Addy—. Las cojo de los cachorros de árboles cuando retumban satisfechos. En ellas hay poder en abundancia.

También hacía té con aquellas hojas. Las dejaba cociéndose a fuego lento en una olla de piedra durante semanas seguidas. Después vertía el líquido en una de sus preciadas botellas de cristal y dejaba que se enfriara en un arroyo. La bebida tenía un sabor fuerte, dulzón y penetrante. Siempre que yo tomaba ese té, sentía una euforia momentánea seguida de una hora de calma inexpresable.

Un día me despertó el sordo sonido de un tambor en algún lugar fuera del bosque. Recordé una cosa y fui en busca de Alacridad. Íbamos a buscar ramas rectas con las que podría hacer flechas para el arco que habían confeccionado Juan y Reggie. No pude encontrarla, de modo que fui donde Addy, que estaba desnuda junto a Número Uno, haciendo unos pantalones para Reggie o para mí.

—Salió con Juan esta mañana —dijo Addy.

—¿Cuándo volverán?

—Dentro de unos días.

—¿Unos días? ¿Has dejado que tu hija se adentrara en los bosques con un hombre así para pasar la noche? ¿Qué mosca te ha picado, Addy?

—No pasa nada, Chance. Va a ayudarla. Ya sabes lo nerviosa que estaba últimamente. La encontró arrancando la corteza de un árbol, y Reggie tenía que impedir que atormentara a Wanita. Juan dijo que se la llevaría de excursión para descubrir su verdadera naturaleza.

—¿Cómo has podido permitir que se fuera así?

Addy me miró, dejando su trabajo. Como he dicho, estaba desnuda. Era una mujer muy hermosa, hecho del que yo era plenamente consciente cuando me miró a los ojos.

—Siéntate, Chance —dijo.

Lo hice.

—Tienes que dejarlo ya. Tienes que aceptar a Juan y su forma de vida aquí fuera. Sé que nos quieres y que sólo intentas protegernos, pero oponerte a él no sirve de ayuda. Éste es su hogar y nosotros sus invitados. No sé qué va a hacer con Julia ahí fuera, pero sea lo que sea, sé que será para bien. —Sus ojos verdes capturaban la luz como cuarzo oscuro.

—Pero, ¿cómo puedes decir eso? —protesté—. No lo conoces. Acabas de conocerlo. Puede metérsete en la cabeza. A lo mejor te ha hipnotizado.

La forma en que sacudió la cabeza acabó con cualquier esperanza que yo pudiera albergar.

Me cogió la cabeza entre las manos y me besó, con suavidad al principio.

Quería darle el mejor sexo que hubiera tenido nunca. Quería hacerle cantar mi nombre y que olvidase por completo a Juan Thrombone. Pero hacía muchos meses que no hacía el amor con una mujer, de modo que apenas pude exclamar su nombre una vez antes de correrme.

Exhaló un sonoro «oh» y envolvió sus brazos y piernas a mi alrededor, para mitigar mi turbación. Me arrulló al oído:

—Está bien, Chance. Está bien.

Me levanté y me aparté de ella.

—¿Qué va a pensar tu novio de esto, eh? —pregunté.

—Juan no me ama por eso —dijo—. Sabría entender que sólo estaba compartiendo el amor que nos rodea con uno de nuestros amigos.

—¿Lo mismo que estará haciendo él ahora con tu pequeña?

Addy se incorporó y se alejó. Hice ademán de seguirla, pero en vez de eso partí en dirección contraria, buscando el origen de los redobles.

Seguí las roncas vibraciones hasta encontrar a Reggie, que ahora se hacía llamar Buscador de Caminos, y a Wanita en una pequeña hondonada. El muchacho estaba aporreando su gran tronco con las manos desnudas mientras Wanita lo observaba tumbada delante de él, absorbiendo la música en sus huesos.

—Reggie.

—¿Sí, Chance? —respondió, sin dejar de arrancar el ritmo a su tambor.

—Necesito que me ayudes a encontrar a Alacridad. Hay un problema, y tengo que ir a buscarla.

—¿Qué problema? ¿Tienes algún problema, Chance? —preguntó el chico que se había convertido en un hombre.

—No, pero Alacridad sí. Ha desaparecido y quiero encontrarla.

—Está con Huesos —dijo Wanita. Huesos es como llamaba a Juan Thrombone.

—Pero tengo que encontrarla.

—Volverá, Chance —dijo Reggie—. No hace falta que vayamos a buscarla si va a volver.

—Pero es que necesito encontrarla —insistí.

—¿Para qué?

—Lo único que tienes que hacer es ayudarme y dejar de hacer preguntas estúpidas. —Estaba enfadado y esperaba que mi rabia todavía pudiera abrumar al niño que quedaba en el hombre.

—Yo me quedo —dijo Reggie—. Estoy tocando el tambor y no hay más que hablar.

Los dejé en el claro y salí en busca de Alacridad y Thrombone yo solo. Deambulé por el bosque alrededor del Tratado y después me adentré aún más. Empecé a llamarla a voces hacia el mediodía. Por la noche, cuando por fin me quedé sin voz, regresé al campamento. Reggie y Wanita ya estaban dormidos. Addy estaba sentada frente al fuego junto a Número Uno, pero no me apetecía hablar con ella.

A la mañana siguiente salí de nuevo. Durante seis mañanas la busqué y llamé. Pero no pude encontrarla.

Entre los árboles normales (abetos, cedros, pinos amarillos, incluso alguna cicuta aquí y allá) se encontraban los abetos blancos especiales de Juan Thrombone. Estos árboles poseían un tipo de vida distinto. Eran árboles como los demás en casi todos los sentidos, pero también irradiaban una suerte de emisión de baja frecuencia; un sonido que no se alcanzaba a oír realmente, una canción. Y aunque lo cierto era que nunca había visto moverse a ninguno, a menudo me desorientaba en partes del bosque que a veces estaban atestadas de abetos blancos y otras estaban despobladas o despejadas por completo.

A lo largo de aquella semana, estoy seguro de que los abetos conspiraron para frustrar mis intentos de encontrar a Alacridad. A veces, cuando me parecía haber oído la voz lejana de una niña, corría en esa dirección, pero los abetos eran demasiado densos y no podía atravesarlos.

A veces el camino que seguía trazaba círculos que me alejaban de mi destino.

Addy se negaba a hablar conmigo al respecto. Reggie pensaba que estaba loco, y Wanita seguía contándome historias sobre los sueños que había tenido. Creo que esperaba que me olvidara de Alacridad escuchando sus cuentos.

Por aquel entonces era joven y estúpido. No recuerdo la mayoría de los sueños. Estaba demasiado preocupado por Alacridad, o para ser más exactos, estaba celoso. Alacridad me trataba como si fuera su padre y su mejor amigo. Sabía que Juan no estaba abusando de ella. Pero estaba apartándola de mí. Igual que me había quitado a Addy.

El único sueño de Wanita que recuerdo era acerca de los Hombres Colmillo. Grandes hombres de cuerpo peludo y mandíbulas inferiores que sobresalían erizadas de largos dientes de sable. Portaban mazas y deambulaban sin rumbo por las calles de una ciudad bombardeada. Eran carnívoros. Comían gente. Gente, dijo Wanita. Adondequiera que la hubiesen transportado sus sueños en aquella ocasión, había personas allí, no cristales rosas ni nubes de niebla inteligentes.

Los Hombres Colmillo sabían que Wanita estaba allí. La buscaban, pero ella corría. Corrió por el cielo hasta un gran fuerte de piedra donde la gente se reunía para repeler a sus enemigos. Estos enemigos eran Hombres Colmillo y mujeres lobo, reptantes personas gusano y gordos traseros que no pesaban casi nada, flotando sobre gases venenosos como globos flatulentos.

El sueño había asustado a Wanita, por eso lo recuerdo. La senté en mi regazo y la abracé y le dije que todo eso sucedía muy lejos y que ahora estaba a salvo en el Tratado.

—¿Por qué no te gusta estar aquí? —preguntó Wanita, limpiándose las lágrimas en mi hombro.

—Sí que me gusta, cielo. Es sólo que todo es muy distinto.

—¿Distinto de qué?

—No lo sé —dije—. Reggie y tú, Alacridad y Huesos. No puedo seguir vuestro ritmo. A veces lo único que me gustaría es irme a casa.

—No nos dejes, Chance —dijo la pequeña.

—Chance —me llamó alguien a lo lejos.

Levanté la cabeza, porque no era una voz que conociera. Sonaba familiar, pero no atinaba a saber de dónde o cuándo.

—Chance —de nuevo.

Desde Número Doce, saliendo de la arboleda, venía Juan Thrombone acompañado de una mujer alta. Tenía el pelo rubio muy corto y la piel blanca. Al acercarse, pude ver que una cicatriz de feo aspecto le cruzaba el mentón. Por toda vestimenta llevaba una capa de piel que no acertaba a cubrir todo su cuerpo a la vez. Estaba llamándome por mi nombre y saludándome con la mano.

—Alacridad —escapó de mis labios.

Antes de darme cuenta estaba corriendo. Addy, Reggie y Wanita venían detrás de mí. Fui el primero en llegar hasta ella, no obstante. La levanté del suelo y la abracé con fuerza. El achuchón con que me correspondió estuvo a punto de partirme la columna.

Me atronó los oídos con sus gritos y me hizo girar en volandas.

—¡Hola a todos! —chilló.

Nos deshicimos en gritos de alegría y piruetas, una tribu perdida de primitivos refugiada al otro lado de la cordura.

—Huesos me hizo pelear con osos —dijo Alacridad cuando nos sentamos alrededor del fuego esa noche. Ataviada únicamente con su manto de piel de oso, estaba sentada a mi lado, colgada de mi brazo, con los dedos enlazados entre los míos. Alrededor de sus labios había inscrito un círculo oscuro de comida reseca—. Primero fue sólo una osa pequeña. Luchamos durante casi una hora, hasta que le tiré de las orejas con tanta fuerza que salió corriendo. No le habría hecho algo así, pero es que estaba enfadada porque me había arañado la barbilla.

Juan Thrombone roncaba al pie de Número Uno mientras el resto de nosotros estábamos en torno al fuego bajo Doce.

—Pero luego —continuó Alacridad—, después de pelear, me sentía realmente cansada y tuve que echarme a dormir. Y todos los osos estaban gruñendo. Y cuando despertaba me encontraba con otro oso, sólo que un poco más grande, y otra vez a luchar. Pero cada vez era más fuerte y sabía pelear mejor. A veces me rompía una pierna. A veces me curaba muy mal. Pero la única cicatriz que me ha quedado es de la primera vez. Huesos dijo que era la primera sangre, y me aplicó una tierra especial en ella mientras dormía para que no se borrara. Dijo que debería recordar siempre la primera sangre porque era una guerrera, y los guerreros tenían que recordar que también ellos podían resultar heridos.

»Al final tuve que enfrentarme a Brutus.

—¿Quién es ése? —exclamó Wanita.

—Brutus era el gran oso negro que nos azuzó hasta aquí. Me odiaba porque le rompí la nariz. Siempre había estado acechando por los alrededores para cazarme, sólo que Huesos no le dejó hasta que tuvimos la competición. Porque, veréis, Huesos dijo que tenía que crecer para sentir mi poder. Dijo que siempre estaba tan nerviosa porque necesitaba ser grande para hacer lo que tenía que hacer. Así que cada vez que me acostaba, crecía. Y cuando me hice mayor del todo, tuve que pelear a muerte con Brutus porque ése sería mi bat... bau...

—Bautismo —dijo Addy.

—Eso —convino Alacridad—. Mi bautismo.

—Ajá. —Wanita asintió y miró a su amiga a los ojos—. Eso es porque vas a tener que pelear y eso. Lo he visto, Alacridad. Eras preciosa y estabas realmente enfadada.

—Se me echó encima muy rápido —dijo Alacridad—. Pero salté alto y aterricé en su espalda. Entonces le tiré de las orejas y me bajé de un salto cuando intentó aplastarme contra un árbol. Y luego me hice con un palo y él seguía insistiendo, pero yo no paraba de esquivarlo dando saltos y de pegarle en el cuello y así. Una vez me atrapó y me derribó con sus zarpas y me cortó en el pecho, pero me aparté rodando cuando me soltó un segundo. Y entonces le crucé la cara y ya no podía ver nada. Así que le golpeé en la cabeza con una roca y se cayó y rodó por los suelos porque no podía ver nada y le dolía la cabeza. —Alacridad se interrumpió un momento y adoptó una expresión muy seria.

—Así que lo venciste —exclamó Wanita—. Ganaste.

—Huesos dijo que tenía que matar a Brutus si quería ganar —dijo la guerrera—. Dijo que tenía que ser capaz de matar a mi adversario, y luego lo celebraríamos comiéndonos su hígado.

—¿Lo mataste? —preguntó atemorizada Wanita.

—Le clavé los dedos en el cuello y le arranqué la tráquea, ajá, sí.

Me fijé más de cerca en el círculo oscuro que le rodeaba los labios. Lo que me asustaba era que no se había lavado el macabro trofeo.

Después de eso nos quedamos callados. Lo único que se oía eran los ronquidos de Juan Thrombone, a más de trescientos metros de distancia.

Veintiséis

El cambio de Alacridad surtió un poderoso efecto sobre Reggie. Empezó a seguirla sin ser visto. Cuando bajaba al arroyo para bañarse con Wanita, siempre se podía encontrar a Reggie no muy lejos, mirando. Se enfurruñaba en su presencia y casi no le dirigía la palabra directamente. A veces le decía cosas a Wanita mientras Alacridad estaba delante.

—Debería ponerse una camisa si quiere trepar a los árboles, no vayan a transformarse en «tetoyas» —dijo en más de una ocasión, riéndose ostentosamente para subrayar su mal chiste.

La conducta de Reggie desconcertaba a Alacridad. Siempre habían sido amigos. Él era un modelo para ella. Le enseñaba a encontrar caminos y le hacía juguetitos y baratijas de madera.

Por supuesto, el comportamiento de Alacridad no contribuía a arreglar las cosas. Seguía siendo una niña en más de un sentido, paseándose y bailando sin el menor pudor. Sus vestidos de tela de árbol le gustaban cortos para poder moverse libremente y a menudo caminaba desnuda, o casi, como su madre.

Reggie pasaba cada vez más tiempo detrás de Número Siete.

La tensión que se respiraba en el aire era enervante, y me descubrí abandonando la catedral durante el día para deambular entre los árboles.

De los abetos blancos especiales que rodeaban el Tratado emanaba una sensación de profunda calma. Juan dijo que había plantado muchos de ellos y los había ayudado a crecer como hiciera con Alacridad.

—Están todos por aquí. Son un poco como tú, Última Oportunidad: medialuces y libres.

Aprendí a no preguntar qué quería decir con sus pronunciamientos. Lo que fuera que sabía sobre mí, se lo podía guardar para él.

—Conozco los árboles cantores, los abetos blancos, pero, ¿dónde están estas crías de árbol de las que siempre estás hablando?

—En el lugar que les corresponde, amigo mío. En el lugar que les corresponde.

Un día salí del campamento temprano para pasear entre los árboles. Era fácil encontrar un árbol que Juan hubiera criado debido a la ligera vibración «cantarina» que emitía. Sentado bajo las ramas de uno de aquellos jóvenes abetos, tenía la sensación de movimiento y tranquilidad. Era la antítesis de estar conduciendo un descapotable por una carretera recta en una llanura; aunque estaba quieto, sentía la ilusión del movimiento.

Estaba sentado en un claro de esos árboles especiales, deseando haber traído mi *Historia* conmigo, cuando apareció Alacridad. Llevaba puesto un vestido corto de tela de árbol con botones de madera a un lado. Se agachó para apoyar su arco y sus flechas contra el árbol. Se podía ver la mayor parte de sus piernas, poderosas y largas, y sus senos parecían apuntar adondequiera que estuviese mirando.

Entonces se giró hacia mí.

—Hola, Chance —dijo. Se acercó a mí igual que la niña que todavía era.

—Hola, Alacridad. ¿Qué pasa?

—Nada —dijo.

Nos quedamos allí sentados un momento, con la mirada perdida.

—Cuando estaba fuera con Huesos —dijo Alacridad—, podía oírte llamándome. Podía oírte cuando dormía y podía sentir cómo me hacía más grande y fuerte. Y podía oírte llamándome, y lo único que quería era volver aquí contigo.

Apoyó la mano en la cara interior de mi muslo.

—Quería que me lo hicieras —dijo.

—Ah, ¿sí? —Intenté aparentar indiferencia.

—Ajá. —Su mano subió ligeramente. Era plenamente consciente de que la tela de mis pantalones de paño de árbol no era más gruesa que mi piel.

—¿Qué quieres ahora? —pregunté.

Fue su primer beso. Su primer beso de mujer, quiero decir. Apretó los labios contra los míos y se estremeció. Quería creer que sólo era una joven acercándose a un hombre en el que pensaba que podía confiar.

Fue un beso dulce, y yo necesitaba amor.

Pero Alacridad había sido como una sobrinita para mí hasta hacía apenas unas semanas. La deseaba, pero no tenía la menor intención de sucumbir a ese deseo. Me gustaría poder decir que la aparté y le dije que habría otros hombres para ella. Pero aquel día nos separaron otras circunstancias.

—¡Vosotros, dejadlo ya! —gritó.

Alacridad se puso de pie y apuntó una flecha en dirección a la voz. A través del denso entramado de hojas, a unos sesenta metros, pude entrever una forma que sabía que tenía que pertenecer a Reggie. Con la velocidad imposible de un sueño, Alacridad tensó el arco y dejó volar la flecha.

El cuerpo entre los árboles se puso a cubierto más deprisa de lo que hubiera creído posible, pero el grito de dolor me indicó que la velocidad de Alacridad había sido aún mayor.

Reggie se levantó en un instante y se alejó, renqueando.

—¡Te mataré! —chilló Alacridad. Había preparado otra flecha.

Reggie profirió un grito.

Salté, agarrando el arco y cargando todo mi peso sobre la muchacha enfurecida. El arco se partió y me caí. Alacridad empezó a correr en la dirección en que había huido Reggie, pero conseguí sujetarle un pie y derribarla.

Se desplomó pero volvió a levantarse en un instante. Volví a agarrarla; se dio la vuelta y me lanzó contra un árbol. Con una mano contra mi pecho, Alacridad blandió un enorme cuchillo de madera con la otra. La rabia asesina que la estremecía anulaba cualquier posible amor. Podía ver que ésa era la pasión que despertaba el sexo en ella.

Yo estaba acostumbrado a flores silvestres y vino tinto, no a flechas y cuchillos.

—¡Joder! —me gritó Alacridad a la cara.

Me dio la espalda y se alejó en dirección al bosque. Había dejado de preocuparme por Reggie. Parecía que la flecha sólo le había alcanzado en el muslo, y sabía que Alacridad no sería capaz de encontrarlo una vez se perdiera de vista.

Los abetos blancos que me rodeaban entonaban un dulce contrapunto a mi pánico. Pero la música no era ningún bálsamo para mi dolor. Era carne frente a hojas de hierro; era un cristiano a merced de los leones. Estaba en el centro de la historia y estaba pagando el precio por ello. Sentí un escalofrío al pensar en lo rápido que Alacridad había decidido matar a su amigo. Intenté pensar en algo que hacer al respecto, pero no se me ocurrió nada. La estela de mi temor me produjo vértigo. Cerré los ojos, y el sueño me siguió a la oscuridad.

Cuando regresé al campamento aquella noche, Reggie había estado allí, pero había vuelto a marcharse. Addy dijo que, según él, su herida era fruto de una caída. No le había creído, pero el muchacho se había marchado antes de que llegáramos Juan o yo.

Alacridad volvió tarde. Estaba malhumorada y se acostó pronto.

Pasaron días sin que viéramos a Reggie. Puso su presencia de manifiesto, sin embargo, llevándose comida y su saco de dormir.

El silencio prevaleció durante aquellos días. Wanita estaba callada, ni siquiera hablaba de sus sueños. Addy se pasaba horas sentada con su hija, cocinando y trabajando la tela de árbol. Sólo Juan Thrombone parecía inmune al estado de ánimo general. Dedicaba la mayor parte de su tiempo a preparar la llegada de los nuevos pobladores del Tratado.

No dejaba de decir que pronto vendría más gente como Addy y como yo: medialuces y libres.

Huesos siempre estaba yendo o viniendo de la ciudad abandonada que había a unos ocho kilómetros de distancia. Había sido un pueblo minero, apenas tres edificios derruidos al lado de un arroyo que alguna vez debía de haber sido una carretera. Había un hotel, una iglesia, y lo que podría haber sido un granero o un salón de baile. Juan estaba trabajando en ellos, reparando las grietas, llevando pieles de oso y grandes ollas de granito.

Una vez le vi transportar un caldero de gran tamaño empleando osos como bestias de carga. Los conducía con simples riendas hechas de pelo de distintos animales y piel de ciervo. Las cuerdas que usaba también estaban hechas de pelo y tela de árbol fuertemente trenzada. Era todo un espectáculo ver un tiro de seis osos enormes trabajando al unísono para mover el caldero oblongo de piedra de más de un metro de alto.

Aquella mañana en particular yo había salido en busca de Reggie. No lo había vuelto a ver desde el día en el claro cantarín. Oí sonidos a lo lejos y los seguí. Cuando llegué allí, vi el tiro de osos moviendo el caldero de piedra pendiente abajo por una quebrada poblada de pequeños árboles. Juan Thrombone estaba sentado encima del caldero, guiando a las bestias que gruñían. Había mariposas a su alrededor. Miles de mariposas. Algunas eran grandes como las que nos habían atacado, pero muchas eran pequeñas y de aspecto normal. Parecían estar apremiando a los osos y a Thrombone.

—¡Deprisa, osos! —ladró Juan Thrombone—. ¡Cuanto antes lleguemos, antes tendréis vuestra miel!

Me pasé el resto de la mañana siguiéndolos. No tenía otra cosa que hacer. Tiraron y bregaron, gruñeron y rugieron durante más de tres horas hasta llegar a la ciudad del Tratado, en el corazón de un bosque de cedros.

Cuando dejaron el caldero enfrente de la estructura parecida a un granero, Juan sacó seis grandes cuencos de madera, que llenó a continuación con la miel que llevaba en una bolsa de gamuza. Los osos se dirigieron al dulce líquido e inmediatamente quedaron cubiertos de mariposas.

—Bonito, ¿eh?

La voz me sobresaltó. Jadeé exactamente igual que una joven actriz atemorizada en una mala película del Oeste.

—Hola —dijo Alacridad.

—Hola —susurré.

Nos quedamos mirando un rato, antes de que me indicara con un gesto de la cabeza que deberíamos marcharnos. La seguí por un sendero en el que no había reparado antes. Llevaba puestos unos vaqueros de su madre y una de mis camisas a cuadros.

Caminos mucho tiempo, sin decirnos absolutamente nada. Durante más de una hora ascendimos gradualmente, pero luego empezamos a bajar. El terreno era bastante abrupto, y la mayor parte del tiempo no había camino alguno. Cada paso era un movimiento distinto, un gesto nuevo. Seguir a Alacridad por aquella orografía adversa era como ensayar los movimientos de alguna oración y danza primitiva.

Después de aproximadamente dos horas nos detuvimos.

—Está justo ahí arriba —dijo.

—¿El qué? —Yo estaba resoplando y no quería dar otro paso.

—Ya tienes que estar preparado, Chance —dijo en vez de responder a mi pregunta.

—¿Preparado para qué?

—Tan sólo procura calmarte ahora; está justo ahí arriba. En cuanto pasemos entre esos dos árboles.

Estábamos en uno de los bosquecillos de abetos cantores de Juan Thrombone. Formaban una barricada y un portal. Alacridad se abrió paso a través de los jóvenes troncos. De hecho, los mismos árboles parecían apartarse para ella. Pasamos a un vasto espacio, una arboleda de jóvenes secuoyas. Jóvenes, pero menudos árboles eran.

Había dos docenas de secuoyas de diez metros de alto alrededor del calvero. Cada una de ellas era magnífica por derecho propio, pero lo que me deslumbró fue otra cosa. Donde los árboles cantores de Juan Thrombone cantaban con tonos atiplados como si fueran *castrati*, aquellos grandes árboles tarareaban un salmo tan ronco que me obligó a caer de rodillas. Eran, estaba seguro, el coro de la Tierra. Su profunda melodía retumbante me lo decía todo. Eran el himno de una historia intacta tan antigua que antecedía a la luz que los iluminaba.

Allí estaba yo, genuflexo, frente al círculo de árboles. Los bauticé de inmediato: los Árboles Rugientes de la Tierra.

—Vamos, Chance —me dijo Alacridad—. Quiero mostrarte el trono.

—No —gemí roncamente.

—¿Por qué no?

—No puedo. —Me tragué las palabras. No creo que me entendiera—. No puedo —repetí.

—Pero si es un trono. Ya verás cómo te gusta.

Sollocé, pero no podía decir nada más. Alacridad se arrodilló a mi lado y me rodeó con los brazos. Instintivamente acercó mi cabeza a sus pechos. Su fuerza y su calor, el poderoso latido de su corazón, me revivieron en parte. La abracé con fuerza y sus brazos se afianzaron también a mi alrededor.

Por triste y suicida que me hubiera sentido en San Francisco, ni siquiera una sola vez se me ocurrió que pudiera existir demasiada belleza. Pero allí, con aquellos árboles, en los brazos de aquella hermosa guerrera, me sentía demasiado pequeño como para disfrutar del placer que se me ofrecía.

—Vamos, Chance —insistió Alacridad—. Ven conmigo.

Me puso de pie, y caminamos entre el coro de dioses. La música que emanaba no era tanto un sonido como una vibración que resonaba en los huesos. En algún rincón de mi ser se satisfizo un profundo anhelo de fricción cuya existencia ni siquiera hubiese sospechado. Me fallaba el equilibrio, el suelo parecía balancearse por momentos. Los árboles no parecían estar limitados por el espacio en absoluto. Estaban en todas partes a la vez.

Alacridad caminaba rodeándome la cintura con un brazo. Me condujo hasta el árbol más grande, hacia el otro extremo del claro. En su corteza había una abertura como una llama negra congelada. La hendidura era lo bastante grande como para permitir el paso de una persona, pero no muy lejos.

—Siéntate —me dijo Alacridad—. Siéntate dentro.

Hice lo que me pedía, poniéndome de rodillas y arrastrándome hasta el interior.

En cuanto me senté, el coro cesó. Era como si todas las vibraciones hubieran confluido, anulándose unas a otras, o complementándose tal vez entre sí. Luego, en lugar de oírlas, vi su música como la intrincada imbricación de luces multicolores. Era como estar sentado en el centro de una gema gigante, experimentando su formación a lo largo de millones de años. Los árboles estaban creciendo y construyendo el mundo a su alrededor. Un exquisito e invisible edificio de posibilidad se elevaba en el bosque, y yo era el único testigo. Era una conspiración arbórea. Un diseño majestuoso. Quería formar parte de aquel diseño. Quería echar raíces allí mismo, en aquella oquedad. Quería ser una nota grave en su rugir.

Mis sentidos humanos se bloquearon dentro del árbol. Era una raíz que presentía el agua, una célula empapándose de luz. Podía sentir cómo mi cuerpo se estiraba y deformaba.

Una lánguida raíz me acarició la mejilla.

—Vamos, Chance —volvió a decir Alacridad—. Ya es suficiente. Se supone que no debes quedarte ahí tanto tiempo. Vamos.

Si me hubieran quedado fuerzas, le habría hecho frente. Aquel árbol me subyugaba como jamás lo había hecho Claudia Corazón.

Alacridad tiró de mí hasta ponerme de pie y me hizo salir corriendo del calvero. Podía oír a los árboles llamándome, llamándome. Una vez estuvimos de nuevo entre los simples abetos cantores de Juan Thrombone, me relajé. Se apoderó de mí un agotamiento como no había experimentado en mi vida. Hasta la última de mis células estaba extenuada. Inspiré una bocanada entrecortada de aire, como quien ha estado a punto de ahogarse.

—¿A que es guay? —preguntó Alacridad, entusiasmada por nuestra aventura.

—¿Qué me ha pasado?

—No lo sé exactamente, pero el árbol te quiere. Te llama y entonces, si entras, intenta arrastrarte a su interior. Es genial.

Todo aquello había excitado enormemente a Alacridad. Me abrió la camisa de golpe, arrancándome todos los botones, y me bajó los pantalones. Cuando se levantó, despojándose de su ropa, la observé con una sola cosa en mi mente.

Alacridad, y sus pechos, contemplaban mi erección. Comprendí que me había llevado hasta allí porque de algún modo sabía que la canción de las secuoyas me enardecería.

Me llevé la mano a la polla, y Alacridad jadeó. Cuando me agaché para subirme los pantalones, frunció el ceño y esperé que su nuevo arco no anduviera cerca.

—Siéntate, Alacridad —dije—. Ven y siéntate a mi lado.

—¿Por qué?

—Tú siéntate, cielo.

Esperó unos instantes y luego hizo lo que le pedía.

Cogí sus manos entre las mías. Se relajó un poco.

—Mi niña —dije. Estaba cansado y la profunda canción de los árboles seguía sonando en mi cabeza—. Eres mi pequeña. Fui discípulo de tu padre, y su sangre corre por mis venas. Soy como tu tío o tu hermano mayor. Soy tu familia, cielo. No puedo ser tu novio.

—¿Por qué no? —preguntó—. Te quiero. Ni siquiera pienso en nadie más que tú. Todo el tiempo.

—Eso es sólo porque has crecido muy deprisa. Me quieres, y de repente te encuentras con que eres una mujer. Resulta confuso, pero no te preocupes, ya habrá hombres para ti.

—¿Cuándo?

—No falta tanto. Pero tienes que recordar que no puedes resolver todos tus problemas luchando. Eres una guerrera, pero deberías entablar batalla únicamente cuando nada más dé resultado.

—Reggie hizo mal espiándonos —dijo Alacridad.

—Ya, pero ha crecido casi tan deprisa como tú. Y eres preciosa,

Alacridad. Si te taparas un poco más, no se excitaría tanto. Sabes, si correteas desnuda por ahí, los hombres te seguirán... y eso no está bien. Quiero decir, la mayoría de las veces las mujeres tienen problemas cuando los hombres van detrás de ellas de esa manera. Pero en tu caso creo que serán los hombres los que lo pasarán mal.

—Si él me deja en paz, no le molestaré —acotó Alacridad.

—No puedo decirte lo que tienes que hacer, cielo. Ahora eres una mujer... tanto si estás preparada como si no. Pero hazme un favor, ¿vale?

—¿El qué?

—No seas mala con nosotros, pobres hombres. Danos un respiro.

No sé qué es lo que dije exactamente. No sé qué es lo que oyó ella, pero Alacridad me rodeó con los brazos y me apretó con tanta fuerza que tuve que renunciar a respirar mientras duró el abrazo.

—Te quiero, Chance —me susurró al oído.

Oí en sus palabras la canción de los árboles. Aún seguían llamándome.

Veintisiete

Un día de lluvia, no mucho después de mi conversación con Alacridad, todos oímos un débil grito procedente de algún lugar no muy lejos. Juan estaba sentado al pie de Número Uno con Alacridad, desollando un ciervo que ella había abatido con su arco y sus flechas. Fue el primero en levantar la cabeza.

—Están aquí —dijo—. Están aquí.

Se levantó de un salto y corrió en dirección a la arboleda cantora, seguido de Alacridad y Wanita y, por último, de Reggie el buscador de caminos. Addy y yo nos acercamos a la linde de la catedral y aguardamos. Agucé el oído, pero no hubo más gritos. Lo único que podía escuchar era el tabaleo y el siseo de la suave lluvia.

—Ahí están —dijo Addy.

Entre los árboles, a veinte o treinta metros hacia la izquierda del lugar donde habían desaparecido, venía la tropa al completo, incluidos un hombre bajito de cejas pobladas y una mujer marrón que lloraba y se lamentaba por algo.

Addy y yo salimos corriendo bajo la lluvia para ver qué podíamos hacer.

—Los osos —estaba diciendo la mujer—. Nos persiguen los osos.

Supe entonces que aquéllos eran los primeros nuevos residentes de la ciudad del Tratado.

No muchos desconocidos llegaban al Tratado. Alguna que otra pareja de campistas de vez en cuando. Algún guarda forestal de forma esporádica. Pero la mayoría de los posibles intrusos se achicaban ante los macizos de los árboles especiales de Juan o los osos. Aunque alguien terminara topándose con nosotros, no importaba gran cosa.

Huesos los recibía, les daba la mano y los miraba fijamente a los ojos. Al cabo de un rato, quienquiera que nos hubiera molestado sencillamente daba media vuelta y se iba, con un pasillo de árboles abriéndose ante él y cerrándose a su paso.

—Ya pasó, querida —dijo el hombrecillo de cejas pobladas—. Ya hemos llegado y no tendremos que volver a preocuparnos.

Su nombre, como supe más tarde, era Gerin Reed. Antiguo alcaide de la penitenciaria de Folsom, ahora era una especie de nómada, hippie incluso, que se extasiaba con todo lo que podía ver, oír o tocar. Su novia era una mujer pakistaní llamada Preeta. Había llegado a América con sus padres cuando era niña. Pero murieron y ella pasó a estar bajo la tutela del estado. También era una vagabunda. Gerin y ella se habían conocido en Bakersfield hacía tan sólo un mes. Gerin había oído la llamada de los árboles cantores de Huesos; no las secuoyas rugientes, sino los que cultivaba Thrombone para enmascarar la canción de los dioses arbóreos.

Gerin se adaptó al Tratado como si estuviera hecho a medida para él. Preeta y él se quedaron con nosotros unos días antes de mudarse a la ciudad. Ocuparon una habitación en la parte posterior del hotel. Preeta estaba haciendo la colada en el arroyo antes de que terminara la jornada.

A lo largo de los meses siguientes, Gerin Reed y Juan Thrombone trabaron una gran amistad. Daban largos paseos por el bosque y salían a pescar juntos a menudo. Gerin hablaba poco, pero nunca parecía cansarse de los acertijos de Thrombone. Juan llamaba a Gerin Orgullo de Hombre. Fue el ver su amistad lo que me ayudó a comprender cuánto me había equivocado con Huesos.

Tres días después de que Gerin y Preeta se instalaran en la ciudad del Tratado, salí a pasear por el bosque. Faltaban pocas horas para que oscureciera. Estaba pensando en mi madre. ¿Creería que había muerto en alguna parte? ¿Lloraría por mí? Decidí preguntarle a Huesos si estaría dispuesto a enseñarme dónde había un buzón y cómo regresar a Número Doce. Planeaba arrancar dos de las últimas páginas de mi *Historia*, una para la carta y otra para el sobre. Mi letra había ido volviéndose más pequeña conforme avanzaba en la narración; todavía me quedaban más de seiscientas páginas en blanco.

Estaba a punto de dar media vuelta y regresar a la catedral cuando alguien me agarró por detrás y me tiró al suelo. Había dos hombres encima de mí. Uno me sostenía las piernas mientras el otro se sentaba en mi pecho. El que tenía en el pecho lucía feas cicatrices y llevaba un parche en el ojo. Empuñaba una piedra del tamaño de un huevo de avestruz en la mano izquierda.

—Grita o resístete, y te abro la cabeza —dijo el hombre de las cicatrices.

—Vale —dije—. Está bien.

Entonces se levantó de mi pecho, y el otro hombre me soltó las piernas. Me incorporé para medirme con mis agresores. No tenía miedo. No había vuelto a sentir temor desde mi llegada al Tratado. No el temor a resultar herido, al menos. Sentía más curiosidad por saber quién había llegado tan adentro del Tratado sin que lo expulsara ningún oso, árbol o mariposa.

Formaban una extraña pareja. El que me había sujetado las piernas tenía la constitución propia de alguien fornido, pero sin carne en los huesos. Era de peso medio con la piel negra apergaminada. Estaba moqueando, y el blanco de sus ojos era de un rosa brillante. Pese al frío, sólo llevaba una camiseta encima.

Su compañero era todo un ejemplar. Lucía zapatos de cuero negro y una larga trinchera gris que en su día había sido negra. Las cicatrices que le cruzaban la cara seguían una pauta casi lo bastante regular como para tratarse de un diseño macabro. Llevaba puesto un cono de cuero endurecido a modo de parche encima del ojo derecho y una correa del mismo material sobre el labio inferior. Su ojo sano me resultaba curiosamente familiar.

—¿Chance? —preguntó el hombre de las cicatrices.

—¿Quién eres? —repuse.

—Miles Barber.

Se me heló la piel. La posibilidad de que el detective pudiera haberme seguido el rastro hasta allí, cuando ni siquiera yo sabía dónde estaba, me desorientó. Por primera vez en mi vida pensé en matar a alguien. El asesinato me tensó la mandíbula y apretó mi puño. Barber apenas podía ver, y el hombre que lo acompañaba parecía débil y enfermo. Habían tenido que aunar esfuerzos para derribarme por sorpresa.

El músculo de mi antebrazo derecho temblaba violentamente.

—¿Qué hace aquí, detective?

—Ex detective. Me jubilaron por culpa de... —Terminó la frase señalándose la cara—. Pero estamos aquí porque hemos oído algo. Mackie y yo lo hemos oído.

—¿Ustedes? —No pude ocultar mi sorpresa—. ¿Cómo? Usted pensaba que Ordé era un idiota y un criminal. ¿Cómo es posible que oiga nada?

—Puedo sentir el dolor —dijo el ex detective—. Lo siento cada segundo todos los días. Lo siento en mi piel, en mis huesos, y en mi alma, sea lo que sea eso.

Barber sacó en ese momento una pistola del 38, poniendo fin a cualquier posible residuo de intención asesina que me quedara.

—¿Dónde está? —preguntó Barber.

—Eh, hombre. Apunte eso a otra parte. —Miré a mi hermano negro en busca de apoyo, pero el rostro demacrado de Mackie no albergaba ninguna esperanza y muy poco interés.

—No juegues conmigo, hijo. —Barber gesticuló peligrosamente con su pistola—. Ya no me ampara la ley, y eso significa que a ti tampoco.

—¿Quién?

—Nada de nombres. Tan sólo el Hombre Gris.

La risa fue la mejor respuesta que pude dar.

Llevé a Barber y a Mackie Allitar a la catedral. Allí nadie se sorprendió ante la llegada de nuevos ciudadanos para el pueblo de Huesos. Wanita conocía incluso sus nombres antes de que se presentaran.

—¿Por qué no me dijiste que iban a venir? —pregunté a la soñadora.

—Tú ya sabías que iba a venir gente —dijo—. Y no es de buena educación decir los nombres de la gente. Les gusta hacerlo personalmente.

—¿Habéis visto algún oso? —preguntó Reggie a Mackie.

—¿Eh? —preguntó el convicto fugado. Estaba mirando a Wanita con las ventanas de la nariz dilatadas.

—¿Habéis visto algún oso? —Alacridad repitió la pregunta.

—No. O sea, hemos oído no sé qué hostias, pero no hemos visto nada.

—Pero si los osos persiguen a todo el mundo —dijo Alacridad. Se puso de pie, lo que ya de por sí constituía un gesto amenazador.

—No lo mates si no es tu enemigo, niña —dijo Juan Thrombone, apareciendo de algún lugar detrás de Número Diez—. Los osos conocen ya el olor de nuestros amigos. Pueden moverse libremente. Vienen para cultivar, no para cazar.

—Pero tienen mala pinta. —Alacridad siempre decía la verdad y nunca había oído ni siquiera hablar de los buenos modales.

Huesos se acercó a ella y le enmarcó el rostro con las manos.

—Y tú tienes pinta de ángel. Pero todos sabemos que conviene tener miedo cuando no sonríes.

El sonrojo y la sonrisa de Alacridad nos tranquilizaron a todos.

—Soy Juan Thrombone —dijo Huesos a sus huéspedes—. Y vosotros sois Mackie y Miles. Os llevaré a vuestro alojamiento. Las habitaciones están preparadas, y ya tenéis incluso algunos vecinos.

Huesos miró fijamente a los ojos al ex detective y sonrió.

—Uno no tiene por qué buscar a la muerte, Miles y Miles. Ésta siempre está buscándolo a uno.

El policía se estremeció.

—Venga —dijo Juan—. Vayamos a encontraros un nuevo hogar.

Seguí al trío sin que nadie me invitara. Por el camino Mackie estaba callado, Barber taciturno, y Huesos rebosante de chanzas y chistes incomprensibles. Se lo pasaba en grande a costa de las agujas de pino, la luz del sol y los vientos de invierno provenientes del mar.

Mackie se sobresaltó al ver a Gerin Reed, su antiguo alcaide, en la puerta del destartalado hotel en la improvisada ciudad del Tratado. Pero se tranquilizó cuando el alcaide sonrió y le estrechó la mano.

—Mackie, ¿verdad? —preguntó Reed.

—¿Tienen droga de sangre aquí? —fueron las primeras palabras de Mackie.

—Vamos —dijo Reed—. Dejad que os enseñe las habitaciones, muchachos. Todo va a salir bien.

Veintiocho

Seis semanas después de que el ex detective y el convicto prófugo llegaran al Tratado, vi a Gerin Reed y a Juan Thrombone abriéndose paso por el corazón del bosque. No era un espectáculo inusitado. El antiguo alcaide y el jardinero habían hecho buenas migas desde el primer día que se vieron. Gerin podía escuchar a Huesos durante horas sin cansarse y sin necesitar que le aclararan ninguna de las extrañas frases o chistes de Juan.

A mí me bastaban unos minutos de las palabras y la telepatía del hombrecillo marrón para quedarme sin aliento. Pero a Gerin Reed no. Se solazaba en el poder de Juan Thrombone. Y sospecho que el menudo jardinero sentía la necesidad de abrirse a alguien, un amigo. Quizá fuera ésa una de las razones por las que atraía a tantos medialuces a su presencia.

Los Azules puros no comprendían a Huesos mejor que yo. Se esforzaban por intentar descifrar su propia naturaleza, procrear y cambiar el mundo para amoldarlo a su imagen. Pero rara vez se reían o jugaban. Al principio pensé que se debía a que ya no eran humanos, a que se habían convertido en cierto modo en los ideales platónicos. Estos ideales, al estar por encima del idealismo humano, se habían vuelto contra sí mismos, de modo que uno encontraba al filósofo sin humanidad, al amante incapaz de amar. Por supuesto, había Azules como Eileen Martel y Phyllis Yamauchi que eran amigables, pero incluso ellos parecían estar siguiendo alguna compleja compulsión interna, un impulso que parecía más instintivo que iluminado.

Pero Juan Thrombone reía y jugaba. Daba volteretas y era, al parecer, poco sistemático en cuanto a lo que creía y decía. Era más humano que los otros Azules. En lugar de un mero concepto como el Amor o la Muerte, poseía una personalidad. Quería a Addy como cualquier hombre querría a una mujer.

Huesos era un secreto que estaba por encima de los secretos contenidos en la luz azul. Él era la clave y eso, en última instancia, era lo que me mantenía cerca de él. Podría haberme quedado de todas maneras, por la Muerte. Creía a Reggie cuando afirmaba que el Tratado era el lugar más seguro de toda la Tierra. Lo creía principalmente por Huesos y sus impresionantes secuoyas rugientes.

Un día, mientras pensaba en aquellos árboles, le pregunté a Huesos si había convertido las semillas de la gran secuoya en árboles porque la mayoría de los Azules eran estériles y quería cambiar eso.

Me respondió:

—No, Última Oportunidad. No soy ninguna comadrona. Amaba la canción y sabía que terminaría. Era un hombre que se convirtió en luz y luego una luz que se convirtió en hombre. No me gusta el aguijón de la muerte, pero tampoco necesito ver el mundo transformado. Una cancioncilla y una buena risa, soñar con lugares lejanos... con eso me conformo.

Podría haberme puesto de rodillas y haberle preguntado entonces por la verdad sobre mí, pero sabía que se habría limitado a dejarme allí plantado.

La única forma de averiguar lo que necesitaba de Huesos era observándolo. Aquel día decidí seguirlos a Gerin Reed y a él entre la densa maleza y los árboles. Thrombone, más pequeño, estaba moviéndose aprisa, poniéndoselo difícil a su amigo para seguirle el ritmo. Huesos tampoco estaba riéndose ni bromeando. De hecho, no decía absolutamente nada.

Ganaban terreno rápidamente y, transcurrido algún tiempo, entraron en una parte del bosque que me resultaba familiar. Esto era inusitado por dos motivos. El primero, que soy un chico de ciudad sin el menor conocimiento de los bosques. Además, mi segunda vista hace que todo me parezca distinto, no importa cuántas veces lo vea. Podía ver el mismo árbol mil veces, y en cada encuentro tendría algo nuevo que decirme.

Pero aquel bosquecillo de abetos blancos en particular era distinto. Mientras Huesos y Gerin Reed avanzaban, empezó a embargarme el temor. Cuando un ala colorida me abanicó la cara comprendí que estábamos bajo uno de los mortíferos doseles de mariposas asesinas de Azules.

Sobre mi cabeza había decenas de miles de alas brillantemente coloreadas. Se movían continuamente, semejando un prodigioso caleidoscopio que jamás repitiera una imagen. El ondulante manto de sus alas me cautivaba. Por un momento me abstraje en su actuación. Los hilachos de azul que corrían por mis venas parecían batir al unísono con ellas. De no haber oído aquella lastimera nota de desesperación humana, podría haber perecido allí mismo contemplando los colores.

Así las cosas, intenté darme la vuelta para ver de dónde provenía el grito y descubrí que estaba de rodillas. No se veía a Huesos ni a Gerin por ninguna parte. Intenté levantarme, pero no lo conseguí a la primera. Al segundo intento me puse de pie, pero tambaleándome.

Se podía oír un gemido suave en el bosque.

Me dirigí trastabillando en esa dirección.

Al llegar al origen del lamento encontré a Huesos y a Reed agachados junto a dos cuerpos cubiertos de mariposas en un calvero. Juan estaba levantando los letales insectos cogiéndolos por las alas. Los tiraba al aire de uno en uno y soplaba. Eso bastaba para que las criaturas se alejaran volando.

Cuando abandoné la cobertura de los árboles para acercarme a mis amigos, una voz de mujer exclamó sorprendida. Me di cuenta de que había una tercera persona allí, una joven que también estaba de rodillas y oculta a mi vista por los dos hombres.

—No pasa nada, pequeña —la arrulló Thrombone, poniéndole una mano tranquilizadora en el hombro—. Es nuestro amigo.

Ya había llegado a ellos. Los dos cuerpos parecían cadáveres. El hombre tenía la piel blanca con los largos cabellos enmarañados y sucios y un solo brazo. La mujer, la más alta de los dos, era esbelta, fuerte, y muy negra. Su pelo recio era rubio pajizo. Abrió los ojos mientras me recreaba en su belleza. No sé qué me sorprendió más, si el hecho de que estuviera viva o el que tuviera los ojos de color sangre y oro.

—¡Nesta! —gritó la joven histérica—. ¡Nesta!

—Está viva, pequeña. Y llena de historias, si no me equivoco —aseguró Huesos a la joven flacucha.

—Nesta lo sabe todo —dijo la chica que llegué a conocer como Trini. Era una vagabunda de dieciséis años a la que Nesta había rescatado de la moribunda comuna de Claudia Corazón.

—Todo. —Los ojos de Huesos se encendieron de fingida sorpresa—. Entonces es una suerte que esté aquí. Ves, yo no sé nada; por lo menos nada importante. Quizá podamos compartir secretos y plantar semillas juntos.

Las palabras del pequeño orate parecían complacer a Trini. Soltó una risita y agachó la cabeza en un gesto conspirador. Fue entonces cuando el hippie manco resucitó de un respingo.

—¡Ahí va! —exclamó, y se sentó.

Lanzó un puñetazo contra la cabeza de Gerin. En aquel momento no hubiera creído que aquel puño pudiera abollar siguiera una caja de cartón. Más adelante descubriría que el puño de Winch Fargo podía aniquilar a cualquier persona mortal. Pero Huesos bloqueó el golpe y derribó a Fargo con lo que pareció ser un suave empujón.

—Ya estás a salvo —dijo Thrombone mirando a Winch a los ojos—. Se acabó la oscuridad. Se acabó el correr en la noche. Ya estás en casa. Eres libre de quedarte y pasarte el día entero tumbado.

No sé qué esperaba ver en aquel semblante depravado de ojos enloquecidos, pero las lágrimas me sorprendieron. En los meses y años venideros, Fargo llegó a inspirarme poco cariño y menos preocupación, pero nunca lo odié. No lo odié por su total y triste abandono ante la promesa de santuario ofrecida por Huesos.

—Los niños se alegrarán de estar entre otros como ellos —dijo Huesos.

—Pero, ¿tú eres como nosotros? —Las palabras de Nesta eran una pregunta más que ninguna otra cosa.

—No —respondió el diminuto hombre de los bosques—. He olvidado todo en lo que crees. Lo único que verás en mí es corazón y hueso sobre piedra en madera. Estoy libre de vuestro destino.

La hermosa mujer negra frunció el ceño y se incorporó como si estuviera levantándose de una siesta en vez de haber estado al borde de la muerte. Llevaba puesta una camisa de trabajo a cuadros azules por encima de una camiseta negra con vaqueros cortados y pesadas botas de montaña. Fargo lucía un pijama de hospital sucio y raído de color verde claro. Estaba descalzo y olía fuertemente a él mismo.

—Lo liberé porque estaba sufriendo —le dijo Nesta Vine a Miles Barber a la sombra de Número Uno en la catedral de árboles. Llovía, pero se estaba seco bajo los aleros artificiales de hojas y nuestra hoguera nos proporcionaba calor.

Miles había aceptado a Mackie Allitar, incluso le había ayudado a eludir la custodia policial, pero reaccionó instantáneamente con repugnancia ante Winch Fargo, poniendo en duda el derecho de la amazona a socorrer a semejante hombre.

—Es el autor de una masacre. Con él aquí nadie estará a salvo.

—A ver lo que dices, picha floja —dijo Fargo—. No sea que te saque el otro ojo.

—Ya lo veis. —Miles se volvió hacia mí en busca de apoyo.

Pero antes de que se me ocurriera nada que decir, habló Juan Thrombone.

—Respetarás la vida y la salud en mi dominio —le dijo Huesos a Fargo—. Y a cambio te enseñaré a crear tu propia luz. Pero si lastimas a cualquiera de los que están aquí, te llevaré donde nunca podrás volver a conocer la paz.

Era la primera amenaza que oía pronunciar a Huesos. Fargo alternaba entre acobardarse y enfadarse, pero Juan no apartó la mirada.

—Está bien —dijo al final Fargo—. Vale. Si sólo era una broma. —Y luego—: ¿De verdad puedes ayudarme a contener los temblores yo solo?

—Aquí todos somos familia —respondió Thrombone. Se irguió y nos miró a todos de uno en uno—. Sí, obtendrás lo que necesitas. Dormirás con las estrellas y la luna y el sol tan brillantes que nunca más volverás a llorar o a tener que sacarle los ojos a nadie.

De alguna manera parecía que todos habíamos llegado al solemne acuerdo de dejar de lado nuestras diferencias por un tiempo. No es que nos gustáramos, ni siquiera que confiáramos unos en otros, pero por encima de eso habíamos convenido en convertirnos en una pequeña nación entregada a nuestro pequeño territorio.

Veintinueve

Durante mucho tiempo no llegó nadie nuevo al Tratado ni a la catedral de árboles. Preeta y GR (así llamaba a Gerin Reed todo el mundo excepto Huesos) se ocupaban más que nada de sus propios asuntos, pero eran amigables.

Reggie bebía los vientos por Trini. Ella ansiaba un joven que la amara. Él ya no tenía que esconderse detrás de Número Siete. Pasaban muchas horas en el bosque corriendo desnudos y haciendo el amor. Reggie la adoraba. Aprendió incluso a confeccionar prendas y joyas para regalárselas.

Trini no era alguien que se hiciera notar. No quería liderar nada y nunca se quejaba a menos que algo estuviera realmente mal. Sabía que Nesta y Winch la habían llevado a un lugar mágico con poderes tan grandes como los de Claudia Corazón. Y por eso las demostraciones de amor de Reggie la conmovían más profundamente. Me dijo que todas las mañanas tenía que encontrar a nuestro Buscador de Caminos y quedárselo mirando mucho rato para creerse que todo aquello no era un simple sueño.

Nesta quería educarlos, a ellos y al resto de los «niños». Insistió, con distinta suerte, para que todos dedicaran tres días a la semana a aprender a leer. Reggie y Wanita, Trini y Alacridad, todos tenían que asistir.

—La palabra escrita es donde todos podemos ser iguales —decía Nesta antes de cada clase—. Las palabras son ideas, y las ideas son sueños, y los sueños son el amanecer del cambio.

Le pregunté a Huesos cómo era que otros dos Azules habían llegado a escuchar su llamada especial.

—Winch Fargo se parece más a ti, Última Oportunidad. Una luz torcida, una luz tenue. Una criatura entre el aquí y la nada. Oyó mi llamada y acudió corriendo como un perro sujeto por la correa de la Maestra. —«Maestra» es como llamaba a Nesta Vine—. Pero ahora he cambiado la llamada. Ahora lo único que ocultan los árboles cantores es el rastro azul de las crías de árbol y de los que tú llamas Azules.

—Entonces, ¿no va a venir nadie más?

—No. No tantos, creo.

—Así que ahora que estamos aquí, ¿qué vamos a hacer?

—Comer y dormir —dijo el hombrecillo marrón—. Beber y soñar, regalarnos historias y besos. Cuidar de los jardines que necesitamos.

—¿Qué jardines?

—Los cachorros de árbol están creciendo. Sueñan con devorar el sol y hacer cosquillas en las entrañas de la Tierra. Todavía no son adultos, pero su estruendo crecerá hasta hacerse audible a menos que cultivemos todo un coro de abetos cantores para apagar los sonidos de su apetito.

—¿Cuántos árboles necesitamos?

—Primero cientos y luego miles deberían bastar.

—¿Tantos? No podemos hacer todo eso.

—Entonces haremos lo que podamos y rogaremos para que lo demás salga bien. Puedo hacerte más fuerte, puede hacerte trabajar más horas. Hay maneras de convertirte en un arboricultor. —Huesos me sonrió, pero no compartió conmigo sus planes secretos. Y a mí no me importaba esperar para ver qué quería decir.

Mientras esperaba, entre los ciudadanos del Tratado había empezado a formarse una sociedad. Alacridad se enamoró de Nesta Vine. Seguía a la amazona negra adondequiera que iba, prendada de cada una de sus palabras y gestos. Corrían juntas por el bosque, realizando proyectos grandes y pequeños, como la construcción de una balsa o la confección de ropas exóticas a partir de las alas de las mariposas asesinas. A menudo desaparecían durante días. Nunca llegué a saber si eran amantes en el estricto sentido de la palabra. Pero en comparación con las miradas que se cruzaban, cualquier pasión que yo hubiera sentido jamás parecía pálida e insignificante.

Creo que estaba un poco celoso de aquel amor, pero no del modo que uno pudiera pensar. Me alegraba por Alacridad, me alegraba que tuviera una amiga íntima. Pero eso quería decir que rara vez podía ver a Nesta a solas. Y estar a solas con Nesta era con lo que soñaba todas las noches.

Pocos días después de su llegada al Tratado, Nesta y yo dimos un largo paseo juntos por el bosque. Tenía innumerables historias acerca de los lugares que había visitado y las épocas sobre las que había leído. Y destacaba en decenas de disciplinas, artes y ciencias. Una de ellas era la medicina china llamada acupuntura. Decía que los médicos chinos de la aguja y la llama podían curar muchos síntomas que los doctores de los medicamentos y el bisturí occidentales ni siquiera podían empezar a tratar.

—¿Quieres decir que estos tipos podrían aliviar con un alfiler los dolores de cabeza que me provoca escuchar a Huesos?

—Dame el brazo izquierdo —fue su respuesta.

Me cogió por la mitad superior del brazo izquierdo y ejerció presión sobre dos puntos neurálgicos. Empecé a sentir un cosquilleo, como cuando la carne vuelve a recibir sangre después de que se interrumpiera la circulación un rato. Ni siquiera reparé en mi erección hasta que miré abajo y vi el bulto en mis pantalones.

Nesta sonrió mientras mantenía la presión constante.

—¿Te gusta? —preguntó.

—No lo sé —dije, intentando de veras responder a su pregunta—. Es como si no lo sintiera realmente.

Nesta aflojó entonces la presión de un punto, tocándome suavemente con la mano libre en alguna parte a la derecha de mi cuello.

—¿Quieres sentirlo?

Cuando asentí me pellizcó un nervio del cuello, lo que me provocó un fuerte dolor. Pensé que iba a gritar cuando comenzó la eyaculación. No mantuvo constante la presión sobre mi cuello. Tras cada doloroso pinchazo me soltaba durante un segundo aproximadamente, para luego pellizcar de nuevo. Y en cada ocasión, me tensaba y seguía eyaculando.

Después de diecisiete o dieciocho veces tartamudeé, medio riéndome:

—P-para. No p-puedo...

Volvió a propinarme un fuerte pellizco en el cuello y apartó las manos. Esto me dejó temblando en el suelo a sus pies.

Nesta se puso de rodillas a mi lado y me acercó los labios al oído.

—Ésos son puntos de presión que los médicos dan a las mujeres que no han concebido o cuyos maridos son impotentes. Así se vacía el hombre. ¿Te sientes vacío, Chance?

Asentí, sonriendo como un idiota.

—Pues ven a verme dentro de dos noches y te enseñaré algunos puntos de mi cuerpo para que puedas pellizcarlos.

Pasaba todas las noches que podía bajo la tutela de Nesta Vine. Nunca hubo lo que llamaría amor entre nosotros, no como el amor que había entre cada uno de nosotros y Alacridad. Éramos más simbióticos a nuestra manera intelectual y física. En pocas palabras, yo necesitaba sexo y sus conocimientos para escribir mi *Historia.*

Nesta quería niños y le encantaba conversar y contar historias. No fui de gran ayuda, pero no porque no lo intentara. Nunca se quedó embarazada en los años que compartimos, y aprendí más sobre la luz azul gracias a ella que de cualquier otra fuente.

—En cierto sentido —me dijo una vez—, la luz es la motivación mientras que la sangre es la máquina. Como la gasolina y el motor de un vehículo. Ésa es una manera de enfocarlo. Huesos dice que la luz es más bien como la reacción química necesaria para motivar una semilla, que es la sangre. Llegados a este punto tú y yo somos la raíz que sale de la semilla.

—Pero Huesos también me dijo que la luz azul es como una enfermedad —dije.

—O puede que sea simplemente magia —repuso Nesta; después me besó.

Me encantaban sus besos. Los besos y los pellizcos. Me entristecía que no pudiéramos concebir un hijo. También lamentaba los días y días que pasaban fuera Alacridad y ella. A veces las vislumbraba corriendo desnudas por el bosque o sentadas cada una en una orilla de un pequeño arroyo, hablando en voz baja y mirándose a los ojos pese a la distancia.

Yo no era el único al que perturbaba la amistad entre las dos jóvenes. Wanita había sido la amiga más íntima de Alacridad antes de que apareciera Nesta. Habían sido niñas juntas. Cuando Alacridad se transformó milagrosamente en mujer, siguió compartiendo sus secretos más íntimos con la Soñadora. Pero tras la llegada de Nesta, Alacridad o bien ignoraba a Wanita, o bien la trataba como haría una adulta con una niña.

A menudo, cuando salía a buscar a Nesta y Alacridad, veía a Wanita observándolas a su vez. Me descubría buscándola a veces tan sólo para saludar a alguien que compartía mis sentimientos heridos.

Esta autocompasiva preocupación por Wanita es lo que me puso sobre aviso de la amenaza para la única niña del Tratado.

A menudo cuando encontraba a Wanita veía también a Mackie Allitar en algún lugar en los alrededores. Empecé a preocuparme por su seguridad y me propuse estar siempre atento al paradero de Mackie o Wanita.

Pero cuando quiera que siguiese a Mackie encontraba también a Huesos allí. Una vez, mientras espiaba a Mackie espiando a Wanita jugando junto al arroyo, levanté la cabeza y vi a Huesos subido a las ramas de un árbol.

Me reconfortaba saber que Huesos la vigilaba, pero me preocupaba que algún día saliera con sus osos o sus calderos de piedra, que algún día me despertara tarde y Mackie Allitar hubiera violado y asesinado a mi última protegida.

Estaba seguro de que Mackie quería matar a Wanita. Todos sabíamos que había estado preso en la penitenciaria del ex alcaide Reed.

Lo seguía todo el día. Addy prometió a regañadientes quedarse con Wanita por las noches. No pensaba que hubiera ninguna amenaza real. Supongo que pensó que quedarse con Wanita me ayudaría a conciliar el sueño.

Mackie parecía viejo y consumido, pero yo lo veía como un peligro tan grande como el Hombre Gris.

Nadie me hacía caso. Reggie y Trini no veían más allá del amor que sentían, y Addy confiaba en Huesos. Miles Barber se pasaba la mayor parte del tiempo taciturno y melancólico, y cuando no era así sufría un terrible dolor que era a la vez físico y del alma.

—Si infringe la ley, lo detendré —me dijo una vez el ex detective—. Pero hasta entonces estamos en un país libre.

Nesta me comprendía, incluso se preocupaba un poco, pero no era una mujer de acción, al menos no del tipo de acción ofensiva que yo pensaba que haría falta para salvar a Wanita.

Al final decidí confesarle mis temores a Alacridad. Sabía que si pensaba que su pequeña amiga tenía problemas, mataría al culpable. No había ley en el Tratado. Juan Thrombone por lo general no emitía ningún juicio sobre nuestra conducta moral. Y aunque lo hiciera, no creo que quisiera llevarle la contraria a Alacridad.

Por aquel entonces era ya toda una amazona. Más de un metro ochenta de altura y tan fuerte como los osos con los que corría. Alacridad se entrenaba continuamente en el combate con armas y cuerpo a cuerpo. Era una arquera excelente, y su talento para lanzar los cuchillos de madera que ella misma hacía era aterrador.

Estaba seguro de que Alacridad era la mayor guerrera en la historia del mundo. Era intrépida y bondadosa, salvaje y despiadada. Su caricia era letal, pero una sonrisa suya le podía romper el corazón a cualquiera.

Alacridad se había convertido en una auténtica heroína, superior a cualquier personaje de ficción, y me descubrí pensando en ella como la solución al problema que me acuciaba. Pero luego pensé que debería ser yo el que cuidara de ella, no al revés. De modo que vacilé unos días más, siguiendo a Allitar mientras éste espiaba a Wanita. Juan Thrombone siempre andaba cerca.

Una mañana, Wanita estaba sentada al pie de una gran roca, viendo caer el agua en cascada al arroyo. Era un día resplandeciente y caluroso, casi abrasador. Mackie estaba sentado entre las sombras, observándola. Yo estaba sentado aún más a la sombra, observándolos a los dos.

Permanecimos así durante horas.

Cada vez hacía más calor y empecé a adormilarme. Me preocupaba despertar para descubrir el cuerpo de la pequeña Wanita flotando en el arroyo, de modo que me levanté y caminé hasta donde estaba sentada la niña.

—Hola, Wanita —dije.

—Hola, Chance.

—¿Qué haces?

—Mirar el agua.

—¿Ves algo que yo no vea?

—No lo sé. Supongo que sí. Quiero decir, todos lo hacemos, supongo.

—¿Te refieres a ti y a Alacridad y a Reggie y a ellos? —pregunté. Estaba pensando que mi presencia allí debía de irritar a Mackie.

—Quiero decir que todo el mundo ve algo distinto —respondió la niña—. La gente y los osos y todo el mundo.

Me senté a su lado. Tiró un guijarro al arroyo.

El agua era muy clara y estaba llena de sol. Podía sentir mi segunda visión, mi visión de la sangre, en acción. Había rastros de luz que empezaban a arquearse y explotar en el centro de la corriente. El agua misma comenzó a expandirse. Podía sentir el principio de una historia. Me olvidé de las imágenes que contemplaba y me abrí a la verdadera historia, o al menos a la parte de esa historia que podía comprender.

—Me has estado siguiendo, ¿eh, Chance?

—¿Eh? —Me di cuenta de que había un gran pez ocupando la totalidad de mi cavidad craneal. Se produjo un chapoteo en mi cabeza, y el pez pareció atravesar mis ojos nadando.

—Me has estado siguiendo —dijo Wanita.

—¿Me has visto?

Wanita asintió.

—En mi sueño. Te he visto en mi sueño. Te he visto siguiendo a Mackie porque él me estaba siguiendo a mí. Y he visto a Huesos estudiándote.

—¿A mí?

—Ajá. Estaba estudiándote porque tienes que ir a la escuela.

—Pero has visto a Mackie siguiéndote, ¿sí? —pregunté.

—Ajá.

—Entonces, ¿por qué no se lo has dicho a nadie?

—¿Por qué debería hacerlo?

—¿No tenías miedo de él?

—No. No tenía miedo.

—¿Por qué no?

—Porque podía ver que no iba a pasarme nada. No iba a hacerme daño. Sólo quiere mi sangre, pero le asusta demasiado tomarla.

—¿Está asustado de ti? —pregunté.

—No. Está asustado de mi sangre. La quiere, pero también le tiene miedo. Solía tomar la sangre del señor Fargo, pero ahora el señor Fargo es demasiado fuerte y malo. Y todos los demás son demasiado grandes. Todos los demás le dan más miedo, así que lo único que podía hacer era mirarme.

Siempre que Wanita hablaba de sus sueños, lo hacía con una certeza, una veracidad, innegable. Si decía que Mackie no iba a molestarla, sabía que tenía que ser así.

El pez regresó a mi cabeza. Mi cerebro era el agua en que nadaba. Yo era el arroyo y luego el mar. Estaba experimentando el feroz éxtasis de la evaporación cuando una idea se introdujo en mi cabeza, desplazando el agua en que me había convertido.

—¿Wanita?

—¿Ajá?

—¿Puedes ver el futuro?

—Ajá. Un poco sí.

—¿Y puedes viajar a otros lugares en tus sueños?

—Casi siempre los lugares vienen a mí. Quiero decir, ocurrieron hace mucho tiempo pero siguen ahí.

—¿Lo único que tienes que hacer es mirarlos?

—No —dijo con una pizca de impaciencia—. No se trata de mirar. Tienes que cerrar los ojos. Se parece más a la música que sientes a través de la piel. Es como la música que se siente.

—Pero, ¿las cosas que sueñas ocurrieron hace mucho?

—Sí, sí, pero también están ahí ahora. Es decir, nada se va nunca. Se mueven, pero siempre están ahí.

Y así nos quedamos allí sentados mientras la sincopada música del arroyo sonaba casi inaudible. Contemplábamos el agua, y en alguna parte Mackie nos contemplaba a nosotros. Yo estaba siendo observado. El universo entero se repetía automáticamente y nadie podía oírlo salvo una niñita negra a la que no le preocupaba absolutamente nada.

Treinta

Una mañana temprano, no muchos días después de mi conversación con Wanita, Juan Thrombone se acercó a mí bajo las ramas de Número Doce. Wanita había salido a cazar con Nesta, Alacridad y Reggie. La tensión entre Alacridad y Reggie había desaparecido desde que Reggie se emparejara con Trini.

—Última Oportunidad —dijo Huesos. Sonó más como una advertencia que como un saludo aquella mañana.

—Huesos.

—¿Recuerdas el trabajo del que te hablé?

—¿Lo de cultivar más árboles cantores? —pregunté, intentando aliviar la presión en mi mente, la presión que sentía siempre que era el objeto exclusivo de la atención de Huesos—. Me preguntaba cuándo sacarías el tema. Quiero decir, a veces me parece oír a las secuoyas rugientes en mis sueños. Y si yo puedo oírlas, quizá pueda alguien más.

Sonrió y asintió.

—Arriba en las montañas. Cerca de un arroyo en un claro. Hay un lugar donde hacer canciones de madera sobre simples árboles viejos. Tan sólo células y semillas y descomposición.

Hice una mueca.

—¿Y quieres que vaya allí contigo?

—Tú —dijo Thrombone— y uno o dos más. Los que necesitan magia que haga cosas, magia que se pueda ver.

—¿Vamos a tener que hablar mucho más? —pregunté al pequeño señor de los bosques—. Porque te juro que si sigues hablándome, me va a estallar hasta el último vaso sanguíneo que tengo en la cabeza.

Huesos se llevó un dedo a los labios, me guiñó el ojo y se dio media vuelta para alejarse. Lo seguí.

Era un plácido día de verano. Abajo, lejos de las montañas, habría hecho calor. Pero donde nos encontrábamos nosotros era sencillamente perfecto. Nubes blancas, cielo azul, y las sombras moteadas del sol titilando a nuestro alrededor mientras bajábamos por la senda cubierta de árboles derribados por los osos, los ciervos y Juan Thrombone. Mi segunda visión nunca no funcionaba bien en presencia de Huesos, pero mis sentidos humanos se bastaban y sobraban aquel día.

Después de un rato llegamos a una pequeña hondonada. En ella encontramos a Gerin Reed, Mackie Allitar y Miles Barber. En aquel momento pensé que debía de ser un momento importante. Una reunión de hombres sin más ley que ellos mismos. Cada uno de nosotros se había visto expuesto indirectamente a la luz azul. Cada uno de nosotros estaba loco a su manera. Dispersos por los bosques circundantes había árboles cantores, los árboles diseñados por Juan Thrombone para camuflar la música azul que emanaba de las grandes secuoyas rugientes y los Azules humanos que vivían en nuestro refugio forestal.

Mackie caminaba de un lado para otro cruzando el irregular círculo del claro. Gerin estaba en cuclillas, examinando una fila de grandes hormigas negras mientras seguían sus diminutos destinos. El ex detective era el único de los tres que estaba sentado. Estaba aplicándose presión con una ramita en varios puntos del cuello y la cara que le había enseñado Nesta para mitigar su constante dolor.

Cuando Juan y yo entramos en el círculo, volvieron su atención sobre nosotros. Juan levantó las manos, y todos nos reunimos a su alrededor formando un apretado arco. Era una especie de atención y proximidad que no sentía desde mis días con la Congregación Unida.

—Sois más de lo que pensáis, y nosotros menos —dijo Juan Thrombone, con una pizca más de seriedad de lo que era habitual en él; quizá por eso se interrumpió y soltó una risita—. Nosotros podemos acarrear y soltar, quemar y construir, reír e incluso guerrear... juntos. Todos vosotros descubriréis lo que os falta y daréis lo que habéis cogido y ahorraréis los preciados segundos que malgastáis con dolor.

»No tú, junco hueco —le dijo a Gerin—. Lo único que necesito de ti es cualquier ayuda que me puedas prestar. Pero para el hombre que sufre y el hombre que llora y para aquél que vigila la puerta pero no ha visto nunca la sala del trono. De todos vosotros quiero ayuda, y a cambio yo os daré espacio y tiempo.

No tenía la menor idea de lo que quería decir ni de cuál de nosotros padecía qué aflicción, pero estaba convencido de que quería ayudarme, y yo quería esa ayuda.

Huesos se giró de pronto y empezó a caminar aprisa por la densa arboleda. Todos lo seguimos. Nadie dijo nada. Al cabo de una media hora me hacía ya una buena idea de cuál era nuestro destino. No conocía muchos lugares en los bosques del Tratado, pero la senda que conducía a los Árboles Rugientes de la Tierra estaba grabada a fuego en mi memoria.

A veces por las noches me quedaba tumbado despierto esperando el retemblar del árbol trono en el suelo. Me prometía que, cuando lo oyera, regresaría al trono y arrojaría mi cuerpo a sus profundidades. Ésa sería mi «tanatopsis», mi integración con la tierra y el cielo, la raíz y la corteza. Y el retumbar llegaba, pero sólo en mis sueños. Cuando despertaba, listo para obedecer la ronca llamada, no oía nada salvo el canto de los insectos nocturnos y el susurro de la brisa entre los aleros sobre mi cabeza.

Desfilamos durante otro par de horas antes de entrar en un claro de árboles cantores. Sus vibraciones eran como la risa, como el trino de niños pequeños fuera de vista en el bosque.

—Se acabó el canto de sirena —le dijo Juan Thrombone a Gerin Reed, justo delante de mí.

—Ahora se ríen de Papá Costillitas —repuso Gerin. Tomarle el pelo a Huesos le gustaba sólo un poco más de lo que le gustaba a Juan ser objeto de burla.

Los abetos blancos parecían reunirse a nuestro alrededor. A nuestra espalda el muro de árboles era infranqueable, mientras que al frente se mostraba siempre abierto e incluso acogedor.

Y de repente nos encontramos en el calvero abierto de las jóvenes secuoyas. Sonó la primera nota grave de los Árboles Rugientes. Todos nosotros, medialuces, incluso Gerin Reed, nos quedamos paralizados de la impresión. Huesos sonrió e indicó con las manos que deberíamos sentarnos.

Nadie protestó. Habíamos caminado durante mucho tiempo, y aquella nota tan profunda nos había robado las pocas energías que nos quedaban. Huesos nos pasó un odre de agua hecho de gamuza y lleno con un té preparado a base de las hojas de los árboles cantores. Era lo mejor que había probado nunca, limpio, dulce, y de alguna manera denso. Los tes de Juan siempre inspiraban vigor y una sensación de bienestar.

—Hoy es el día en que comienzan vuestras vidas —entonó Juan Thrombone.

Esas palabras se combinaron con el poder de sus pensamientos y la risa aguda de los abetos blancos a nuestras espaldas. Luego llegaron las reverberaciones en la tierra húmeda cubierta de hierba. Aquello iba más allá que cualquiera de los sermones de Ordé. Ésas eran ideas expuestas con una voz que cautivaba y extasiaba. Pero el discurso de Huesos era una sinfonía que a ratos nos asombraba y atemorizaba. Ninguno de los cuatro integrantes de su público podía sentarse quieto. No podíamos dejar de revolvernos inquietos allí en el suelo; de vez en cuando alguno de nosotros gruñía o se reía.

Volvió a contar la historia de la luz azul, diciendo no era «más que una semilla en la historia del bosque». Contó la historia de la gran secuoya y su muerte. De cómo él había salvado sus simientes para que el mundo pudiera seguir teniendo música.

—Y ahora debemos comenzar la obra del mundo —dijo Huesos con voz queda.

Todo lo demás se aquietó a su vez: los árboles, la tierra, aun la incesante cháchara de mis sentidos y la historia de mi vida dentro de mi mente. Lo único que quedaba era yo escuchando sus palabras.

—En el sueño de la Soñadora el mundo se hace pedazos —dijo—. Pero de fe y futuro no hay ninguna señal clara, tan sólo las mazas romas de la muerte y el amor, del fuego y el hielo, y del animal más elevado e inferior: el hombre.

Un débil gemido escapó de mi pecho. Mis tres compañeros también cantaban.

Había dejado de hablar, pero yo todavía escuchaba. Sus palabras me bañaban una y otra vez. Las palabras se convirtieron en imágenes. Hogueras y hombres que caminaban como perros, que reptaban como serpientes, que mataban por matar y no para sobrevivir. Vi un ejército de árboles repeliendo las oleadas de asesinos animales humanos. Y oí la música de la muerte en los oídos de Grey Redstar, y casi proferí su risa y sentí su regocijo.

«Arriba», sonó una voz.

No estoy seguro de si fue Huesos o uno de sus cachorros de árbol, si fue una palabra o un pensamiento. Pero me levanté junto con el asesino, el ex detective tuerto y el cornudo. Juntos caminamos en presencia de las mayores criaturas que el mundo haya conocido jamás.

Nos recibieron con profundas notas de bajo que se imbricaban unas en otras. Un color diferente se encendía en mi mente con cada tono, y el suelo, que era llano, parecía ondular bajo mis pies. Todos trastabillábamos y mirábamos a Huesos, que nos guiaba.

Comprendí entonces que aquellos árboles de Juan Thrombone eran una compañía de dioses. Sólo estaban susurrando en aquel momento para no demoler nuestro pequeño grupo. Huesos era uno de ellos. Me había familiarizado hasta tal punto con su risa y sus chistes que se me había olvidado cuál era su verdadera naturaleza.

El paseo entre los troncos de aquellos árboles fue como caminar durante un terremoto. A medio camino estaba seguro de que no iba a conseguirlo, de que me caería y me consumirían las raíces que podía sentir estirándose y acariciándome las suelas de las botas.

Entonces llegamos al otro lado, y se acabó.

Salimos de la presencia de lo divino y entramos en un prado de unos cien metros de diámetro. Una llanura que se alzaba sobre una vista de bosque californiano. El cielo estaba completamente cubierto de nubes altas, y la brisa era lo único que se oía.

Mi corazón martilleaba y me chorreaba el rostro de sudor.

Todos estábamos callados y asustados.

—¡Maldita sea! —dijo por fin Mackie—. ¿Qué era eso?

—El corazón —respondió Juan Thrombone. Alargó las manos, cerrándolas en puños y abriéndolas una y otra vez a modo de instrucción—. El palpitante corazón de la vida. Adonde la sangre de nuestra alma va a purificarse antes de que comience el día.

—¿Por qué nos has traído? —pregunté.

—Ya os lo he dicho.

—Pero aquí no hay árboles que cuidar.

En lugar de contestar, el hombrecillo caminó a la derecha, sin detenerse hasta llegar al borde del campo. Lo seguimos.

Cuesta abajo había otro claro al pie de una pequeña caída de agua. La cascada no era más que un reguero, cuyas aguas bajaban entre oscuras rocas cubiertas de musgo hasta una gran cisterna de piedra.

—Es como un cubo enorme —dijo Gerin Reed.

—¿Para qué sirve? —preguntó Miles Barber, en una inusitada demostración de curiosidad.

Una manada de ciervos de cola blanca deambulaba por el campo bajo la pétrea torre de agua. Unos pocos estaban lamiendo el agua que se derramaba a los lados.

—Coged los baldes —nos dijo Huesos. Señaló un pequeño grupo de arbustos a escasos pasos de distancia.

Yo era el que estaba más cerca. Ocultos bajo los arbustos había cuatro cubos de madera toscamente trabajada equipados con tapaderas hechas de una versión más gruesa de la tela con la que Addy confeccionaba nuestra ropa, y con asas del mismo material. También había una pértiga larga, de unos dos metros y medio, con un fino disco de madera acoplado a un extremo con clavijas de madera.

—Vamos, vamos —nos urgió Huesos.

Cada uno de nosotros cogió uno de los pesados cubos y siguió a Huesos por la empinada pendiente abajo hacia los ciervos y la torre de agua.

Uno o dos se sobresaltaron al ver que nos acercábamos, pero no salieron corriendo. Cuando Huesos se metió entre ellos, se turnaron para acariciarle con el hocico a modo de saludo. Él les rascó las orejas y les dio palmadas en los costados. Los arrulló y los animales parecían complacidos.

Una vez terminado el recibimiento, Huesos rebuscó detrás de la torre de agua y sacó una escalerilla hecha de cuerda de tela de árbol y gruesas ramas. La apoyó contra la pared del recipiente de piedra.

—Tú, Última Oportunidad —exclamó—. Sube ahí y haz algo útil.

Mientras escalaba por la endeble escalerilla, los ciervos se agitaron. Empezaron a correr de un lado para otro con nerviosismo. Algunos incluso se encabritaron de anticipación.

Al llegar al último peldaño, pude asomarme al interior del gran recipiente. Tenía al menos tres metros de profundidad. Los costados estaban ennegrecidos, pero el agua era cristalina.

—Pásale el primer balde, Miles y Miles —dijo Thrombone.

Los ciervos cruzaban corriendo el pequeño calvero, deteniéndose en la cisterna al finalizar cada vuelta antes de reanudar su estampida.

El pesado cubo llegó hasta mí y le quité la gruesa tapadura de tela verde. Era evidente que había sido utilizado de orinal, pero también contenía agujas de pino, corteza, y pegotes como puños de savia de árbol, espesa y dorada.

—Échalo dentro —dijo Huesos—. Échalo todo.

Vacié el contenido lo mejor que pude en el agua y a continuación sumergí el cubo, lavando lo que estuviera pegado a las paredes.

—¡Ahora pásalo abajo! ¡Deprisa! ¡No tenemos todo el año!

Me pasaron los cuatro baldes en sucesión. Cuando estuvieron todos vacíos, me dieron la pértiga y se me encargó agitar el agua como si estuviera batiendo manteca. Nunca había usado una mantequera, pero había visto cómo lo hacían en la tele.

Cada uno de nosotros se turnó para mezclar el mejunje, y a continuación hicimos otra ronda.

Me preocupaba que los ciervos lamieran la hedionda sustancia de las paredes de la cisterna, pero no lo hicieron. Seguían corriendo, aunque más despacio al cabo de un rato.

Tras un par de horas de remover, Juan se encaramó a lo alto de la escalerilla para examinar nuestro trabajo. Asintió con la cabeza y nos dijo que pasáramos los cubos una última vez. Llenó cada uno de ellos y nos los devolvió a los que estábamos abajo.

Cargamos con los baldes hasta el claro de arriba, derramando no poco por el camino. Juan nos condujo a un lugar próximo al borde de la terraza. Sacó de su bolsa una semilla diminuta y una ramita de unos veinte centímetros de largo. Hizo un agujero en la tierra blanda y soltó dentro la semilla. A continuación clavó la ramita en el suelo para señalar el lugar de la siembra.

—No dejéis de echar agua hasta que yo os lo diga.

Era arduo subir con los baldes llenos desde el calvero inferior al superior. Mientras lo hacíamos, Huesos plantaba más semillas y las señalaba. Cada una de ellas estaba separada de su vecina más próxima por unos cuatro metros y medio. Después de unas dos horas habíamos vertido doce cubos de agua sobre cada semilla.

—¿No se ahogarán así? —preguntó Gerin Reed.

—¿Se puede ahogar una caballa en el mar? —replicó Thrombone.

Coronaba el cielo una media luna para cuando terminamos. Huesos había encendido una fogata que irradiaba brillo y calor a partir de una sustancia bituminosa que no reconocí. Todos nos alegramos de poder sentarnos tras la pesada faena de la jornada.

—Aquí está vuestro sueldo, señores —anunció Huesos.

En todo el día de trabajo no se había producido ninguna discusión digna de considerarse tal entre nosotros. No había chispa entre nosotros. Sólo éramos cuerpos separados y mentes distintas ejecutando las rutinas de nuestras vidas. Nadie sabía qué estábamos haciendo allí, o en cualquier otra parte.

Juan Thrombone sacó entonces cuatro bolsitas de tela de árbol de su bolsa más grande. Nos entregó una a cada uno.

Dentro de la mía encontré una pequeña piedra oscura, fría y ligeramente húmeda al tacto. En uno de sus lados crecía un liquen u hongo de algún tipo.

—Una o dos gotitas de agua a la semana y guardadla en la bolsa. Cuando el musgo recubra la piedra por completo, raspadlo en una botella de agua y dejad que repose por lo menos un año. —Sacó su cantimplora hecha de piel y continuó—: Y tomad este fuerte brebaje.

Nos pasó la cantimplora y nos advirtió que diéramos sólo un trago. No hacía falta que se molestara en avisarnos, no obstante. Debía de contener un porcentaje de alcohol de al menos el ciento cincuenta por ciento. Era tan fuerte que me costó retenerlo en el cuerpo.

La noche era fría antes de ese sorbo. Pero la calidez del licor sumada al calor de las llamas de alquitrán me caldeó de dentro afuera. La luna misma parecía ser una fuente de calor. Me encantaba esa luna y me encantaban los hombres con los que había trabajado aquel día.

Sonreí a Mackie Allitar y éste me devolvió el gesto.

La vista empezó a jugarme malas pasadas. El bosque que nos rodeaba, iluminado por el fuego titilante, era tan radiante como el día, pero las sombras eran impenetrablemente negras. Entraban y salían de esa oscuridad absoluta ciervos y osos y Juan Thrombone. Sentí el impulso de unirme a ellos, pero cuando intenté levantarme acabé tumbado de bruces, riéndome.

Por un momento luché contra la gravedad. Tenía aproximadamente la misma coordinación de un bebé. Di una voz y mis amigos hicieron lo mismo. Recuerdo haber levantado la mirada hacia la luna. Vi la silueta de una mano extendiéndose hacia el orbe, pero no supe decir si era la mía o no. Y entonces me quedé dormido.

Los sueños no eran míos; no del todo, al menos.

Era el chico pobre de Kentucky descubriendo a su esposa adúltera, ofreciéndole una rosa. Era un policía marcado por el dolor de la muerte, sentado en la oscuridad con un hombre cuyo nombre era un alias. Mackie estaba sentado junto a mí en una clase por lo demás completamente blanca. Asustaba tanto a los niños que nos habían dejado solos.

De esta guisa deambulamos de un lado para otro entre los recuerdos y los deseos de los demás hasta hacernos los mejores amigos, hermanos por encima de la sangre.

Lloré al sentir el tintineante dolor en el rostro de Miles Barber.

Gerin estaba sentado conmigo mientras me desangraba en el suelo del Almacén del Pueblo.

Juntos coronamos montañas y derramamos lágrimas por nuestras pérdidas más trágicas. Compartimos nuestros temores y pasiones interiores. No estábamos solos por primera vez que cualquiera de nosotros pudiera recordar.

Cuando sentí la luz de la mañana en la cara, fue con decepción. Jamás había sentido una intimidad semejante a la de aquella noche de sueños. No quería que terminara.

Estaba arropado con una gruesa manta de tela de árbol, al igual que el resto de mis amigos. Juan Thrombone se había ido.

Me senté. Podía ver que mis amigos también estaban desperezándose. Detrás de ellos se veía el comienzo de un nuevo bosque. Quince jóvenes abetos habían crecido por lo menos medio metro de la noche a la mañana.

—¡Hey! —exclamé—. ¡Levantaos! ¡Arriba!

—¿Cómo es posible? —se preguntó en voz alta Miles Barber.

Gerin Reed estaba sacudiendo la cabeza.

Estábamos todos ocupados con nuestra cháchara y nuestro asombro cuando apareció Juan Thrombone entre nosotros. Supongo que acababa de salir del bosque, pero ninguno de nosotros se percató porque estábamos demasiado ocupados compartiendo nuestra nueva amistad y nuestra sorpresa.

—Basta de charla, cotorras —dijo Thrombone—. A vuestros cubos, regad los árboles. No habrá desayuno hasta que sus raíces estén satisfechas. Es el futuro de la civilización lo que depende de vuestros ridículos sueños.

Gerin Reed nos enseñó una canción de mineros que había aprendido de su abuelo. Alternábamos entre cantar y hablar de nuestros sueños.

Regamos los arbolitos, que crecían casi igual de rápido. Al final de la jornada medían un metro y medio cada uno. Cuatro días después alcanzaban los seis metros de altura.

Mientras trabajábamos, Huesos reponía nuestras energías con caldos de venado cargados de setas silvestres y hortalizas de los bosques. Todas las noches bebíamos el licor de piedra, nos desmayábamos y caíamos los unos en los sueños de los otros.

A la cuarta mañana desanduvimos el camino a través del bosquecillo de árboles divinos. Esta vez no resultó tan difícil, porque íbamos cogidos de la mano y cantando.

Todo cambió en el transcurso de aquellos pocos días. Los dolores que padecía el ex detective Barber se redujeron y sus cicatrices, pese a seguir presentes, perdieron su tono rojo descarnado. Mackie Allitar engordó por lo menos veinte kilos, y hasta el último gramo aparentemente de músculo. La mirada de Gerin Reed se tornó clara y atenta, y su sempiterna melancolía fue mitigándose hasta desaparecer por completo.

También yo era distinto por dentro. Era feliz. Por vez primera tenía amigos de verdad. Durante la semana siguiente los cuatro medialuces del Tratado estaban siempre visitándose y conversando, jugando al corre que te pillo o simplemente paseando por el bosque. Gerin enseñó a Mackie a pescar, y Miles Barber me enseñó a escribir en taquigrafía.

Transcurridos diez días regresamos a nuestra granja de árboles. La terraza volvía a estar vacía. Los árboles habían desaparecido sin dejar ni rastro. De modo que volvimos a plantarlos. Esto se convirtió en nuestro ritual en todas las estaciones e hiciera el tiempo que hiciera. Nos vestíamos con el material azul verdoso que hacían Addy y sus amigas, cultivábamos árboles cantores y soñábamos.

Ése fue el comienzo de las agrupaciones entre los ciudadanos del Tratado. La separación principal era entre medialuces y Azules. Pero había más divisiones entre nosotros, sobre todo entre los medialuces.

Para empezar, cada uno de los medialuces había descubierto su talento, por pequeño que fuera, de forma muy distinta. Yo había ingerido la sangre viva de Ordé, mientras que Mackie había consumido gran parte de su humanidad con la demencial y defectuosa sangre de Winch Fargo. Gerin sólo había probado la misma sangre corrupta. Addy, por otra parte, había compartido realmente la sangre azul viva de su hija. De los medialuces únicamente Miles Barber había sido transformado por las emanaciones arcanas del Hombre Gris. No había habido intercambio de sangre, pero de alguna manera el alma azul oscuro del Hombre Gris había dejado su impronta en la mente de Barber. Trini había sido besada por Claudia Corazón, y Nesta nos aseguró que incluso un simple beso de uno de los Azules, en las circunstancias propicias, podía permitir el cambio. Preeta y más tarde Woolly (el hijo que habrían de engendrar Gerin y Preeta) adquirieron su ápice de poder gracias a los tes y las aguas, las pociones y los brebajes de Juan Thrombone. Huesos era una especie de alquimista. Los ungüentos que elaboraba a partir de savia de árbol y saliva evitaban las picaduras de insecto. No había herida que se infectara bajo sus pomadas de hojas. Iluminaba osos, adiestraba ciervos, encantaba mariposas y dirigía la orquesta del bosque.

La totalidad de nuestros bosques, en un radio de diez kilómetros alrededor del Tratado, estaba profundamente tocada por la mano de Thrombone. Él era el tri-luz, tan distinto de sus hermanos como el Hombre Gris o Winch Fargo.

—Soy el guardián del bosque —dijo en cierta ocasión—. Cuido de los árboles y duermo al lado de Primera Luz.

Entre los medialuces, los hombres y las mujeres estaban divididos. Los cuatro hombres pasaban cuatro días de cada quince fuera plantando árboles, bebiendo licor de piedra y soñando los sueños de los demás. Las mujeres también trabajaban juntas, haciendo tela de árbol y cocinando, siguiendo las recetas que les daba Juan Thrombone. Unas dos veces al año Addy, Preeta y Trini salían con Nesta a practicar algún tipo de ritual en el bosque. No sé qué es lo que hacían ni adónde iban.

En la jerarquía de los Azules, Huesos era el primero. Era el más poderoso (con la posible excepción del Hombre Gris) y el que más sabía. Esto no quiere decir que Juan se considera líder ni rey.

Todo el mundo quería a Juan. Era nuestro patrón y protector. Después de él nos fijábamos en Nesta, que parecía saber todo lo que valía la pena saber. Nesta era atenta y prudente, y su influencia sobre Alacridad aplacó más de una disputa que de lo contrario podría haber terminado en derramamiento de sangre.

Winch Fargo, como dije antes, poseía una consciencia defectuosa, al haber visto tan sólo el último segundo del mensaje divino. Alacridad no había visto la luz, pero había nacido de la sangre de un testigo. E incluso aquéllos que habían contemplado un solo rayo de azul eran distintos unos de otros como cualquier otra persona en el mundo. Wanita vivía en sueños, Nesta en ideas, y Reggie buscaba señales y presagios de cosas ocultas.

A nadie le gustaba realmente Winch Fargo. Era obsceno y aborrecible. Me había puesto el mote de Negrata Grande del Libro de Madera. A Trini y a Preeta las llamaba Coño Número 1 y 2 respectivamente. No tenía ningún sobrenombre para Addy porque el respeto que le infundía Huesos era en realidad miedo.

A los Azules no les gustaba Fargo, pero lo compadecían. Para ellos su deformidad no era la falta de un brazo, sino su carencia de luz. Toleraban su compañía en compensación por su dolor.

Pero todos eran Azules, incluso Winch Fargo. De vez en cuando parlamentaban para discutir sobre su naturaleza o la del universo, o sobre Grey Redstar y el enfrentamiento definitivo entre la vida y la muerte. Intentaba escuchar a hurtadillas durante esas reuniones, pero nunca podía soportarlo mucho tiempo. Los Azules se comunicaban con palabras y también con el poder de sus mentes o almas. Podía escuchar unos minutos, pero enseguida empezaba a dolerme la cabeza. Si hacía de tripas corazón, comenzaba a oír un zumbido y se me nublaba la vista. Al final tenía que alejarme corriendo de su presencia. Después de eso a veces me pasaba durmiendo un día entero.

Así era el Tratado. Un congreso de parias sentados al borde del infinito, bajo la amenaza de la muerte y viviendo cada día de forma más primitiva y mágica que el anterior.

Treinta y uno

Los años pasaron volando. Nada cambiaba demasiado entre nosotros. Preeta fue la única mujer en dar a luz; lo llamaron Woolly, «lanudo», porque tenía una tupida mata de pelo, como su padre. Cada siete días Gerin Reed daba una charla sobre cualquiera que fuese el tema que lo había mantenido ocupado esa semana. Sus sermones cubrían hormigas y rocas, el ritmo de los abetos blancos cantores, o los rugidos de las crías de secuoya. Nos reuníamos en el claro, frente a Número Doce, a primera hora de la mañana cuando salía el sol. La sabiduría del alcaide Reed crecía en el bosque. Huesos decía que Reed oía las canciones de los árboles con mayor claridad incluso que los Azules porque éstos daban la música por sentada, pero Gerin escuchaba con todo su corazón. Huesos casi siempre estaba presente en estas charlas, pero aparte de eso, uno no sabía nunca por dónde podía andar. La mayor parte del tiempo estaba por ahí, «cuidando del bosque». A veces desaparecía durante días.

También Alacridad tomó la costumbre de abandonar el Tratado durante largas temporadas. Tenía un novio; decía que se llamaba Eric Beauvais. Eric vivía en una cabaña a unos cien kilómetros de distancia. Lo había encontrado con una pierna rota en pleno invierno y sus atenciones le habían devuelto la salud. Se hicieron amantes, así que se iba con él todas las primaveras, cuando la savia empezaba a fluir.

Wanita seguía siendo una niña, pero eso no le impidió convertirse en nuestra consejera y guía para casi todo. Interpretaba los sueños y narraba sucesos importantes. Zanjaba disputas con el peso de su sabiduría. Hasta Juan Thrombone acudía a Wanita en busca de consejo de vez en cuando.

Yo dividía mi tiempo entre los cuatro días que nos llevaba cultivar una cosecha de quince árboles cantores y los diez días de soledad. Las duras jornadas de trabajo e ingestión del licor de piedra me volvieron fuerte, más fuerte que cualquier persona normal. Y las amistades que forjé con mis compañeros medialuces compensaban todo el dolor y el aislamiento de mi infancia. Pero seguía anhelando la paz y la intimidad del corazón del bosque. Paseando por las colinas y valles que rodeaban el Tratado, estaba en una nube la mayor parte del tiempo, extasiado con la visión que me concedía la sangre de mi maestro. Todos poseíamos talentos distintos. El mío era como una droga. A lo largo de los años mis alucinaciones se volvieron más vívidas. No podía describir con palabras las visiones que me asaltaban. No comprendía su propósito ni su origen. Algunos días la luz del sol me hablaba en colores y sonidos. La textura de los árboles y la tierra tenía sus propias historias, sinuosas e imprecisas.

Siempre que podía, dormía con Nesta. Buscaba tiempo para mí cuando no estaba dando clases o fuera con Alacridad. Pasábamos mucho tiempo juntos en primavera, cuando Alacridad se iba con su amante leñador. A veces, tras toda una velada de sexo apasionado, me daba cuenta de que Nesta y yo no habíamos cruzado ni cinco frases completas.

Pero no estaba triste. Pescaba y dormía a la sombra de Número Doce. Tarareaba la canción de los árboles cantores y planeaba el día en que pondría fin a mi vida sentándome en la oquedad del gran árbol que crecía en el calvero de los rugidos.

¿Cómo explicaros la sensación de aquellos meses y años? Al volver la vista atrás ahora desde mi celda, parece que haya muy poco que decir. Cultivamos más de once mil abetos que protegerían, con sus canciones, las veinticuatro secuoyas rugientes que también eran diosas. Los arbolitos crecían y se iban. Nunca he reconocido un solo árbol después de que desapareciera de nuestro jardín.

No ocurría nada en el sentido en que suelen ocurrir las cosas en el mundo moderno. No había desengaños amorosos, no había ascensos en el trabajo, no se proponían metas a alcanzar. Solamente nació un niño.

No se me ocurre ninguna manera de transmitiros el paso del tiempo en el sentido corriente de la palabra. No era más que un largo día y una larga noche pasada en presencia, ya que no bajo la atención, de Dios. No el Dios de la religión organizada, sino la asombrosa vitalidad de la existencia.

Era como estar sentado ante un simple canto rodado de granito día tras día, viendo en esa simple superficie más variedad de lo que es posible comprender. Todas las noches se pasan soñando con esa piedra, preguntándose qué increíbles diferencias de las que yacen bajo la pequeña superficie se te habrán pasado por alto.

De vez en cuando, mientras se contempla ese canto rodado, se produce un momento mágico cuando uno atisba una imagen o frase que impulsa el menor incremento posible no sólo de su conocimiento, sino de la suma total de posibilidades del universo.

Al volver la vista atrás ahora, la pérdida me produce una tristeza inexpresable.

Pasaron los años. Woolly, que crecía a un ritmo normal por lo que yo podía ver, tenía alrededor de quince años.

Y entonces una noche tuve un sueño:

El Hombre Gris estaba durmiendo en una cueva oscura bloqueada por un enorme canto rodado. Gemía y tenía el olor de la secuoya en las narices. En mi sueño él soñaba que estaba en un vasto bosque vestido elegantemente y esgrimiendo un hacha contra la secuoya más alta y majestuosa que había visto en mi vida. Sabía que ese coloso tan impresionante era el progenitor de los Árboles Rugientes. Comprendí entonces por qué Huesos los llamaba cachorros.

El Hombre Gris manejaba su hacha con suma eficacia. Grandes pedazos del árbol gigante volaban en todas direcciones. Pero era ancho. Diez metros o más de diámetro. El Hombre Gris iba por más de la mitad del grueso tronco. Estaba de pie en el interior de la herida, talando. Talando, talando.

De alguna manera comprendí que, cuando cayera el árbol, el Hombre Gris se liberaría de su cueva.

Cerca de donde me encontraba había un hombre llorando. Un hombre negro. La viva imagen de la Muerte. Era distinto, no obstante; era el hombre que había visto en mi habitación antes de que el Hombre Gris saliera de él. Horace LaFontaine.

—¿Quién eres? —preguntó.

—Me llamo Chance.

—¿Qué estás haciendo aquí?

—Creo que debo de estar dentro de tu cabeza —dije.

—No tengo cabeza, hombre. Estoy muerto. Ésta es la cabeza de él. Estaba listo hasta hace un par de minutos. Ese árbol de ahí estalló y me morí. Pensé que también él estaría muerto; Grey Redstar, el Hombre Gris.

La tala continuaba mientras tanto. Y conforme se prolongaba, crecían mi ansiedad y mi temor.

—Tienes que estar vivo, Horace —dije.

—¿Cómo sabes mi nombre?

—Te conozco de la sangre de Phyllis Yamauchi.

El atemorizado semblante de Horace se entristeció.

—Sí —dijo—. Me acuerdo de ella. Pero ya sabes que no pude hacer nada por detenerlo. Es el diablo y Dios no existe.

Los hachazos habían cesado.

—¿Cómo está ella? —siseó una voz a mi espalda.

Me giré y vi al Hombre Gris allí de pie, con el hacha colgando de su mano derecha. No respondí, de modo que repitió la pregunta.

—¿Quién? —dije.

—La niña. La que se me escapó saltando por la ventana. Alacridad.

—¿Por qué estás talando ese árbol? —pregunté para disimular mi temor por Alacridad.

El Hombre Gris sonrió.

—Para poder llegar hasta ti, hombrecillo. Para poder matar a tus amigos pervertidos. Para poder abandonar aquí a ése que está ahí contigo y salir de este lugar.

Horace balbucía de miedo. No puedo decir que lo culpara.

—Ahora dime lo que quiero saber —dijo el Hombre Gris.

Blandió el hacha antes de que yo pudiera reaccionar y me amputó el brazo izquierdo a la altura del hombro. La sangre manó a borbotones de la herida, y caí de rodillas. Horace lanzó un grito y salió corriendo.

—¡Chance!

—¿Dónde está la niña? —exclamó el Hombre Gris.

—¡Chance!

El Hombre Gris levantó el hacha por encima de su cabeza, listo para descargar el golpe de gracia.

—¡Chance! —gritó Wanita.

Salté. Tiraron de mí. Cayó el hachazo. Me descubrí siendo arrastrado del brazo que me habían cortado. Estaba en mi saco de dormir de tela de árbol, y Wanita estaba allí en mi tienda... salvándome.

—¡Chance, despierta! —chilló.

—Wanita —dije—. ¿Qué me ha pasado?

—Has tenido mi sueño —me dijo—. Has tenido mi sueño y casi te mueres porque él no quería dejar que despertaras.

—¿El Hombre Gris?

—Me vine a dormir a tu lado porque sabía que tenías que tener mi sueño. Te vi soñando, pero yo no estaba allí. Lo has tenido porque estaba dormida a tu lado. Estabas en mi sueño, pero por poco te mueres.

Convoqué una reunión. Les hablé del Hombre Gris y de cómo quería matarnos a todos.

—Pero si no sabe dónde estamos —dijo Reggie—. Él mismo te lo dijo.

—Pero lo averiguará —le dijo Wanita a su hermano.

—Me da igual que venga —dijo Alacridad—. Ya no le tengo miedo.

—Eso —acotó Winch Fargo—. Que venga ese negrata y se entere de lo que es bueno.

Wanita no dijo nada. Addy estaba sentada en silencio junto a Juan Thrombone.

—¿Podemos matarlo? —pregunté a Huesos.

—¿Puedes dar vida a una piedra? —preguntó Juan a su vez—. ¿Puedes prender fuego a una estrella?

Nesta inspiró bruscamente, como si aquellas palabras despertaran algún recuerdo enterrado. Quizá fuera una frase extraída de alguna plegaria que los Azules conocían ya antes de tener cuerpo.

Nos quedamos sentados un momento, meditando los interrogantes. Me pregunté si no serían acertijos para los que realmente habría respuesta.

—¿Qué deberíamos hacer? —preguntó Gerin a Juan Thrombone.

—Yo me quedo aquí, amigo mío —dijo Huesos—. Pero tú y los demás medialuces deberíais iros. —Miró a Addy entonces, pero ella apartó la cara.

—¿Tú y los demás os quedáis?

—Juntos puede que consigamos derrotarlo —dijo Juan. No parecía preocupado—. Pero divididos, mataría a los niños. Divididos, podría matarme a mí, o a Nesta, o a Winch. Y si os quedarais, tendríamos que preocuparnos de vosotros. Os utilizaría y nos debilitaría.

—Yo no quiero marcharme —dijo Trini. Entrelazó los dedos con Reggie.

Mackie se encorvó en el tocón donde estaba sentado y se tapó la cara con las manos.

—Los medialuces han aprendido cómo sacar el mejor partido de lo que tienen —dijo Juan Thrombone—. Podéis ver si se os enseña, podéis correr si se os persigue. Hay destellos en vosotros, y eso bien pudiera bastar si los demás morimos aquí.

¿Bastar para qué? Ésa era la pregunta que me rondaba la cabeza, pero no la formulé en voz alta. Quizá ése haya sido mi mayor error.

Juan se quitó su extraordinario peto. Estaba desnudo salvo por la poblada melena y la barba. Tenía el cuerpo delgado, pero yo conocía la fuerza que habitaba en aquellas extremidades.

—Se acabó —dijo—. Ahora el Tratado se ha convertido en la Guerra.

—¿Vamos a luchar? —preguntó Woolly. Era bajito, como su padre, pero había heredado la piel dorada de su madre.

—No, Woolly —dijo Gerin—. Nos marchamos.

—¿Adónde, papá?

Todos sabíamos que Huesos nos expulsaría de la Guerra si era preciso.

Todos menos Adelaide.

Addy le dijo a Juan que pensaba quedarse, que se suicidaría si tenía que abandonar a su hija o a su hombre. Prometió quitarse la vida si su presencia ponía en peligro la guerra contra el Hombre Gris. Pero no estaba dispuesta a irse.

Juan Thrombone no discutió con ella.

Gerin y Preeta se marcharon con Woolly en el plazo de una semana. Partieron rumbo a la casa de la madre del ex alcaide, en San Diego.

La mañana del día en que se fueron, el cielo estaba sin nubes y pálido. Todos los habitantes del Tratado, ahora la Guerra, se reunieron en el claro que había detrás de Número Doce. Gerin estaba esperando cuando llegué allí con Reggie. Preeta y Woolly fueron los últimos en aparecer.

Gerin Reed era el único que estaba de pie. Los demás estábamos en cuclillas o sentados con las piernas cruzadas. Flotaba sobre nosotros cierta solemnidad, lo que hacía que la conversación pareciera más un discurso fúnebre que una despedida.

—Supongo que ésta es mi última charla —empezó Gerin Reed—. Por lo menos, la última aquí. Ha pasado mucho tiempo, y justo anoche estaba pensando que voy a echar de menos este sitio, y a vosotros. A Huesos y a Wanita y a Chance y a todo el mundo. Voy a añorar los ratos que he pasado bebiendo y soñando con mis amigos. Voy a extrañar las voces de los árboles y, supongo que durante algún tiempo, voy a eludir la muerte. O la Muerte me eludirá a mí. ¿O quizá no? Eso es en lo que estaba pensando esta mañana. Casi no logro recordar cuándo fue la última vez que eché de menos a alguien en particular. Lo único que he hecho durante años ha sido pensar y especular. Me manché los dedos de sangre y dejé de preocuparme, porque cuando me preocupaba también odiaba. Odiaba a los negros y también a los ricos. Ni siquiera tocaba a mi esposa, no podía soportar el olor de su sudor o su aliento. Aborrecía ir al trabajo y detestaba volver a casa. Odiaba incluso la hierba que crecía porque sólo tenía un cortador de césped sin motor y el trabajo me sacaba de mis casillas.

»Me enfadaba cuando me asaltaban sensaciones de amor porque eso sólo me recordaba cuánto dolor y desengaño iba a sufrir. Y por eso cuando toqué la droga de sangre me olvidé de todo aquello. No quería a mis hijos, pero amaba la idea de tener niños. No me importaban los hombres de mi prisión, de modo que me fui.

»Pero anoche comprendí que vosotros sí me importáis, muchachos. Todos. Os quiero. Sois mi familia. Y no es la luz azul ni nada parecido lo que me impulsa, porque también quiero a Woolly y a Preeta y me alegro de que vengan conmigo. Me preocupo por ellos y pienso en todos vosotros incluso cuando llueve, incluso cuando las brillantes termitas naranjas salen en enjambre de un tronco podrido. Incluso cuando el aire se hiela y los patos rompen el silencio que producen los árboles. —Gerin dejó de hablar un momento. Su expresión embelesada nos abarcó a todos.

Sus palabras me tenían completamente hipnotizado. No del modo en que podían encantarme los Azules, sino con mi mente.

—Y entonces supe —dijo Gerin Reed con un despliegue de asombro en el rostro— que no sólo podemos ver, sino que también podemos cambiar. No estamos atrapados ni encerrados en estos huesos. No, no. Somos libres de cambiar. Y el amor nos cambia. Y si podemos amarnos los unos a los otros, podemos abrir el cielo.

Fue la única vez que vi a Huesos con lágrimas en los ojos. Se levantó y abrazó a su buen amigo, le dio un beso en los labios.

Aquella noche, cuando se fueron Preeta, Gerin y Woolly, me sentí tan solo como hacía años que no me sentía.

Mackie y Trini querían que me fuera con ellos. Partirían hacia Miami en cuanto pudieran ahorrar el dinero suficiente en la zona de la Bahía. A finales de primavera estaban listos para el viaje.

La noche previa a su marcha, Trini vino a verme. Se sentía asustada y desolada ante la perspectiva de abandonar a Reggie. Mackie le había prometido al Buscador de Caminos que cuidaría de su esposa sin hijos hasta que acabara la guerra.

Intenté consolarla. Le dije que todo iba a salir bien, que el Hombre Gris tendría problemas para vérselas con Nesta, Alacridad o Huesos por separado.

—Está claro que no puede derrotarlos a los tres —le dije.

—Ven con Mackie y conmigo —me suplicó—. Quédate con nosotros.

La miré, reparando, quizá por primera vez, en que todavía conservaba un aspecto muy joven; veinte años, pero no más. Ninguno de nosotros, medialuces, había envejecido, excepto Woolly. Mackie y Gerin, Addy y yo parecíamos de hecho más jóvenes que cuando llegamos. Juan Thrombone con sus verdes elixires nos había proporcionado una fuente de la eterna juventud, y casi no nos habíamos dado cuenta.

—No puedo, Trini. Tengo que quedarme hasta el último minuto.

Reggie se despidió de Trini con un beso a la mañana siguiente. Huesos le entregó a Mackie una máscara tallada en la madera de uno de los Árboles Rugientes.

El ex detective Barber sencillamente dejó de estar allí un buen día. No dijo nada ni fue a cuidar los árboles para la última reunión. Sencillamente desapareció.

—Tú también tendrás que irte pronto, Última Oportunidad —me dijo Juan Thrombone aquella noche bajo los aleros de Número Doce.

—Lo sé, Huesos —dije—. Lo sé. Pero puedo esperar hasta que él llegue, ¿no?

—Deberías continuar con tu vida —dijo Juan. Su ternura me conmovió.

—No tengo vida fuera de aquí. Los únicos amigos que conozco están en el Tratado, y ahora según tú el Tratado ya no existe. ¿Qué puedo hacer ahora que todo lo que tenía se ha esfumado?

Por un momento la sempiterna sonrisa de Juan se borró.

—No lo sé, amigo mío. Pero tienes que encontrar algo.

Una semana después estaba siguiendo el arroyo donde pescábamos en dirección a la recién abandonada ciudad del Tratado. Me tropecé con Alacridad. Estaba desnuda, de pie en el centro de la corriente, bañándose, supongo.

—Hola, Chance —dijo.

Ni la niña ni la mujer habían sentido nunca vergüenza alguna. Su cuerpo era la perfección del estándar humano. Recuerdo haberme sorprendido al ver que sus pezones se habían agrandado. El placer debió de reflejarse en mis ojos, porque sonrió y bajó la mirada a su cuerpo antes de volver a fijar los ojos en mí.

—Quería hablar contigo —dijo.

—¿De qué?

—Quiero que hagas una cosa por mí. —Se acercó a mi lado del arroyo y subió a la orilla. A pocos pasos del agua había dejado un jergón de hierba trenzada. Se sentó allí y yo me senté a su lado.

—¿Qué puedo hacer por ti, pequeña? —pregunté.

—No tan pequeña.

—No, supongo que no.

—Quiero que vayas a ver a mi novio, Eric, cuando te marches. Quiero que le cuentes lo que está pasando aquí y que iré a verlo cuando acabemos con esto.

—¿Dónde está?

—Reggie puede dibujarte un mapa. Él sabe dónde se encuentra.

—Vale —dije—. Lo haré por ti.

—¿Harás otra cosa? —preguntó.

Hacerle el amor a una guerrera como ella era cuestión de músculo. Era abrazar y besar en los términos más amistosos que había tenido nunca con nadie. Su sonrisa y su dulce aliento eran como manos que me sostenían.

Cuando me preguntó, luego, si la quería, sucumbí al llanto.

Nos quedamos a orillas del arroyo toda la noche, procurándonos calor mutuamente. Le confesé todo lo que había sentido alguna vez sobre cualquier cosa que fuera importante para mí. Me besó y me frotó y me dijo una y otra vez que yo era el único hombre al que amaba o amaría jamás. Me aferré a la calidez y la fuerza de Alacridad. No había nada más que quisiera de ella, nada más que necesitara.

Al día siguiente fuimos a ver a Reggie, que me hizo un mapa con carboncillo y tela de árbol. Después Alacridad y él salieron a cazar.

Estaba solo en la catedral cuando me encontró Juan Thrombone.

—Qué hay, Última Oportunidad —dijo a su extravagante pero educada manera.

—Hola —respondí.

Me escudriñó y ensanchó su sonrisa.

—Tengo cosas que hacer —dijo por fin—. Me honrarías con tu compañía.

Me puse de pie sin pensar y lo seguí al interior del bosque.

Treinta y dos

Nos adentramos bastante en el bosque. De vez en cuando nos cruzábamos con algún oso. Los osos estaban apostados como centinelas alrededor de la catedral de la Guerra.

—Me avisarán —dijo Huesos—. Me avisarán cuando esté cerca.

Caminamos a buen paso, hasta llegar finalmente a una pendiente de granito que caía hasta un arroyo crecido con las nieves derretidas de la primavera.

Al pie de la cuesta apareció una manada de lo que parecían seis perros. No eran perros, sino coyotes. Mejor dicho, había cinco coyotes y un perro más pequeño que caminaba a la par del líder de la manada: la madre tuerta.

La mayor de los canes levantó el hocico y husmeó en dirección al terreno elevado donde nos encontrábamos Juan y yo. Gañó y soltó un pequeño aullido.

Yo tenía otra amiga en el claro de Juan Thrombone.

—¿Sentiste su llegada? —le pregunté a Huesos.

—Con ellos casi se duplica nuestra fuerza —dijo en vez de responder a mi pregunta.

La tarde en que llegaron los coyotes y Max, el perro de Claudia Corazón, Juan Thrombone convocó un consejo bajo los árboles de la Guerra. Acudieron todos los que quedaban en nuestro bosque, salvo Addy. No era una reunión para humanos, pero yo tenía la intención de asistir y tomar nota para la posteridad de lo que bien pudiera haber sido el último consejo de los dioses.

Saqué mi odre de licor de piedra de debajo de Número Doce y di dos tragos rápidos. Esperaba que la potente bebida me preparara para soportar los síntomas que solía experimentar cuando intentaba escuchar a los Azules a hurtadillas.

Los asistentes fueron llegando poco a poco. Nesta Vine se presentó con Alacridad. Venían cogidas de la mano. Winch Fargo apareció sigilosamente detrás de ellas. Alacridad estaba desnuda salvo por un carcaj y un arco largo que llevaba cruzados sobre los hombros. Reggie vino vestido con tela de árbol cubierta de una red de hojas a modo de camuflaje. Wanita pareció llegar por casualidad jugando con Coyote y sus cachorros. Max y los coyotes se acurrucaron en el suelo con la joven de veintiséis años que aún tenía el aspecto de una niña de menos de diez.

Juan Thrombone estaba sentado en un tocón alto, viendo cómo se acomodaba el clan.

Nesta se sentó cerca de los animales y la niña. Reggie recorría el perímetro con la mirada. Me divisó, pero no dijo nada.

—Es la hora —dijo Juan Thrombone con voz inusitadamente sombría.

La reverberación de su solemnidad estuvo a punto de tirarme al suelo de golpe. Apreté los dientes y me apoyó en Número Tres.

—Coyote ha oído la llamada de los cachorros de árbol, y ha seguido a la Muerte hasta nuestras fronteras.

—¿No habías dicho que los árboles cantores impedían que gente así percibiera nada? —exclamé.

Todos se volvieron hacia mí. Parecían ligeramente sorprendidos por mi presencia.

—Abrí la barrera hace unas semanas, Chance —dijo Huesos—. Cuando lo oí revolverse en su cueva del desierto.

—¿El Hombre Gris? —Winch Fargo entrecerró los ojos y levantó su único puño.

—No le tengo miedo —dijo Alacridad. Estaba mirando a Nesta a los ojos. Las dos jóvenes se habían arrimado más.

—Tal vez no nos encuentre —dijo Reggie.

—Ya viene hacia aquí —repuso su hermana.

—La Muerte ha escarbado su camino fuera de la tumba —dijo Juan Thrombone—. Es hora de que tú, Chance, te vayas.

—¿Adónde?

—Lejos. Dentro de tres meses puedes regresar. Quizá sigamos aquí. En cualquier caso, la Muerte se habrá ido.

Era un extraño consejo formado por dos orates, una niña, una amazona y una hermosa intelectual. También estaban la jauría de coyotes y Reggie, tan bien camuflado que se me había olvidado casi que estaba allí. Todos ellos estaban de acuerdo.

Juan Thrombone me volvió la espalda y «comulgó» con los demás Azules. No se pronunció ninguna palabra. No estoy seguro de que hubiese siquiera sonido alguno. Tal vez se produjera algún tipo de gruñido o zumbido. Puede que aullara un coyote. O quizá fuera simplemente la naturaleza de mi pequeño cerebro intentando descifrar sus pensamientos. Su congreso no me resultó doloroso. No experimenté la presión que solía originar la atención de Huesos. Era como un coro ensayando partes de canciones quc daban atisbos de gran significado tan sólo para interrumpirse a la mitad.

Fue el último momento de pura belleza de mi vida.

Después de un momento las cosas empezaron a tranquilizarse. Nesta y Alacridad se cogieron de la mano y se miraron fijamente a los ojos. Juan Thrombone se llevó a Winch a dar un paseo por el bosque. Coyote se reclinó y Wanita apoyó la cabeza en el pecho del can. El perro, Max, parecía recordarme de nuestra noche juntos con Claudia Corazón. Se quedó cerca de mí mientras observaba a Coyote. Reggie empezó a afilar puntas de flecha hechas de piedra. Luego el resto de los coyotes me rodearon, jugando como habían hecho en mi habitación de hospital años atrás.

Un rato después me tumbé con las bestias y me quedé dormido.

Soñé con olores. Agua dulce flotando en el aire y la fragancia almizcleña de los carneros del desierto, el olor acre y penetrante del lince y el tufo de la humanidad. Pero aquellas criaturas podían oler mucho más que sus hermanos terrenales. Podían oler la luna y las estrellas y los espacios entre éstas. La canción de sus aullidos era una intrincada ecuación en honor de la posición de las gravedades que percibían.

Una larga nota plañidera irrumpió en mi sueño. Por un momento pensé que era el gañido de mis compañeros de juegos. Luego escuché un estampido sordo, un profundo temblor, y después una canción.

Despertó para ver a Alacridad acariciando con un pequeño arco la cuerda tensa de su arco largo. El sonido era un destilado puro de todas las posibilidades de un violín en una nota variante. Reggie la acompañaba con una lenta percusión. Y Juan Thrombone dio voz a una canción sin palabras. Los coyotes se unieron, gañendo y aullando. Wanita siguió durmiendo y Winch Fargo, que había encontrado el vino de miel de Juan Thrombone, proponía un brindis tras otro.

La música era demasiado poderosa para mis sentidos mermados, por lo que salí de la catedral de la Guerra sabiendo que me quedaba poco tiempo entre los Azules.

—Se acerca —me dijo Juan Thrombone una semana más tarde—. Ya casi está aquí. —Me había encontrado en la ciudad abandonada del Tratado. Había ido allí esperando pasar desapercibido, poder quedarme y ayudar en la batalla contra la Muerte.

Thrombone estaba acompañado de Winch Fargo. Éste se había fabricado un hacha gigantesca de doble hoja a partir de una placa de metal que cubría un generador descubierto por Reggie. Tenía una tosca asta de cicuta y medía más de un metro de diámetro, con unas hojas que eran medialunas perfectas, afiladas como navajas.

—Como suba aquí ese negrata se va a enterar de lo que es perder la cabeza —dijo el delincuente.

Siempre había hecho todo lo posible por mantenerme lejos de Fargo. Era grosero e insultaba a todo el mundo excepto a Nesta.

—Déjame un momento a solas con Chance —le dijo Huesos al verdugo—. Tengo que despedirlo.

Fargo vaciló un instante. Odiaba estar solo. Pero al final se fue.

Antes de alejarse, dijo:

—Dile a ese negrata si lo ves que lo espero aquí arriba, Chance.

Cuando Fargo se hubo ido, Thrombone se volvió hacia mí.

—Es hora de que te vayas —dijo.

—Mañana.

—Ahora. No queda más tiempo. Tienes que irte.

—A Addy no la obligas a marcharse —protesté.

—Morirá si lo hago.

—No me importa morir —dije—. La gente se muere. Se muere todo el tiempo. Pero éste es mi hogar; es donde vivo.

—Para ti es fácil morir, Última Oportunidad. Tan fácil como lo es caer para la hoja roja. Pero tienes trabajo que hacer.

—¿Qué trabajo?

—Lo único que puedo decirte es que te tienes que marchar ahora.

Los ojos del hombrecillo se tornaron azules. Parpadeé y me encontré solo en la ciudad.

Mi mochila llevaba días preparada. La saqué de debajo de Número Doce y emprendí el camino hacia la cabaña de Eric Beauvais en el bosque. No me despedí de nadie. Estaba enfadado y dolido por tener que irme. Los culpaba por no huir conmigo. Nadie me había explicado nunca por qué debían quedarse ni por qué debía irme yo. Podríamos habernos marchado todos para formar nuestro hogar en otra parte. Huesos podría haber plantado árboles nuevos.

Me alejé de nuestro Edén con paso airado, sin amigos ni futuro. Lo único que tenía era otro conjunto de recuerdos de personas que había perdido. Ignoré los secretos que me susurraban el sol y el cielo. Odiaba lo que me había sido concedido porque lo único que hacía era acentuar mi pérdida.

Viajé sin descanso durante tres días antes de llegar a la cabaña de Eric. Era un pequeño edificio desmoronado en lo alto de una colina pelada. Las paredes me recordaron al traje de múltiples materiales de Juan Thrombone, compuestas de placas de yeso laminado y tablones, papel embreado y paja. A un lado había un cimiento incompleto de piedra, o puede que la casa estuviera construida con un murete de piedra derruido a modo de lateral. El tejado era de metal oxidado, y no salía humo de la chimenea negra en su centro.

No había ningún porche, tan sólo una puerta principal que daba a un patio. En aquel patio yacían los restos de la vida de un hombre. Había un viejo Dodge que era imposible que arrancara, una lavadora estropeada, una perrera desprovista de vida, un huerto a medio labrar, y una cabra muerta tirada en el camino hasta la puerta.

Contemplé la escena largo rato antes de actuar. Intentaba pensar en algún motivo por el que pudiera haber una cabra muerta pudriéndose frente a la puerta de nadie.

Eric no estaba muerto. Cegado por las garras de la Muerte, las manos y los pies aplastados por el peso de la Muerte, pero no estaba muerto.

—¿Quién es? —gritó cuando empujé la puerta.

—Un amigo de Alacridad —dije.

Estaba agazapado en una esquina, tapándose la cara con las manos destrozadas.

Eric Beauvais era un hombretón rubio próximo a la cincuentena. Era fuerte y atractivo, salvo por las heridas rojas que habían sustituido a sus ojos. El Hombre Gris lo había dejado ciego e incapaz de escapar o luchar. Estaba seguro de que Eric había sido una persona valiente antes de su encuentro con la Muerte. Tal vez no hubiera conocido nunca el miedo. Pero el Hombre Gris lo había dejado acobardado y roto. Casi podía oír la risa del dios de la muerte flotando en el cuarto.

—Ayúdame —imploró Eric.

Se lo había hecho encima. La habitación olía fuertemente a humanidad. Le cambié la ropa y lo lavé con el agua del barril donde recogía la lluvia. Le enjugué la sangre de la cara y le limpié las heridas. Él lloraba y gemía todo el rato.

—Entró y y y... —gimoteó Eric.

—¿Era negro? —pregunté.

—Sí, sí. No le hice nada. Era bajito y no me dio miedo al principio, pero era muy fuerte.

—¿Te dijo por qué?

—Me dijo que era una sorpresa. Me dijo que era un regalo para un amigo. ¿Por qué me ha hecho esto? —Mientras Eric lloraba, lo acuné en mis brazos.

Lo metí en la cama y le acomodé las manos y los pies lo mejor que pude. A continuación abrí un bote de judías y lo dejé en una silla junto al lecho. También puse allí agua y coloqué la puerta para que pudiera abrirla empujando si quería salir a la calle a mear y cagar.

Mientras dormía, registré la cabaña. Encontré una pistola de tiro al blanco del calibre 22, un cuchillo de caza de buen tamaño y una caja de chocolatinas Hershey. Me lo quedé todo.

El Hombre Gris había visitado a Eric hacía un día, quizá algunas horas más. Debía de haberse cruzado conmigo camino del Tratado. O no me había visto o, lo más probable, pensó que era indigno de su atención. Me proponía demostrarle que se equivocaba de medio a medio.

—Eric —dije, sacudiendo al despojo humano.

—¿Qué? —Se despertó sobresaltado, estirando los brazos atemorizado. Al tocarme, sin embargo, apartó las manos con un gesto de dolor.

—Tengo que salir un rato —dije—. Tienes comida aquí mismo y he bloqueado la cerradura de la puerta para que salgas si tienes que hacerlo.

—¿Cómo voy a volver adentro? —se lamentó.

—Hay una grieta grande en el suelo —dije—. Te dolerá, pero puedes meter el pie ahí y tirar así de la puerta.

—No te marches. Por favor.

—Tengo que hacerlo, Eric. Alacridad está allí.

—Está con amigos. Tú mismo lo has dicho. Por favor, llévame contigo.

—El hombre que te ha hecho esto estará allí. No querrás volver a acercarte a él, créeme.

—Por favor —imploró—. No me dejes.

—Volveré.

—Te matará y yo me moriré aquí. —Eric intentó agarrarme, pero sus manos eran inútiles.

Lo dejé llorando en la cama. Me llamaba como un niño perdido. Sabía que tenía razón, que podría no regresar y que él podría morir, pero tenía que volver a la Guerra.

Treinta y tres

Di gracias a Juan Thrombone por todos los años que me había hecho trabajar en su granja de árboles. Hacia el final trabajábamos a veces toda la noche, impulsando el ritmo de crecimiento de los árboles hasta que éstos alcanzaban casi la madurez al cuarto día. Los enormes cubos que acarreábamos contenían al menos veinte litros de agua. Transportábamos un balde en cada mano, trotando desde el campo de abajo al superior sin descanso, durante dieciocho horas y más. Era el té que bebíamos lo que nos daba tanta fuerza, eso es lo que nos dijo Juan.

—Hecho con las hojas secas de las secuoyas azules. Está lo bastante rebajado como para no dañar vuestra delicada naturaleza.

Corrí durante diez horas seguidas antes de tener que pararme a descansar. Era noche cerrada y la luna estaba exactamente medio llena. Todas las chocolatinas se habían acabado, de modo que lo único que podía hacer era dormir. El sol estaba muy arriba cuando me desperté.

Me dolían los pies al caminar, pero no dejaba de pensar en Eric y sus pies destrozados y ensangrentados.

Hacia mediodía pude oír los gritos de los árboles. Eran los árboles cantores, no los rugientes. Emitían una solitaria nota de miedo.

Apreté el paso. La pistola que llevaba en el bolsillo tenía cinco balas en el cargador. No dejaba de pensar en estrellas convertidas en novas y en piedras respirando vida. Esperaba ser capaz de obrar milagros con las escasas herramientas que tenía a mi disposición.

El bosque enmudeció de repente cuando estaba a menos de dos kilómetros de la catedral de la Guerra. Fue un silencio abrupto en mi mente que se produjo tan deprisa que me desorientó. Me caí al suelo sintiendo la profunda extenuación de mi día y medio de carrera. Me quedé allí tumbado en la tierra mojada pensando en levantarme, pero sin acercarme siquiera a conseguirlo. Hasta el último músculo y célula de mi cuerpo clamaba agua, oxígeno y descanso. Mis pulmones eran incapaces de retener una bocanada profunda. Tenía los dedos de las manos y los pies entumecidos. Y aunque estaba pensando en incorporarme, mi cabeza colgaba inerte. Se me ocurrió que me estaba muriendo, que el esfuerzo de mi maratón, sumado a la repentina extinción de los árboles cantores, había acabado conmigo. Tenía los ojos abiertos, pero la luz del mediodía seguía desvaneciéndose.

Entonces se produjo el temblor. Los Árboles Rugientes comenzaron su ronca canción con inmensa angustia. No era temor, sino rabia y repugnancia. Era el ultraje de la tierra frente a la abominación del Hombre Gris. Lo vi en mi mente, y las fuerzas regresaron a mí. Los árboles me llamaron de vuelta a la vida.

No sólo a mí sino a todo oso, mariposa, ave y mosquito. La vida del bosque alrededor de la catedral, que había estado tan callada, estalló. Me adelantó un enorme oso de color cobrizo. Me encontré inmerso en un torrente de monarcas de grandes alas blancas, negras y rojas.

Todos corríamos hacia el calvero de los Árboles Rugientes. Por el camino vi los cadáveres de dos coyotes hermanos. Ensangrentados y rotos, yacían como las manos y pies de Eric Beauvais.

Cuando llegamos al bosquecillo de árboles cantores, fue como si hubiéramos entrado en un bosque asediado por años de plaga. Hongos negros colgaban de las ramas, las agujas antes verdes se veían ahora pardas en el suelo. Igual de deprisa que habían crecido, los árboles de Juan Thrombone se morían. Enfermiza y frágil, la arboleda entera agonizaba. No quedaba ni una sola nota de vida o llamada.

La Muerte se había llevado sus almas con él al valle de los Árboles Rugientes.

Tomé la delantera en la larga carrera hacia la Muerte. Mi prolongado flirteo con el suicidio era ahora una realidad. No albergaba ninguna esperanza de que hubiera alguien capaz de plantar cara a Grey Redstar. Pero no pensaba permitir que me atemorizara; no iba a dejar que mis amigos murieran sin recibir ayuda.

Antes de darme cuenta de que los osos y las mariposas se habían detenido, estaba casi encima de él. El Hombre Gris. El frenesí y el caos de animales a mi alrededor, junto con el retumbar de las secuoyas azules, había enmascarado su presencia. Supongo que fue un golpe de suerte. Lo digo porque el reconocimiento y la anticipación de la proximidad de la Muerte bastan para hacer añicos el valor del hombre o la mujer más valiente. Pero percibir a la Muerte y buscarla se opone a la noción misma de la vida. No sé si habría tenido el coraje de continuar si hubiera sentido al Hombre Gris.

Se cernía sobre Coyote, aplastándole la garganta mientras el animal le arañaba la entrepierna y el pecho. Max estaba en la espalda de la Muerte, atacándole ferozmente el cuello y la cabeza.

Una luz azul emanaba de los tres. Coyote irradiaba una vibrante luz amarillenta. La apagada aura azul de Max quedaba erradicada casi por la emanación índigo del Hombre Gris.

Salí lentamente del bosque y apoyé la pistola de Eric en la cabeza del Hombre Gris. Apreté el gatillo más veces que balas había que disparar. Hasta el último tiro entró en el cerebro del hombre muerto.

Se levantó de la ahora inerte figura de Coyote. Se quitó a Max de encima, lanzando al pobre perro por los aires.

—Lástima —dijo. A continuación alargó un brazo, rozándome la frente con las yemas de los dedos.

Me caí al suelo, nada más que un peso muerto sin conocimiento. De reojo pude ver que el Hombre Gris se encaminaba al bosquecillo de los Árboles Rugientes. Estaba desnudo y escuálido, encorvado y zancudo.

Apunté con la pistola y apreté el gatillo. El cargador estaba vacío, pero hubiera fallado de todos modos. Pensar en mí allí tendido de lado, disparando al hombre que ya estaba muerto, me hizo reír. Mi debilidad, combinada con un coraje impotente, se me antojaba el chiste más desternillante que se le pudiera ocurrir a nadie. Y una vez me empecé a reír, no podía parar. Me reí con tantas ganas que me convulsioné y revolví, trinando como Horace LaFontaine y atragantándome con la lengua. Rodé hasta ponerme de rodillas, intenté alejarme de aquel humor macabro. Me puse en pie tambaleándome, no moribundo, tosiendo las flemas de la ridícula naturaleza de mi mente.

Mi segundo encuentro con la muerte en menos de diez minutos y ya volvía a estar en movimiento. Estaba acechándolo ahora, esperando un error, una abertura, una oportunidad de acabar con él.

Se detuvo al filo del bosquecillo de Árboles Rugientes, saltando de repente detrás del tronco arruinado de un árbol cantor marchito. Reapareció con Addy pisándole los talones. Le enterró la hoja de un gran cuchillo de madera en un lado del cuello, pero él no lo acusó.

Entonces entró en la arboleda, arrastrando a Addy tras sus pasos.

Lo seguí hasta el borde mismo del bosquecillo, pero no pude avanzar más. Las profundas notas que emanaban de los Árboles Rugientes me golpeaban como olas de tres metros al romper en la orilla. No podía traspasar su poder. Incluso el Hombre Gris debía esforzarse ante su increíble fuerza. Addy estaba inconsciente, pero la Muerte la arrastraba.

A duras penas conseguí mantenerme firme.

Hacia el centro del claro se encontraban Juan Thrombone y el resto de los Azules. Alacridad estaba desnuda de nuevo, empuñando su arco con una flecha dispuesta. Reggie vestía su camuflaje, y Fargo blandía su hacha.

—¡A vuestros árboles! —ordenó imperiosamente Huesos.

—¡Yo quiero luchar! —gritó Alacridad.

Podía sentir su pugna en mitad de mi cerebro. Sabiduría contra rabia.

El Hombre Gris se rió.

Alacridad todavía era joven, y el desprecio de la Muerte la enervaba.

—¡A vuestros árboles! —insistió Thrombone.

Cinco árboles rodeaban el gran árbol del trono. Cada uno de ellos estaba atendido por uno de los Azules. En cuanto cada uno de ellos se situó junto a un árbol, unas raíces blancas surgieron del suelo como tentáculos para sujetarlos al tronco. Alacridad y Winch se debatieron un poco, pero Reggie, Wanita y Nesta se resignaron al ritual.

—Ahora soy demasiado fuerte —dijo Grey Redstar—. Puedo mataros a vosotros y a vuestro bosque con la fuerza liberada por la vieja secuoya. Ninguna alianza que podáis forjar será más poderosa que la muerte.

Sus palabras rezumaban confianza, pero no avanzó.

—Únete a mí, Tres Luces —dijo el Hombre Gris en un tono que rayaba en lo amigable—. Puedes darte cuenta de que este deseo, este plan de engendrar, es estúpido, débil y vano. Únete a mí. Diles a tus árboles que drenen su vida, y te dejaré con tu bosque. Te puedes quedar incluso con esta mujer.

Por un momento prolongado, Juan Thrombone miró a la Muerte a la cara. Puede que por un instante considerara la promesa de vida para sus árboles y su Primera Luz.

—Nunca —susurró finalmente Huesos.

—Entonces contempla su muerte, abominación dentro de una abominación —dijo el Hombre Gris—. Mira cómo muere.

—Ven, Muerte —repuso Thrombone—. Ven a mis brazos. —Los extendió—. Llévame a tu frío corazón.

Nada más pronunciar Huesos esas palabras, cesaron las oleadas de energía que irradiaban de los árboles. El Hombre Gris avanzó cautamente y lo mismo hice yo.

Junto al impotente Winch Fargo, en el suelo, estaba su gran hacha de metal. Esperaba que fuese más mortífera que la pequeña pistola. Levanté el hacha y corrí, chillando como un demente, hacia la espalda del Hombre Gris. Tracé un arco, apuntando a su cabeza, pero fue más rápido que yo.

Alargó hacia atrás su mano libre, agarrando el asta y haciéndome perder el equilibrio. Me caí entre él y Juan Thrombone.

El Hombre Gris me miró y sonrió. Se inclinó hacia delante para cogerme por el hombro. Era la presa más fuerte que había sentido nunca, pero aun así era más fría que fuerte. Por tercera vez aquel día sentí cómo la vida me abandonaba. El Hombre Gris se cernía sobre mí, sonriendo.

—Vamos —dijo, casi con suavidad, con el escaso amor que pudiera albergar su maligno corazón excitado por la anticipación de mi muerte.

—Ahora te tengo —dijo Juan Thrombone. Dio un salto y agarró al Hombre Gris por el brazo, arrastrándolo hacia el trono. El Hombre Gris nos soltó a Addy y a mí para defenderse de su agresor.

Allí estaban ante el árbol del trono, un hombre negro y otro marrón, aunque ambos habían renunciado a la especie humana hacía tiempo, flexionando unos músculos que podrían haber derribado con facilidad cualquiera de los árboles divinos que ahora emitían un zumbido ronco y aterrador. Todos mis amigos estaban inconscientes o muertos. Addy estaba fría como la piedra.

El Hombre Gris y Juan Thrombone cayeron al hueco del árbol del trono. El Hombre Gris lanzó un grito y empujó a Huesos hacia abajo.

Las raíces del gran árbol azotaron impotentes a la Muerte mientras cerraba sus dedos glaciales sobre la garganta de Thrombone.

Tenía el lado izquierdo entumecido, pero me levanté y me abalancé sobre la espalda de la Muerte. Los tres caímos dentro de la oquedad. Parecía mucho más profunda de lo que cabría esperar. Le hice una llave en la cabeza a la Muerte y tiré con todas mis fuerzas. Alguien me ayudó desde atrás. Me arriesgué a echar un vistazo y vi a un hombre que era la viva imagen del Hombre Gris, pero al que reconocí como Horace LaFontaine por el temor que había en sus ojos. No lo entendía, pero de todas formas no había tiempo para pensar. Las raíces nos rodearon, y de repente el Hombre Gris chilló de frustración. Vi cómo una raíz del gran árbol empujaba contra uno de sus ojos.

—¡No podéis matarme! —exclamó.

Juan Thrombone se rió. Entonces, de pronto, mi llave pasó a ser sobre la cabeza de Thrombone, aunque no desde atrás. Nuestro abrazo era como el intento de primer beso de dos adolescentes. Solté mi presa, y Thrombone me empujó fuera del hueco.

—Última Oportunidad —dijo Thrombone, guiñándome un ojo—. Todavía no.

Volvió a abalanzarse sobre el Hombre Gris, que estaba debatiéndose con las raíces. Éstas presionaban contra sus costados y su pecho, pero las rompía antes de que pudieran afianzarse. Horace LaFontaine estaba allí intentando reducir al Hombre Gris. Juan Thrombone se acercó de un salto y asió las manos del Hombre Gris. En ese momento las raíces se hundieron en Huesos y Horace. Parecieron rejuvenecer con lo que encontraron en la sangre de los dos hombres. El asalto sobre el Hombre Gris se redobló, y todos desaparecieron bajo una maraña de raíces convulsas.

Un alarido que comenzó al borde del bosquecillo de árboles divinos hizo que me diera la vuelta. Era Miles Barber, que corría sosteniendo algo por encima de la cabeza, algo que estaba ardiendo. Miles me apartó con el hombro y arrojó su misil incendiario dentro del árbol. Las llamas se elevaron por los aires, y una conmoción lanzó al ex detective hacia atrás. Se estrelló contra mí, derribándome y dejándome casi sin conocimiento.

A lo largo de los años he pensado mucho en Miles Barber y en aquel último gesto desesperado. Durante nuestro tiempo juntos como amigos, compartiendo toda una dimensión de sueños entremezclados, jamás llegué a percibir su plan. Es cierto que una vez había cargado con una lata de gasolina que se proponía utilizar para incinerar al Hombre Gris, pero eso había sido hacía mucho. Lo único que se me ocurre es que la proximidad de la Muerte había reavivado el odio que anidaba en el corazón de Barber. No quería que lo priváramos de su venganza; por eso nos ocultó el momento en que había regresado su oscuro deseo.

Cuando recuperé el sentido, todos los Árboles Rugientes estaban ardiendo. Wanita y el resto habían sido liberados de sus ataduras. La compañía entera de dioses yacía inconsciente bajo los árboles en llamas, ellos, Addy y Miles Barber. Me obligué a levantarme y los saqué a rastras, uno detrás de otro, del fuego.

Wanita fue la primera y Winch Fargo el último, pero los rescaté a todos. El bosque entero era una hoguera para cuando saqué a Fargo. El calor en mi piel me habló y por una vez comprendí, pero desde entonces he olvidado las verdades que me fueron reveladas en aquella ocasión. Se ocultan de mí en algún rincón calcinado y humeante de mi alma. Entonces perdí el conocimiento. Lo último que recuerdo es estar rodando cuesta abajo.

Al despertar, me encontré bajo una masa de zarzas espinosas. Tenía graves quemaduras en el costado izquierdo. Todo el mundo había desaparecido. Osos y mariposas, amigos y enemigos. Los Árboles Rugientes estaban carbonizados. Llegué hasta el árbol del trono, caminando sobre ascuas calientes y cenizas. Dentro de la oquedad había una masa pegajosa de una sustancia caliente parecida al alquitrán. Eso era lo único que quedaba del Hombre Gris y Juan Thrombone.

Crucé el bosque enmudecido dando traspiés. De vez en cuando me tropezaba con los restos ennegrecidos de un árbol cantor. Los dedos del Hombre Gris habían encontrado y destruido hasta el último de los hermosos árboles de Huesos. Me temía que los otros Azules pudieran haber corrido la misma suerte. Busqué por todas partes una señal de su supervivencia o defunción, pero no encontré nada.

Estaba malherido, pero traté las quemaduras con las pomadas y las salvias que me diera Huesos. Si hubiera descansado durante uno o dos días, probablemente las quemaduras se habrían curado, pero había prometido cuidar del novio de Alacridad y me proponía cumplir mi palabra.

La marcha forzada me llevó hasta su cabaña en cuestión de dos días. Pero el refugio estaba vacío. La ropa de su armario había desaparecido, junto con el baúl que había al pie de su cama.

No recuerdo gran cosa de lo que ocurrió después de llegar a la cabaña. Preocupado por la desaparición de mis amigos, salí corriendo, esperando que hubieran pasado por allí recientemente. No sé hasta dónde llegué. Debí de sucumbir a la infección provocada por las quemaduras. En el hospital me dijeron que me habían encontrado unos excursionistas. Supongo que con todo lo que había ocurrido, me volví un poco loco. Los médicos me pusieron una camisa de fuerza y me inyectaron potentes calmantes cada seis horas.

Los primeros meses siguientes sólo son un borrón en mi memoria. Recuerdo a un hombre, el doctor Lionel, quien me dijo que estaba arrestado por causar incendios en un parque nacional. Pero debido a mis quemaduras y a mi conducta irracional, estaba confinado en el hospital para mi recuperación y observación.

Aquella conversación fue tan sólo una pequeña isla de lucidez. A veces estaba en el Tratado haciendo el amor con Addy o pescando con Gerin Reed. A veces estaba perdido en la oscuridad y Alacridad me llamaba. Quería ir con ella, pero tenía los brazos inmovilizados y no era capaz de ponerme de pie.

En algún momento me sumí en la inconsciencia, descubriéndome vestido con un traje de color canela que no era de mi talla y hablando con una mujer de mediana edad, creo que era una juez, acerca del Tratado y la luz azul y Grey Redstar, que tenía encerrado a Horace LaFontaine en una celda en Attica detrás de sus ojos. Al terminar la frase me di cuenta de que la mujer con el pelo teñido de alheña pensaba que yo estaba loco. Aullé y salté sobre ella, pero unos hombres fornidos me agarraron los brazos y las piernas. Era lo bastante fuerte como para zafarme de ellos, pero antes de que pudiera recuperar el equilibrio alguien me inyectó un tranquilizante. Lo último que vi fueron los ojos asustados de la juez.

Llevo ingresado en el hospital psiquiátrico de Camarillo desde entonces. Entré con un cuadro de esquizofrenia paranoide, pero cambiaron ese diagnóstico por el de psicosis aguda en 1988, cuando se hizo cargo de las instalaciones una administración nueva. Les expliqué a los médicos que yo era la prueba viviente de mi historia porque aparentaba veinte años a pesar de que mi carné de conducir decía que tenía cuarenta y tres. Transcurrida una semana de ese cambio de dirección, un celador piadoso me permitió ver mi reflejo en un espejo de mano. Tenía el pelo completamente blanco y el lado izquierdo de la cara rugoso de pequeñas cicatrices dejadas por el fuego.

Fue entonces cuando empezaron a lavarme el cerebro. No quiero decir que fuera a propósito, como hicieron con aquellos prisioneros de guerra en Vietnam del Norte. Pensaban que me estaban ayudando. Era tan sólo que no podían creer en la luz azul.

Era imposible que la luz contuviera consciencia, decían. Aparentaba los años que tenía y debería dar gracias por gozar de tan buenas condiciones físicas. Tiraron a la basura mi piedra del liquen mientras estaba fuera de mis casillas, para que no pudiera demostrar las propiedades que aseguraba que tenía el licor de piedra.

Por lo menos me permitieron conservar mi *Historia.* Cuando me siento y leo estas palabras, sé que todo debió de ocurrir realmente. Nadie podría inventarse todo eso.

Al cabo de un año descubrí que mi madre había fallecido en 1976. Creo que eso fue lo que más me dolió. Nunca llegué a verla para disculparme por todos los años que había pasado sin responder a sus cartas.

Ya han transcurrido más de siete años, y estoy aprendiendo a no utilizar mi segunda vista. Todos los fármacos que me dan atenúan las visiones. Me mantienen sedado y aislado porque soy fuerte y quiero escaparme.

Pero me dejan usar un ordenador, y disfruto del privilegio de poder sacar material de bibliotecas estatales y locales si lo pido por correo. Supongo que saben que mientras pueda trabajar en mi libro, no me pondré demasiado violento ni salvaje.

Ahora tengo la esperanza de que me soltarán, de que me encontrarán cuerdo y me dejarán salir, para que pueda buscar a mis amigos. Estoy en mis cabales, lo que ocurre es que sé mucho más que los cretinos que me mantienen aquí. Sé demasiado. Por eso estoy intentando cerrar los ojos a la historia de la luz y la materia. Porque si dejo de ver las cosas como las ven los Azules, me volveré menos como ellos y más como la gente normal.

Ya casi lo he conseguido. Ya casi he dejado de ver. Mi único problema ahora es al anochecer, cuando siento el impulso de acercarme a la ventana elevada de mi celda y rastreo el firmamento crepuscular con la mirada en busca de las luces de colores que sé que son las lágrimas de Dios.